KB156348

사랑에도 동의가 필요해

사랑에도 동의가 필요해

연인 관계의 성적 갈등을 공감으로 바꾸는 성심리학 수업

양동옥 지음

헤이북스

Consent is voluntary, not procured by fear or threats.

동의는 자발적인 것이지, 두려움이나 위협에 의한 것이 아니다.

– 마빈 주커 (캐나다 온타리오 법원 판사)

일러두기

1) 이 책에 소개한 활동 사례들은 주로 대학교 학부 과정의 〈성심리학〉 교양 수업에서 학생들과 토론하고 고민한 내용들이다. 매 학기 100여 명의 학생들과 성(sexuality)에 관한 다양한 의견들을 나누고 있다.

2) 수업 시간에 공개적으로 이야기하기 민감한 주제는 익명 게시판 토론을 활용했고, 연인 관계에서 갈등을 경험하고 있는 학생들과 수업 외에 별도의 관심 집단 토론(focus group discussion)을 진행했다.

3) 사례의 대다수는 학생들의 동의를 얻어 그들의 언어를 고스란히 담고 있지만, 일부 공개 토론 자료는 재구성한 부분도 있다.

4) 이 책에 소개한 국내외 연구들은 독자들의 이해를 돕기 위해서 실험 절차나 조건, 결과를 간략하게 소개했고, 국외 논문은 의역하기도 했다.

5) 국립국어원 표준국어대사전과 〈한글맞춤법〉, 〈외래어표기법〉 등에 따라 본문을 작성하였다. 다만 전문 용어나 관용처럼 사용하는 일부 단어는 독서 편의를 위해 그에 따랐다.

서문

시대가 변했다. 우리 사회는 다양한 영역에서 성별 고정관념과 편견, 성차별의 문제를 인식하고 이를 개선하기 위해서 분주히 노력하고 있다. 바로 성의 품격이라고도 할 수 있는 성인지 감수성gender sensitivity을 갖추고 키우는 일이다. 그런데 여전히 과거를 답습하며 변화를 거부하는 영역이 있다. 우리 사회에 성별 불평등의 그림자가 가장 짙게 드리워져 있지만 쉽게 개입하기 어려운 영역, 바로 연인 관계다.

'성관계 제안에 상대가 싫다고 말하는 것은 무슨 뜻인가요? 정말 싫다는 건가요?' 나를 깨운 것은 한 청춘의 질문이었다. 연인 관계는 '나'와 '너'가 만나서 '우리'라는 울타리를 만들며 정신적으로나 육체적으로 친밀성을 주고받는 관계다. 친밀성을 쌓아가는 만남에서 친밀성이 허물어지는 이별까지 연인 관계에서 발생하는 성적 의사소통의 오해와 갈등이 무엇인지 궁금해졌다.

　우리 사회는 '성관계를 제안하는 역할은 남성, 승낙 또는 거절의 의사를 결정하는 역할은 여성'이라는 성별 고정관념에서 벗어나지 못하고 있다. 이로 인해 '성적 동의'를 바라보는 서로 다른 시선은 개인 간 성적 의사소통의 갈등을 넘어 사회적 갈등으로 심화되고 있다. 하지만 가정, 학교, 사회 어디에서도 '성적 동의'를 실천하는 방법에 관해 이야기하지 않는다. 제대로 배우지 않았으니 실천하기 어려운 것은 당연한 일일 테다.

　이 책을 통해 연인 관계 안에서 '성적 동의'를 둘러싼 갈등의 문제를 진단하고 이를 해소할 수 있는 방안을 모색해 봤다. 동의를 구하는 방법, 동의와 거절을 표현하는 방법, 거절을 수용하는 힘에 관해 이야기를 나누고, 서로의 성적 자기결정권自己決定權을 존중하며 '진정한 동의'를 실천하는 지혜를 전달하고 싶었다. 그래서 '성적 자기결정권'과 '진정한 동의'는 이 책의 중심 주제이며 가장 심혈을 기울인 주제이기도 하다. 또한 이별 과정에서 겪게 되는 두 사람의 불안요소를 검토하고 성숙하게 이별을 받아들이는 방법에 관해 고민했다.

　나에게 〈성심리학〉 수업을 들었던 청춘들이 이 과정에 동행했다. 이들은 연인 관계 안에서 서로가 맞닥뜨리는 성적 의사소통의 문제를 진솔하게 들여다보고 진단하고 답을 찾기 위해 열띤 토론을 벌이기도 했다. 그들과 때로는 웃고 때로는 고민하면서 교학상장敎學相長의 기쁨을 느꼈던 과정들이 이 책에 그들의 언어로 고스란히 담겼다.

연인 관계의 성적 의사소통의 갈등은 남성다움과 여성다움을 강조하는 성별 고정관념과, '나'의 즐거움을 '우리'의 즐거움으로 포장하는 성별 불평등의 문제와 맞닿아 있다. 연인 관계는 나를 가장 행복하게 하는 관계가 될 수도 있지만, 나를 가장 불행하게 하는 관계가 될 수도 있다. 서로를 평등하게 바라보며 존중하는 성적 의사소통은 '나다움'과 '너다움'을 인정하고 '나와 너 그리고 우리'의 즐거움을 함께 나누는 것에서 시작한다.

나와 함께 연인 관계의 성적 의사소통을 고민했던 수많은 청춘들이 곳곳에서 나비가 되어 우리 사회의 성인지 감수성을 키워나가는 데 한 축을 담당하고 있을 것이라는 기대가 나를 즐겁게 한다. 부족한 〈성심리학〉 수업에 호응을 보내고 내가 성장할 수 있도록 함께 고민해준 청춘들에게 감사의 마음을 전한다. 연인 관계 안에서 존중과 평등의 언어가 보통의 경험이 되는 날을 기대한다.

2020년 10월
양동옥

차례

3   사랑에도 동의가 필요해

4 우리, 사랑했을까?

1

연애보다 썸이 좋아

애인의
조건

내 짝을 찾습니다

'대학에 가면 애인이 생긴다더니, 저는 왜 이 모양 이 꼴인 거죠?' 누구의 눈치를 볼 것도 없이 자유롭게 연애해도 되는 성인이 되었건만, 청춘들은 대학에 가면 살이 빠지고 예뻐져서 혹은 멋져져서 애인이 생긴다는 말이 현실과 동떨어진 로망에 불과하다는 것만 처절하게 깨닫고 있었다. 수업을 들으며 성 지식을 차곡차곡 쌓아가고 있으나 애인이 없어서 긴 한숨만 내쉬는 외로운 청춘들과 함께 '애인 구함' 광고를 써보기로 했다. 연애를 준비하는 마음 자세로 자신이 어떤 사람이며 어떤 연애 상대자를 원하는지 글로 정리해보자는 의미였다.

"애인을 구하는 가상의 광고지가 있습니다. 여기에 여러분이 광고를 낸다고 상상해보세요. 자신의 어떤 자질이나 특성을 소개하고 싶으며, 어떤 매력을 지닌 애인을 원하나요? 광고 카피는 200자 내외로 작성해주세요."

광고 쓰기에 애인이 있는 청춘들도 동참해주어 100여 개의 광고가 모집되었다. 누가 썼는지 알 수 없도록 익명으로 작성한 광고들을 성별에 따라 취합한 뒤 광고지 한 면에는 여성들이 쓴 광고를, 다른 면에는 남성들이 쓴 광고를 무작위로 배치해서 일련번호를 매겼다. 각양각색의 광고가 양면에 빽빽하게 들어찬 광고지를 실제로 있을법한 형태로 인쇄해서 청춘들에게 배부했다. 광고를 꼼꼼히 읽으면서 우리가 한 일은 광고 속 남녀가 뽐내고 있는 자질이나 특성이 무엇이며 어떤 매력의 애인을 원하는지 유사점과 차이점을 찾는 것이었다. 그런 다음 '이 사람 취향 저격이다. 이런 사람과 연애하고 싶다.'는 생각이 솟구치는 광고 3개를 각자 골라봤다. 순전히 글 하나만을 가지고 자신과 맞는 애인을 선택하는 가상 만남이 시작된 것이다.

아재 같지 않은 동안 얼굴의 군필자가 애인을 구합니다. 신장은 170cm 정도밖에 안 되지만 여자친구가 힘들거나 지칠 때 위로해줄 수 있는 드넓은 어깨와 가슴팍이 장착되어 있습니다. 거기에 잔 근육은 덤! 성격은 꼼꼼하고 과묵한

편이지만 '낮져밤이'의 숨겨진 매력을 가지고 있습니다. 그리고 가고 싶은 곳을 마음대로 갈 수 있는 차를 보유하고 있습니다. 조수석에 앉아 같이 추억을 쌓고 '낮져밤이'의 매력을 느끼실 분들은 연락해주시기 바랍니다.

자기애가 충만한 광고다. 이 남성은 신체적 매력, 성격 특성, 성적 매력 그리고 경제적 능력까지 두루 뽐내고 있다. 자기애 넘치는 광고가 비단 이 광고뿐이겠는가. 광고만 보자면 모두 매력이 흘러넘치는 청춘들이었다. 신체적 매력을 먼저 이야기하자면, 남성이 광고에서 자신의 외적 매력을 드러낸 비율은 24% 정도로 주로 잘생긴 얼굴, 훤칠한 키, 넓고 다부진 어깨, 탄탄한 허벅지, 큼지막한 손, 강철 같은 체력 등에 관한 내용이었다.

재미있는 것은 '큰 키에 어깨는 딱 벌어져서 목젖 라인이 예술인 분'과 같이 여성의 21% 정도도 연애 상대자의 신체적 조건을 언급했는데 큰 키, 넓은 어깨와 같이 우리 사회가 남성다움이라고 규정짓고 있는 특성을 선호하는 경우가 많았다.

순두부를 연상시키는 뽀얀 피부와 대비되는 찰랑거리는 검은 긴 생머리, 말랑말랑하고 발그레한 두 볼을 소유한 여자입니다. 웃을 때 초승달처럼 휘는 눈웃음과 함께 사람의 마음을 사르르 녹이는 애교를 부리는 저는, 저와 함께하는 시간을 즐겁게 보낼 수 있는 그런 남자가 좋습니다. 어여쁘게 물든 단풍나무 아래에서 따뜻한 코코아차를 마시며 날씨는 쌀쌀하지만 마음만은 따뜻한 시간을 보낼, 저와 그 길을 함께 걸을 애인을 구합니다.

'그 코코아차 제가 마시고 싶습니다!'라고 외치고 싶은 남성이 있을 것 같다. 광고 속 여성이 자신의 외적 매력을 언급한 비율은 32% 정도였다. 볼살, 보조개, 쌍꺼풀이 진 큰 눈, 쌍꺼풀이 없는 큰 눈, 눈웃음, 하얗고 깨끗한 피부, 까무잡잡한 피부, 단발머리, 긴 머리, 예쁜 얼굴, 귀여운 얼굴, 지적인 얼굴, 개성 있는 얼굴, 작은 키에 아담한 체격, 큰 키에 날씬한 몸매, 비율 좋은 몸매, 풍만한 몸매, 청순미, 백치미, 관능미 등 외적 매력의 특성이 정말 다양했다.

연애 상대자의 신체 조건을 언급한 남성 비율은 28% 정도였는데, '자그마한 인형처럼 귀엽고 하얀 솜털처럼 부드러운 분'과 같이 우리 사회가 여성다움이라고 말하는 작은 키와 아담한 체격, 귀여운 얼굴 등의 특성을 선호하는 경우가 많았다.

저는 애교가 많은 편이 아닙니다. 하지만 상대방 말에 공감을 잘해주는 여성입니다. 처음 보면 차가운 인상을 느낄 수 있지만 이야기를 하면 할수록 당신의 말에 공감을 해주고 편안한 분위기를 이끌어갈 수 있습니다. 상대를 유혹하는 눈웃음을 가지고 있지는 않지만 당신에게만 보여줄 수 있는 눈웃음을 가지고 있습니다. 편하게 연락주세요!

광고 속 여성 49%와 남성 46% 정도가 자신의 성격 특성을 묘사했고, 애인이 갖췄으면 하는 성격 특성을 언급한 비율은 여성 35%와 남성 24% 정도였다. '배려심의 끝판왕!', '한눈팔거나 잠수 시 신고하셔도 무방합니다!'처럼 남녀 모두 상대에 대한 공감과 배려, 한 사람을 향한 헌신과 충성을 자신의 성격 특성으로 가장 많이 언급했으며 연애 상대자도 그러한 성격의 소유자이기를 바랐다.

이러한 특성 이외에도 여성은 자신의 성격 특성으로 잘 웃고 활달함, 적극성, '강아지 같은 애교로 당신을 녹여드릴게요.'와 같은 애교를 언급했고, 애인의 성격 특성으로 다정다감과 세심함을 꼽았다. 남성은 자신의 성격 특성으로 유머 감각, 세심함, 이해심 그리고 '어느 여성분이든 맞춤형 성격을 갖추고 있으니 요구 사항은 얼마든지 수용해드립니다.'와 같은 유연함을 언급했고, 연애 상대자의 성격으로 활달함, 애교, 장난꾸러기 같은 특성을 꼽았다.

새롭게 도전하는 것을 즐깁니다. 혹여나 실패하더라도 궁정적으로 생각할 줄 압니다. 삶에 있어 행복이 최우선이라고 봅니다. 책이나 영화도 좋아하지만 실제 사람들과 직접 소통하는 것을 더 좋아해요. 그래서인지 여행을 좋아합니다. 근사한 레스토랑보다는 장 보고 그녀를 위해 요리하고, 트렁크와 가이드북을 들고 다니기보다는 배낭을 메고 여기저기 부딪히는 그런 여행. 저와 함께 떠나실 분?

이 광고를 읽고 배낭을 꾸리고 싶다면 이런 애인은 어떤가. '클래식은 모차르트를 즐겨 듣고, 일렉트로닉 댄스 음악과 힙합도 즐길 줄 아는, 전통과 현대를 아우르는 저의 감성을 느껴보세요!' 광고 속 여성 45%와 남성 34% 정도가 영화, 음악, 운동, 게임, 여행, 요리, 산책, 대화, 음주, 가무 등 자신의 취미나 좋아하는 활동을 언급했다.

'당신과 카페에 앉아 소소한 이야기를 나누고 싶어요.', '손잡고 산책하는 것을 좋아하고 축구 광팬이라 애인이랑 축구 보면서 치맥 먹는 게 꿈이에요.'처럼 여성 37%와 남성 30% 정도가 일상을 함께 나눌 수 있는 사람, 대화가 잘 통하는 사람, 취미를 함께 즐길 수 있는 사람과 사귀고 싶어 했다.

이런 사람과 연애하고 싶다

이 생물은 먹을 것을 참 좋아합니다. 이것저것 가리지 않고 잘 먹는 잡식성이지요. 사람의 손을 많이 타서 자주 쓰다듬어주면 좋습니다. 가장 명심해야 할 것 하나는 애정을 가지고 키우지 않으면 금방 죽을지도 모릅니다.

연애 상대자로 마음에 드는 광고 3개씩을 각자 골랐는데, 여성과 남성이 가장 선호하는 애인 구함 광고는 어떤 것일까. 각자 고른 광고 번호를 취합해서 빈도를 내보니 각자의 개성만큼 연애 상대자에 대한 선호 역시 다양했다. 100여 개의 광고 대부분이 하나 이상의 표를 얻었고 같은 수의 표를 얻은 광고가 많았으며 상위권을 차지한 광고들의 득표 차이도 크지 않았다. 그런데 최고의 광고를 뽑는 과정에서 의도치 않게 어느 누구에게도 연애 상대자로 선택받지 못한 광고가 몇 개 있다는 것을 알게 됐다.

이미 눈치 챘을 것이다. 위 광고는 익살스럽고 재미있지만, 연애 상대자에게 바라는 것만 소개하고 있어서 자기중심적이라는 평이 많았다. 이와 더불어 '유학 준비 중이며 대기업에 들어갈 것 같고 부모님이 집 한 채는 해줄 수 있을지도 모름'과 같이 자신의 상황을 과시하거나 '키 165cm 이상에 좀 마른 체형을 가지고 있고 허리를 손으로 감았을 때 딱 내 손 안에 들어오는 사람'처럼 연애 상대자의 외적 조건을 구체적으로 언급하거나 '누나 뭐든지 잘해(찡긋), 누나는 서툰 게 좋더라~'와 같이 성적인 상상을 불러일으키는 광고가 연애 상대자로 선택을 받지 못했다.

담배를 안 합니다. 게임도 별로 안 합니다. 운동을 좋아합니다. 함께 소통하고 공감하는 대화를 좋아합니다. 사치스럽고 호화로운 데이트보다는 일상적인 생활을 공유하는 것을 좋아합니다. 감정 표현이 서툰 공대생이지만 그런 부족함을 알고 채우려고 노력하는 사람입니다. 당신의 입가에 미소가 떠나지 않도록 노력하겠습니다. 서로 다름을 인정하며 긍정적으로 변화하는 만남을 하고 싶습니다.

손깍지를 하고 걸으며 저의 밝은 눈웃음과 당신의 따뜻한 미소와 함께 이야기를 나누고 싶습니다. 아침형이라 밤 문화를 즐기지는 못하지만 꾸준한 운동으로 체력이 좋아 당신과 함께 다양한 취미를 즐길 수 있을 거예요. '차도녀' 같다는 소리를 종종 듣지만 '허당 끼'가 있어 반전 매력이 넘치며 상대를 존중하고 배려심이 많습니다. 사람을 귀하게 여기며 자신만의 깊이 있는 삶의 철학을 가지신 분, 기다릴게요.

각자가 원하는 애인의 특성이 다양하기 때문에 모두가 선호하는 광고라고 말하기는 어려울 것이다. 180cm 이상의 훤칠한 키와 넓고 단단한 어깨, 작은 키에 아담한 체격과 귀여운 얼굴 등 여성과 남성이 대체로 선호하는 신체 특성을 이 광고에서는 찾아볼 수 없다. 그런데도 청춘들이 뽑은 '이 사람과 연애하고 싶다'는 마음을 불러일으키는 남녀 광고 1위에 당당히 올랐다.

　　이 두 광고의 매력은 무엇일까. 남성 광고는 진솔하고 겸손한 사람일 것 같다는, 여성 광고는 활달하고 독립적인 사람일 것 같다는 평을 얻었다. 무엇보다도 두 광고 모두 상대방을 존중하고 배려하려는 마음과 소소한 일상을 상대와 함께 나누려 한다는 점에서 호평을 받았다. 광고를 읽는 청춘들은 애인의 조건으로 외적 매력보다는 내적 매력, 즉 그 사람의 됨됨이에 더 큰 점수를 주는 경향이 높았다. 상대방에게 가장 호감을 느끼는 부분은 우리 사회가 규정하고 있는 남성다움의 특성도 여성다움의 특성도 아니었다. 너와 나의 관계 안에서 서로를 존중하고 배려하는 성품을 지닌 사람, 대화가 잘 통하고 일상과 취미를 함께 나눌 수 있는 사람을 원했다.

　　'나는 어떤 사람인가?', '어떤 상대를 원하는가?' 머릿속에 떠돌던 생각들을 글로 표현해보고 다른 사람이 쓴 광고를 함께 읽으면서 그 특성을 분석해보는 시간이 청춘들에게는 꽤 신선하고 재미있는 경험이었나 보다. 재치 있는 글을 한 편 읽는 것처럼, 뛰어난 표현력의 광고를 한 편 보는 것처럼 말이다. 실제로 '애인 구함 광고 쓰기'가 학교 신문에 재미있는 과제로 소개됐다는 이야기를 듣기도 했다. 하지만 광고 글을 보면 남성 작성자는 '키는 크지 않지만', 여성 작성자는 '애교는 많지 않지만'을 단점으로 언급한 경우가 많았다. 각자의 개성을 뽐내면서도 여전히 우리 사회에서 규정하고 있는 남성다움과 여성다움의 특성에 얽매여 있는 모습이 안타까웠다.

일부 청춘들은 자신이 쓴 광고가 몇 명에게 선택받았는지 궁금하다며 내게 연락을 해왔다. 자신이 누군가에게 얼마나 매력적으로 보이는지 확인하고 싶은 마음이 컸던 모양이다.

한 여학생에게서 연락이 왔다. 몇 표 받았는지 물어보려나 했는데, 자신은 마음에 드는 남성에게 먼저 다가가는 것을 부끄러워하지 않고 또 거절당하는 것을 두려워하지 않는 적극적인 성격이란다. 애인 구함 광고에서 1위를 한 남성이 너무나 궁금하고 만나고 싶어서 잠을 설쳤다고 했다. 그러면서 사사로운 욕심을 채우기 위해 연락을 한 것은 죄송하지만 '역시 청춘이구나!' 하고 너그럽게 봐주고 그 남성을 만날 수 있게 해달란다. 이 학생의 당돌함과 용감함에 웃음이 났다. 어떻게 해야 하나 고민하다가 학기가 끝난 후에 1위 광고를 쓴 남학생에게 연락해 상황을 실명하고 그녀가 쓴 광고 글을 보내줬다. 다행히도 사귀는 사람이 없고 표현을 잘 하고 적극적인 여성이 이상형이라고 했다. 두 사람이 만났다는 연락을 받았다. 글에서 느끼는 호감만큼 현실에서도 호감을 느꼈는지 궁금했지만 참았다. 두 사람의 만남이 한 번으로 끝났는지 지금까지 계속 이어지고 있는지는 모를 일이다.

혼자 보기 아까운 광고 몇 개를 소개하려 한다. 재치와 뛰어난 표현력을 배우고 싶은 독자들은 주목해도 좋다.

겁먹지 마세요! 해치지 않아요! 인상이 세 보여서 대답조차 하지 않을 것 같아 보일 수 있어요. 낯가림 때문에 어렵게 느낄 수도 있지만 친해지면 말도 많이 하고 같이 있고 싶어질 거예요! 먹는 것도 좋아하고 요리도 좋아해서 제 애인이 되면 살이 찌실 수도 있어요. 일편단심 걱정되지 않게 확신도 주고요. 개미지옥 같은 제 매력에 빠져보세요!

그동안 남자들한테 치이면서 살아와서 걱정이라고요? 더는 그런 걱정하실 필요 없습니다! 곰처럼 푸근한 인상, 모든 이야기를 들어줄 열린 마음, 내 여자가 눈물을 흘릴 수 있다는 가능성을 대비한 손수건 등 정말로 준비된 남자가 있습니다! 그것은 바로 저! 180cm가 넘는 훤칠한 키!, '사는 집' 느낌이 나는 몸무게, 내 여자만 바라볼 수 있도록 구조화된 작고 앙증맞은 눈, 지금 바로 연락주세요!

안녕하세요. 괜찮은 매물이 올라와 광고를 기재합니다. 용도는 남자 친구입니다. 180×50센티미터 이상의 프레임으로 제작되어 있고, 지속적인 품질관리로 편리함, 호신 등의 범용이 가능합니다. 스피커의 성능이 제한되어 많은 소리를 표현할 수는 없지만, 비속어 필터가 활성화되어 있어 듣는 사람에게 편안함을 제공합니다. 친환경적인 제품이라 매연을 뿜어내지 않으며, 음식에 대한 호환성이 높아 어떠한 음식 종류라도 받아들일 수 있습니다. 당신이 좋아하는 것, 싫어하는 것들을 입력하세요. 아직 사용하지 않는 저장 공간이 넓어 당신만의 취향을 언제나 반영할 수 있습니다. 현재는 전원이 꺼져 있지만, 배터리 효율이 높아 작은 사랑만으로도 충전이 가능해 항상 모든 기능을 이용할 수 있습니다. 이 제품에 대해 관심이 있으시면 문의주세요.

'남사친'은 사회악입니다. 주위에 남사친이 가뭄 난 상여자 스타일의 여자친구 구합니다. 저는 주위에 남자뿐인 공대생이라 '여사친' 없습니다. 봉사동아리 회장을 해서 어깨 안마를 잘합니다. 제빵 기술을 배워서 핫케이크를 만들면 드실 분이 필요합니다. 저는 영화 보기 좋아하는데 저랑 취미가 맞지 않아도 좋아하는 척 맞춰드립니다.

썸 타는 관계,
삼귀는 사이

설렘과 불안 사이

혼자만의 설레발일 수도 있지만 내가 상대에게 호감을 갖고 상대도 내게 어느 정도 호감이 있다고 느끼면 서로를 향한 마음과 감정의 크기를 저울질하는 묘한 긴장과 설렘의 과정이 당연히 따라오기 마련이다. 요즘 청춘들은 친구보다는 가깝지만 사귀는 것은 아닌 애매한 관계를 '썸'이라 부르며 새로운 연애 방식을 적극적으로 소비한다.

만남의 첫발을 호감으로, 만남을 지속하면서 연애 관계에 들어서는 것을 '나 너 좋아해', '우리 사귀자, 오늘부터 1일!'과 같은 고백으로 규정한다고 치자. 썸은 호감과 고백 사이의 어딘가에 있는 설렘의 과정을 싹둑 잘라내어 정식 연애는 아니지만 연애와 유사한 경험을 하는 것을 말한다. 그래서 누군가와 사귈 때 주변 사람들이 누구냐고 물어보면 '여자친구' 혹은 '남자친구'라고 말하지만, 썸 타는 사이일 때는 '그냥 연락하는 사람'이라며 관계를 쉽게 규정하지 못한다. 또 썸 타는 상대를 '썸남' 혹은 '썸녀'라고 칭하는데 좋게 말하면 호감을 갖고 사귈 가능성을 따져보는 상대이지만, 나쁘게 말하면 설렘이라는 상황을 즐기는 가벼운 만남의 상대. 현재 썸을 타고 있거나 썸 탄 경험이 있는 청춘들과 썸이 지닌 관계 맺기의 특성에 관해 이야기를 나눠봤다.[2]

사귀는 사이라면 처음 몇 달은 정말 좋죠. 처음에는 좋아도 갈수록 서로에게 편안해지고 익숙해지는 과정에서 설렘이 줄어드는데, 썸은 설렘이 정말 최고조에 달하죠. 정말 행복했어요.

모든 만남이 그러하듯 만남의 초기에는 누구나 상대에게 잘 보이기 위해 페르소나persona라는 사회적 가면을 쓰게 마련이다. 자신의 실제 모습을 감추고 이상적인 연인의 모습으로 포장하다 보니 세상에 둘도 없는 자상함과 관심, 배려를 장착한다. 비 오는 날에 우산을 챙겼는지 묻고 술 마신 다음 날에는 속이 괜찮은지 걱정하고 추운 날에는 옷을 따뜻하게 입었는지 확인하고 점심 맛있는 것 먹으라며 맛집을 추천해주는 사람. 지금 무엇을 하고 있는지 일상을 함께 공유하며 잠들기 전까지 모바일 메신저로 함께하는 사람. 만약 부모가 그런 행동을 하면 지나치게 간섭한다며 짜증을 한 바가지 내겠지만, 호감을 갖는 상대라면 다르다. '나에게 관심이 있구나!' 생각하며 가슴이 두근두근 설레고 자기도 모르게 입꼬리를 올리며 미소를 짓는다. 설렘은 삶의 활력소가 된다.

> 누군가를 가볍게 만나고 싶기도 하고 실제로 쉽게 만나기도 했지만 내가 상대에게 그런 취급을 당하고 싶지는 않아요. 그래서 '내가 어장 관리를 당하고 있지 않나?' 그런 의심을 계속하는 거죠.

썸 탈 때 설렘만 가득한 것은 아니다. 상대의 호감과 관심이 자신을 정말 좋아하는 감정인지, 더 나아가 사귈 의향이 있는지를 확신할 수 없기에 불안 역시 크다. 의도했든 의도하지 않았든 간에 상대가 간헐적으로 관심을 표현하는 연애 고수의 기술을 선보이기 때문에 어떨 때는 썸 느낌이 확 들어 설레었다가 또 어떨 때는 '나를 가지고 노나?'라는 생각에 화가 나는, 설렘과 불안 사이를 왕복한다.

썸은 도박판에서 포커페이스를 유지하는 사람들처럼 상대를 향한 호감의 크기나 깊이를 솔직히 드러내지 않아서 관계의 애매함이 지속된다. 그래서 상대의 마음을 확인하려는 욕구가 더욱 치솟는다. '그냥 연락하는 사람'이라는 규정되지 않은 관계 속에서 설렘의 상황을 즐기려는 욕망과 관계를 명확히 정의 내리려는 욕망이 충돌하고, 이 관계에서 어장의 물고기가 되지 않으려는 눈치 싸움이 치열해진다.

> 썸은 일찍 끝나게 되죠. 불안정한 관계잖아요. 우리들끼리 하는 이야기가 썸은 2주를 넘기면 안 된다고, 그 안에 사귈지 말지 결정해야 한다고 해요. 썸이 길어지면 설렘도 줄어들고 서로 눈치만 보다가 지치게 되죠.

짜릿한 설렘의 감정을 지속하기 어렵듯이 썸의 수명은 평균 2주에서 3주 사이로 짧다. 이 기간에 사귈지 말지 빨리 승부수를 던져야 한다. 썸이 오래가면 설렘이 자연스럽게 줄어들고 관계를 규정 짓지 않은 채 불안정한 만남을 지속했을 때 감정 소모가 커져 서로를 지치게 하기 때문이다.

썸을 끝내는 방식은 두 가지다. 하나는 '우리 사귀자'라는 고백과 함께 연애 관계로 돌입하는 것이고, 다른 하나는 상대에게 흥미를 잃었을 때 연락을 취하지 않거나 상대의 연락을 씹는(무시하거나 응답하지 않는) 것이다. 그래서 썸 타는 상대에게 연락을 했는데 두 번 정도 씹히면 '아, 이제 나에게 관심이 없는 거구나'라며 썸이 끝났음을 인지하게 된다. 썸을 끝낼 때는 사귀지 않았으니 헤어지는 것도 아니기에 상대에게 동의를 구할 필요 없이 언제든지 자유롭게 썸을 빠져나가면 된다.

하루 종일 연락하고 서로의 일상을 챙겨주고, 그러다가 갑자기 연락이 안 되고 상대의 행동이 달라진 것 같아도 저는 뭐라고 할 수 없는 거예요. 사귀는 사이도 아닌데 나에게 관심 갖고 챙겨달라고 할 수도 없고 저도 또 반대의 입장에서 그럴 수 없다고 생각하고요. 또 어느 순간 누군가 마음이 변해 다른 사람이 생겼다고 해도 뭐라고 할 수가 없는게, 왜냐면 책임감 없는 그냥 썸남썸녀일 뿐이니까요.

썸은 '남자친구' 혹은 '여자친구'라는 공식 자격이 주어지지 않기에 상대에게 책임감을 갖지 않는다. 또 상대에게 이 만남에 책임을 가지도록 요구할 수도 없다. 누군가와 사귀게 되면 너와 나의 관계에서 우리의 관계로 확대되어 서로에 대한 책임감과 헌신이 증가한다. 다른 이성 친구들과 만남을 자제하고 '내 눈에는 오직 너만 보여'와 같은 닭살 돋는 말을 하며 한 사람을 향한 충성을 맹세하게 된다. 그 맹세가 쉽게 깨질지라도 말이다. 하지만 썸은 설렘의 상황에 집중하기 때문에 상대를 우리라는 울타리 안에 가둬둘 수 없으며 여러 사람과 문어발식 썸을 타더라도 화를 내지 못한다. '사귀는 사이도 아닌데 네가 뭔 상관인데?'라고 말하면 남자친구, 여자친구 자격이 없으니까 아무 말도 하지 못한다.

그럼에도 썸을 타는 이유

사귀지 않아도 꼭 깊은 관계에 들어가지 않아도 이 세상에 어떤 사람들이 있는지 충분히 알아볼 수 있잖아요. 정보 수집을 할 수 있는 기회가 많다고 해야 하나요? 썸을 타보니까 '쟤는 또라이였네, 얘는 무개념이네' 이런 것을 다 수집해서 앞으로는 '이런 사람을 만나지 말아야겠구나' 할 수 있죠.

속전속결의 가벼운 혹은 책임감 없는 편리한 만남처럼 보이는 썸. 그 이면에는 연애 상대를 선택할 때 엄격한 잣대로 재고 따져보려는 욕망이 투영되어 있다. 썸은 상대와 정서적으로나 육체적으로 깊은 관계가 되기 전에 상대가 어떤 성향의 사람인지 그리고 자신과 잘 맞는 사람인지 탐색할 기회를 제공한다. 흔히 말하는 나쁜 남자, 나쁜 여자를 걸러낼 수 있으며 상대의 특성이 자신의 기대에 미치지 못할 때 쉽게 썸에서 빠져나올 수 있다.

썸은 사귀는 것이 아니기에 손잡기, 어깨동무, 포옹, 입맞춤과 같이 설렘을 줄 수 있는 가벼운 스킨십에 머물며 애무나 성관계와 같은 깊은 성적 친밀감을 억제하는 경향이 있다. 이러한 스킨십의 한계 설정은 특히 여성에게 자신의 몸을 보호(성적 자기결정권 행사)하는 안전장치의 역할을 한다. 썸은 깊은 성적 친밀감을 담보하지 않고 다양한 이성을 만날 수 있기 때문에 죄의식을 느끼지 않아도 되며 썸을 타면서 '사람 보는 눈'을 키울 수 있다고 본다. 여과를 통해 진흙 속에서 진주를 찾으려는 욕망은 남성보다도 여성에게서 두드러지게 나타난다. 썸이 지닌 걸러내기의 작용은 여성을 썸의 주체적인 소비자로 합류하도록 하고 있다.

> 썸은 연애에 들어가지 않죠. '썸남까지 연애 횟수에 포함하면 너네는 시집 못 간다.' 이런 이야기를 친구들끼리 웃으면서 가끔 하거든요.

청춘들은 썸이란 정식 연애가 아니므로 개인의 평판에 영향을 주지 않는다고 한목소리를 낸다. '지금까지 몇 명 사귀었어?'라고 물었을 때, 미혼 남녀의 연애 경험 횟수는 '성적 친밀감'의 빈도로 직결되어 그 사람의 성적 개방성의 지표가 되기도 한다. 특히 연애 경험이 많은 남성을 '능력자'로 평가하는 반면, 연애 경험이 많은 여성을 '정숙하지 못한 자'

로 평가하는 사회적 이중 기준 안에서 여성은 도덕적 비난의 대상이 되기도 한다.

하지만 썸은 연애 횟수에 포함되지 않을 뿐더러 썸을 많이 타는 사람은 여자든 남자든 이성을 밝혀서라기보다 그럴만한 가치가 있고 매력적인 사람이라고 평가를 받는다. 따라서 여성은 썸을 타는 동안 정숙함이라는 사회적 규범에서 벗어날 수 있다. 여성의 사랑은 제한된 연애 경험을 거쳐 결혼하는 것으로 완성된다는 낭만적 규범에 썸이 균열을 내었고, 여성은 썸의 주체적 향유자가 되었다.

> SNS 영향도 큰 것 같아요. 남들 다 하는 연애를 자기만 못한다고 생각하니까 순간적으로 너무 외롭다는 생각을 하는 것 같아요. 그래서 썸남썸녀랑 사진을 찍고 프로필 사진도 올려놓고…. 그냥 충동적이라고 해야 할까, 만남 자체가 되게 충동적인 것 같아요.

썸을 타고 싶은 욕망은 연애 중이거나 썸 타고 있는 친구들을 보면서 충동적으로 나타나기도 한다. 청춘들의 가장 강력한 의사소통 방식은 SNS이며 이를 통해 다양한 관계 맺음을 한다. SNS를 통해 친구들이 현재 무엇에 열중하고 있는지 혹은 연애 관계는 어떠한지 쉽게 파악할 수 있기 때문에 자신의 외로운 처지와 친구의 행복한 모습을 비교하면서 상대적 박탈감을 느끼기도 한다. 연애를 못 해본 사람은 친구들 사이에서 매력적이지 못한 사람으로 평가되어 기가 죽고 외로움과 열등감을 느끼는 것이다. 그래서 일상의 무료함과 외로움을 달래기 위해서 또는 '나도 이성과 즐거운 시간을 보내고 있다'를 SNS에 인증하기 위해서 충동적으로 썸에 편승하기도 한다.

> 누군가를 사귀고 싶으면 '썸 타고 싶다'는 말을 하지는 않아요. '진짜 저 사람이랑 사귀고 싶다' 그러면 내가 어떻게 마음을 표현하고 고백할까 이런 것을 구체적으로 고민하는데, '썸 타고 싶다'는 '가볍게 즐기고 싶다? 거기서 잘되면 좋은 거고 아니면 아닌 거고…' 그 정도예요.

썸을 통해 서로를 알아가면서 설렘을 느끼지만, 그 설렘이 약해지면 썸은 수명이 다한 건전지처럼 버려진다. 상대가 좋아서 다가가는 것이 연애라면, 썸은 연애 감정을 느끼기 위해서 상대에게 다가가는 것이기 때문이다. 서로의 마음을 사로잡기 위한 노력보다는 상대의 호감을 확인하려는 묘한 긴장감과, 상대의 관심과 배려에서 비롯된 설렘만이 관계를 이어가게 한다. 그래서 누군가의 설렘이 식으면 썸은 끝난다. 썸이 끝났다는 것을 인지했을 때 기분 나쁘고 아쉽지만 어쩔 수 없다는 감정에 그친다. 썸의 필연적 산물인 '관계 불확실성'으로부터 자신을 보호하기 위해 자신도 모르게 관계에 깊숙이 몰입하지 않는 책략을 사용하기에 썸이 끝나더라도 그 고통을 크게 느끼지 않는다.

최근에 청춘들은 '썸'이란 말 대신 '삼귀다'라는 말을 쓴다. 썸과 같은 의미인데, 정식적으로 사귀기 전에 남녀가 친밀하게 지내는 것을 말한다. '사귀다'의 '사(4)' 이전 단계라는 의미로 '삼(3)'을 써서 '삼귀다'라고 한다. 그들은 연애 과정을 언덕에 오르는 연속성으로 보기보다는 계단을 오르는 것과 같이 분절된 단계로 구분 짓고 그 단계를 즐긴다. 이전 단계로 내려갈 수도, 머무를 수도, 또 다음 단계로 나아갈 수도 있지만 지금 이 순간의 감정에 초점을 맞추기 때문에 만남과 헤어짐에 큰 부담을 갖지 않는다.

이러한 연애 문화가 청춘들의 주체적이고 자유로운 연애 방식인지 아니면 미래에 대한 불확실성이라는 태생적 한계를 반영한 자기 보호 본능의 연애 방식인지는 모르겠다. 부모의 잣대로 보면 진중하지 못한 연애로 보이겠지만, 부모 세대의 연애 문화 역시 그 윗 세대의 기준에서는 진중하지 못한 연애가 아니었을까 싶다. 고대 이집트 피라미드에 새겨져 있다는 낙서처럼 말이다.

'요즘 애들은 싸가지가 없어.'

데이트
경제학

데이트 매너와 비용의 함수관계

'매너가 사람을 만든다Manners maketh Man'3. 매너는 일상생활의 예의와 절차를 의미하는 영어 단어다. '데이트 매너'라는 말을 들었을 때 머릿속에 어떤 생각들이 떠오를까?

	나	상대
• 만나자고 먼저 연락하기	☐	☐
• 만나서 함께 무엇을 할 것인지 데이트 계획을 세워오기	☐	☐
• 얼굴·머리·옷차림을 꾸미고 약속 장소에 나오기	☐	☐
• 약속 장소에 미리 나와서 기다리기	☐	☐
• 모습의 변화를 알아차리고 관심을 표현하기	☐	☐

- 기념일을 챙기고 선물하기 ☐ ☐
- 먼저 들어가도록 출입문을 열어주기 ☐ ☐
- 식당이나 찻집에서 앉기 편하게 의자를 빼주기 ☐ ☐
- 승용차에서 내리거나 탈 때 문을 여닫아주기 ☐ ☐
- 안전한 인도 안쪽에 걷게 하기 ☐ ☐
- 가방이나 무거운 짐을 들어주기 ☐ ☐
- 이야기에 귀를 기울이고 공감해주기 ☐ ☐
- 데이트 비용을 주도적으로 계산하기 ☐ ☐
- 추운 날 겉옷을 벗어주기 ☐ ☐
- 집에 바래다주기 ☐ ☐
- 집에 잘 들어갔는지 먼저 연락하기 ☐ ☐

연인과 데이트할 때 자신이 했던 행동을 체크해보자. 그리고 상대가 했던 행동도 체크해보자. 데이트 경험이 없는 사람이라면 연인과의 데이트를 상상하고 자신과 상대의 예상 행동을 체크하면 된다. 이제 자신과 상대의 행동 개수를 비교해보자. 비슷한가? 아니면 어느 한쪽이 많은가?

'매너가 사람을 만든다'를 '데이트 매너가 관계를 만든다'는 말로 바꿔도 될듯하다. 현실의 데이트 문화는 여성보다도 남성에게 훨씬 더 많은 데이트 예절을 요구한다. 또 우리는 그런 예절 행동을 남성다움의 특성으로 당연하게 받아들인다. 호감을 느낀 상대와 처음 데이트를 준비하던 내게 한 선배가 했던 조언이 생각난다.

"네가 만나는 사람이 괜찮은 사람인지 아닌지를 확인해 보는 방법을 알려줄게. 함께 걸을 때 그 사람이 너를 인도 안쪽으로 이끌어 걷게 하면 괜찮은 사람이야. 그런데 그런 것 전혀 아랑곳하지 않는 사람이라면 두 번 다시 만나지 마!"

데이트 상황에서 모든 남성이 신체적으로 약한 여성을 보호하기 위해 본능적으로 행동하는 것은 아닐 것이다. 물론 모든 여성이 남성보다 신체적으로 약한 것도 아니다. 남성이 여성을 보호하는 행동을 하지 않았을 때 매너 없는 사람으로 평가받는 이유는 무엇일까.

'상대가 할 수 있는 것을 굳이 내가 해주고 싶은 것', '내가 할 수 있는 것을 굳이 상대가 해주기를 바라는 것'. 연애는 두 사람이 서로 의존하고 배려하며 즐거움을 주고받는 관계다. 그래서 데이트 매너는 연인을 위한 온정과 배려의 표현일 뿐 큰 의미를 부여할 필요가 없다고 말하는 사람도 있겠다. 이런 생각이 들었다. 데이트 상황에서 남성은 왜 여성이 할 수 있는 것을 굳이 해주고 싶은 '배려 욕구'가 높아지는 것일까? 반대로 여성은 왜 자신이 할 수 있는 것을 굳이 남성이 해주기를 바라는 '의존 욕구'가 강해지는 것일까?

우리가 데이트 예절이라고 생각해왔던 행동들의 대다수는 남성이 여성을 온정의 대상으로 바라보며 배려하고 우대하는 것들이다. '배려와 우대', 데이트 상황에서 남성에게 요구하는 이런 역할 특성들은 은밀하고 교묘하게 남성은 '주도성', 여성은 '의존성'이라는 차별적 문화를 우리에게 내면화한다. 여느 드라마의 흔한 대사 '애기야, 오빠가 다 해줄게.' 처럼 두 사람의 만남에서 여성은 남성과 평등한 관계가 아니라 마치 아이처럼 남성에게 보호받는 존재, 의존하는 존재, 통제받는 존재로 자리매김한다. 그래서 남성이 데이트 계획을 얼마나 철두철미하게 세워오고 데이트 비용으로 얼마를 지출하는가는 여성을 향한 사랑의 크기로 정량 평가된다. 이러한 데이트 문화에 잠식되면 우리 자신도 모르게 데이트 예절을 실행하지 않는 남성을 남자답지 못한, 예의 없는 사람으로 인식하게 된다. 이러한 차별적 인식이 가장 크게 작동하는 영역은 바로 데이트 비용일 것이다.

돈, 연애할 때 결코 빼놓을 수 없는 중요한 요소다. 연인과 만나 온종일 서로 얼굴만 쳐다볼 수는 없다. 물론 얼굴만 보고 있어도 행복에 겨워 어찌할 바를 모르는 사람도 있겠지만, 대다수의 연인은 함께 맛집을 탐방하고 재미있는 영화를 보고 분위기 있는 찻집에서 차를 마시고 사랑을 나누려 숙박업소에 가고는 한다. 만남은 필연적으로 시간과 돈을 소비한다. 또 돈을 얼마나 소비했는지에 따라서 만남의 즐거움과 만족감이 달라지기도 한다. 만남을 위해 지출하는 데이트 비용을 두 사람이 어떻게 분담하면 좋을까? 연인들의 성공적 연애에 관심이 많은 부모, 선배, 친구의 조언과 대중매체 속 자칭 연애 고수들의 조언이 쏟아진다.

- 돈을 더 많이 버는 사람이 더 많이 내는 게 당연한 거지.
- 돈을 더 많이 쓰는 것이 사랑의 표현이다.
- 네가 더 사랑하는 사람보다 너를 더 사랑하는 사람을 만나. 그래야 상대가 돈을 쓰지.
- 만난 지 22일[4]이 되기 전에 상대에게 돈을 쓰는 사람은 바보야.
- 더치페이를 해야 '개념녀, 개념남'이지.

주변인들의 이런 조언은 어떤 근거를 참고한 것일까? '문화는 우리가 숨 쉬는 공기와 같다Culture is the air we breathe all around us.'[5] 우리는 그것을 볼 수 없고 만질 수 없지만 우리의 삶에 뿌리내려 막대한 영향을 주고 있다. 데이트 비용도 마찬가지다.

어느 날 강의 일정을 소화하느라 식당에서 혼자 늦은 저녁을 먹게 되었다. 식당 안에는 두세 명의 손님이 식사를 끝내고 담소를 나누고 있었다. 내 앞에 반찬을 놓던 식당 주인이 누군가에게 소리를 버럭 질렀다. 깜짝 놀라 그들의 대화를 경청할 수밖에 없었다. 택시비를 달라는 딸과 줄 수 없다는 식당 주인의 실랑이였다.

"왜 택시비를 네가 내! 이렇게 늦은 시간에 너를 만나려면 걔가 데리러 오든지 아니면 택시비를 주든지 해야지. 남자가 돈을 내게 해야지, 왜 바보 같이 여자가 돈을 내!'

손님 시선 따위는 아랑곳하지 않고 딸을 향해 바보 같다며 고성을 지르던 식당 주인의 행동에 나는 들었던 숟가락을 내려놓았다.

사회 교환 관계에서 공동 관계로

한때 개그 프로그램에서 '운전은 내가 한다. 통행료는 네가 내라'라는 말이 유행했다. 데이트 비용 분담의 남녀 불균형을 꼬집는 말이다. 내가 경험했던 사례처럼 '데이트 비용은 남자가 주로 부담해야 한다'는 인식은 전 연령대에 걸쳐 어느 정도 나타나고 있는데, 세대 간에 성 역할 고정관념이 도제식으로 전수된 결과가 아닐까 싶다. 특히 부모 세대 중에서도 50, 60대 남성에게서 그런 인식이 좀 더 강하다.[6]

요즘 청춘들은 기존 문화의 답습을 거부하고 평등한 문화를 창조하는 특징을 보인다. 이들은 데이트를 신청하고 계획하며 데이트 비용을 내는 행동이 남성의 몫이라는 기존의 남성 중심 데이트 문화에 문제를 제기하고 흐름을 바꿔가기 시작했다. '데이트 비용은 남녀가 균등하게 부담해야 한다'는 인식은 연령대별로 다소 차이가 있지만, 전 연령대

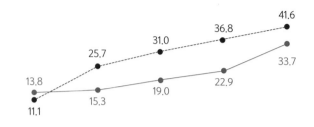

데이트 비용은 남자가 주로 부담해야 한다고 응답한 비율

| | 30대 미만 | 30대 | 40대 | 50대 | 60대 이상 |

—●— 여성 ····●···· 남성   (출처: 통계청, 2016)

에 걸쳐 상당수 공감대를 형성하고 있고, 그러한 공감대는 남성보다도 여성에게서 더 두드러진다. 특히 연애에 한창일 30대 미만 청춘들의 경우 남녀가 유사하게 이러한 생각을 하고 있다는 점을 눈여겨볼 필요가 있다.[7] 데이트 비용 분담에 관한 청춘들의 사고가 기존 세대의 가르침에서 벗어나고 있는 것이다.

청춘들의 데이트 비용 분담에 관한 의식은 평등을 향해 나아가고 있지만 주변인들의 애정 어린 조언까지 피해가기는 어렵다. 조언을 가장한 참견은 연인 관계를 저울질하도록 부추기며 데이트 비용에 관한 고정관념과 편견을 답습하게 만들기도 한다. 그러나 연애는 두 사람이 주체적으로 만들어가는 자신들만의 문화여야 한다. 자신들만의 데이트

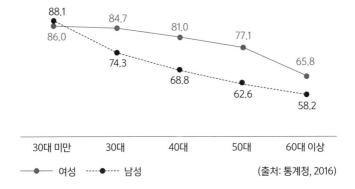

데이트 비용은 남녀가 균등하게 부담해야 한다고 응답한 비율(%)

88.1　84.7　81.0　77.1　65.8
86.0　74.3　68.8　62.6　58.2

30대 미만　30대　40대　50대　60대 이상
──●── 여성　┄┄●┄┄ 남성　(출처: 통계청, 2016)

문화를 만들어가기 위해서는 자신과 상대가 어떤 연애를 지향하는지를 아는 것이 중요하다.

"지금까지 내가 사준 선물을 다 돌려줘!"

헤어지는 연인에게 그냥 홧김에 하는 말일까? 기업의 재무제표를 작성하듯 연인 관계를 '사회 교환social exchange 관계'로 바라보고 한 말일 수도 있다. 친구에게 밥을 사면 다음에는 그 친구가 밥을 살 것으로 기대하게 된다. 기대와 달리 친구가 계속 밥값을 내지 않는다면 만나자는 그 친구의 전화가 어느 순간 불편해질 수 있다. '또 얻어먹으려고?' 하는 생각과 함께 말이다.

내가 상대에게 뭔가를 주면 상대도 내게 그만큼 보답해주기를 바라는 상응의 욕구가 사랑을 전제한 연인 관계에도 해당하는 것일까? 연애는 시간과 정신 그리고 경제적인 에너지를 주고받는 과정이다. 이런 에너지를 비슷한 크기로 주고받는 연인들도 있지만, 한 사람은 주기만 하고 다른 사람은 받기만 하는 일방적인 관계의 연인들도 있다. 연인 관계의 지속 여부를 사회 교환 관계로 바꿔본다면 이런 식이다. 당신은 연인에게 시간과 정신 그리고 경제적인 에너지를 얼마나 제공했는가? 연인에게서는 그런 에너지를 얼마만큼 받았는가? 각자의 수입과 지출을 계산기로 두드려본 결과, 두 사람 모두 이득을 얻고 있다면 그 만남은 지속할 가능성이 높다. 하지만 한 사람은 큰 이득을 얻고 다른 사람은 막대한 손해를 보고 있다면 그 만남은 무너질 가능성이 높다.

연인 관계를 사회 교환 관계로 바라보는 것이 적절할까? 지나치게 계산적이고 삭막하다는 생각이 들 수 있다. 친구에게 밥을 사면서 친구가 언젠가는 그만큼 되돌려주기를 바라는 사람도 있다. 하지만 누가 밥값을 더 많이 내는지를 따지기보다는 친구와 함께 밥을 먹고 이야기를 나누는 즐거움을 추구하는 사람도 있다. 연인은 '우리'라는 공동체 안에서 친밀감과 애착을 키워나가는 '공동communal 관계'다. 두 사람 공동의 즐거움과 행복에 관심을 두게 되면, 시간과 정신 그리고 경제적인 에너지를 상대에게 얼마나 투자했고 얼마만큼 받았는지는 중요치 않게 된다. 개인의 이득이 아닌 두 사람의 행복에 얼마나 기여하는지가 더 중요하기 때문이다.

각자의 삶을 살아온 두 사람이 만나서 연인이 된다. 연인에게 일방적으로 주는 것을 좋아하는 사람, 일방적으로 받는 것을 좋아하는 사람, 일방적으로 받는 것을 불편해하는 사람, 하나를 주면 하나를 되돌려 받아야 한다고 생각하는 사람, 재지 않고 아낌없이 주고받는 것을 좋아하는 사람. 연애는 두 사람의 삶의 방식을 함께 조율해가는 과정이다. 서로 사랑하는 연인 사이라도 대화하지 않으면 상대의 마음을 알기 어렵다. 데이트 비용 분담에 관한 옳은 답은 없다. 나와 상대의 경제적 상황과 데이트 비용 분담에 관해 함께 의논해보는 것이 중요하다.

데이트 비용에 관한 수업을 들은 한 쌍의 커플이 수업이 끝나자마자 나를 찾아왔다. 부끄럽지만 다른 청춘들에게 도움이 된다면 자신들이 어떤 방법으로 데이트 비용을 분담하고 있는지를 소개하고 싶단다. 미래에 친밀한 연인 관계를 꿈꾸는 사람이라면, 데이트 비용 분담 문제로 갈등을 겪고 있는 연인이라면, 또 자녀에게 평등한 연애에 관해 이야기해주고 싶은 부모라면 이 커플의 사례[8]를 참고해보는 것도 좋겠다.

나: 두 사람은 데이트 비용을 어떻게 분담하고 있나요?

Y(남): 데이트 통장을 사용하고 있습니다. 매월 1일 둘이 같

은 금액을 데이트 통장에 넣습니다. 부족하면 그때그때 추가해서 넣습니다. 그럴 때도 둘이 같은 금액을 넣는 편입니다.

E(여): 가끔 주변 어른들께서 애인과 맛있는 것을 사 먹으라고 주시는 돈도 데이트 통장에 넣습니다.

나: 언제부터 그런 방식으로 데이트 비용을 분담했나요?

E: 사귄 지 한 달이 채 되지 않았을 때 제가 그렇게 하자고 제안했습니다. 만날 때마다 Y가 돈을 더 내려고 해서 불편했습니다.

Y: 서로 돈을 더 내겠다고 옥신각신하다가 크게 싸운 적이 있습니다. 더는 싸우기 싫어서 그렇게 하자고 했습니다.

E: 제가 그날 데이트에 들어간 돈을 모두 계산해서 딱 절반의 돈을 Y에게 보냈거든요. Y가 제게 계산적이라고 말했죠.

Y: 저는 E가 너무 좋아서 돈을 내는 건데, E가 일방적으로 받는 것을 굉장히 불쾌해했습니다. 그럴 때마다 당황스럽고 E가 지나치게 계산적이고 정확하게 따지는 것 같아서 서운했어요.

E: 둘 다 학생이라 부모님께 용돈을 받을 테고 아르바이트를 한다고 해도 가진 돈은 비슷할 텐데, Y가 자꾸 돈을 더 내려고 했어요. 오래 만날 사이라면 돈 문제

는 확실히 해야 서로 서운함이 안 생긴다고 생각했습니다. 정확히 계산하지 않으면 Y가 돈을 더 내는 것에 제가 익숙해질 수도 있고요. 지금은 괜찮지만 나중에 Y가 저를 부담스럽게 생각할 수도 있으니까요.

Y: E의 그런 생각을 듣고 데이트 비용을 함께 내는 방법을 생각했습니다. 그래서 데이트 통장을 사용하게 됐죠. 지금은 누가 돈을 더 내는지 신경 쓰지 않고 데이트를 즐길 수 있게 된 것 같아요.

나: 괜찮다면 데이트 통장을 볼 수 있을까요?

연애 중인 커플이 보여준 데이트 통장

데이트 통장
잔액 40,000원

1개월 · 전체 · 오래된순

날짜	내용	금액
04.01 ▶	Y: 데이트 통장 충전!	30,000 잔액 30,000
04.01 ▶	E: 데이트 통장 충전!	30,000 잔액 60,000
04.05 ▶	맛있는 간식	−25,000 잔액 35,000
04.07 ▶	바사삭 핫도그	−10,000 잔액 25,000
04.12 ▼	Y: 데이트 통장 충전!	60,000 잔액 85,000

Note.
오늘 저녁에 곱창이 먹고 싶은데 데이트 통장 잔액이 부족해서 채우기로 함. E는 요즘 지출이 많아서 Y가 E의 것까지 채움. E는 감사한 마음으로 오늘은 곱창을 맛있게 먹고, 다음달 돈이 생기면 Y에게 곱창을 사주기로 함.

| 04.12 ▶ | 곱나와라 곱창 | −45,000
잔액 40,000 |

연인에게 자신의 경제적 상황을 드러내는 것이 부끄럽고 민망할 수 있다. 자신의 상황을 이야기하지 않고 눈치만 보다가 서로 감정이 상하는 것보다는 데이트 비용 분담에 관한 생각을 나눠보고 두 사람에게 적합한 방법을 조율하는 것이 좋지 않을까. 계산대를 앞에 두고 누가 계산할지 눈치 보지 말고 당당하게 둘만의 방법으로 데이트 비용을 계산해보자. 또 데이트 예절을 상대에게만 강요하지 말고, 누가 먼저라고 할 것 없이 상대가 편하게 앉을 수 있게 의자를 빼주면 어떨까. 이것이 연인 관계에서 서로를 존중하는 데이트 예절이 아닐까 싶다.

2

우리 이제 19금으로 갈까?

나만의 성적 환상
즐기기

누구나 판타지를 꿈꾼다

'혼후관계주의자'임을 미리 알립니다. 여자친구와 키스하
면서 머리 쓰다듬기, 1박 2일 여행 가서 음료수를 마시며
영화 보고 수다 떨며 15금 이상 성행위 하지 않기, 키스 종
류 100가지 실현해보기, 서로 옷 벗은 채 껴안고 있으면서
성욕 잠재우기 등입니다.

거의 고문에 가까운 인내심 실험 아닌가! 수업 활동 중
에 청춘들이 재미있어 하는 토론 주제가 몇 개 있다. 그중
하나는 다른 사람의 머릿속에서 은밀하게 펼쳐지고 있는 성
적 환상sexual fantasy9을 함께 들여다보는 일이다.

인간은 성적인 존재이기에 다양한 성적 환상을 즐긴다. 바꿔 말해서 성적 환상은 인간에게 나타나는 매우 흔한 활동이다. 약 1세기 전만 하더라도 성적 환상은 성적 갈등의 산물로 여겨져 '정서적 미성숙'이라는 부정적인 꼬리표가 붙었다. 성생활에 만족하지 못한 사람들이 성적 환상을 통해 욕구 좌절을 충족한다고 생각했기 때문이다. 최근에는 성적 환상의 긍정성을 강조한다. 성적인 생각이나 환상 그리고 성적 욕망이 6개월 이상 지속해서 없거나 적은 사람은 성 기능장애sexual dysfunction10 진단을 받을지도 모른다. 성적 환상은 성적 흥분과 만족을 얻기 위한 정신적 활동이며 정상적인 성 기능의 지표로 평가받고 있다.

성적 환상은 스스로 각본을 쓰고 주연을 맡고 영상을 촬영하는 일종의 독립 단편영화와 같다. 오로지 자기만족을 위하기 때문에 내용이나 형식이 일정한 틀에 얽매이지 않고 자유롭다. 그 영화는 때로는 현실적으로 실현 불가능한 공상, 대부분의 사회에서 금기하는 일탈, 경험하지 못한 성적 행위에 관한 소망 혹은 직간접으로 경험한 쾌락의 반복 재생일 수 있다. 성적 환상의 불이 철저하게 은폐된 사적 영역에서 켜지고 다른 사람의 성적 환상을 쉽게 들여다볼 수 없기 때문에 어떤 사람들은 '이런 성적 환상을 즐기는 것이 정상인가?' 의구심을 품고 죄책감을 느끼기도 한다.

누구나 경험하지만, 다른 사람과 공유하기 어려운 성적

환상. 청춘들과 함께 가장 최근에 떠올렸거나 빈번하게 떠오르는 성적 환상을 성별만 밝히고 익명의 글로 작성해보기로 했다. 개개인의 성적 환상을 유사한 범주로 구분할 수 있는지, 남성과 여성의 유사점과 차이점은 무엇인지를 토론해보자는 의미였다. 무엇보다도 청춘들에게 성적 환상은 개인의 '독특한 경험'이 아닌 인간의 '보편적 활동'이라는 점을 알리고 싶었다.

"300자 분량은 너무 적습니다. 분량을 더 늘려주십시오."

한 청춘이 이메일을 보내왔다. 자신의 성적 환상은 다채롭고 풍부해서 짧은 글로 정리하기 어렵단다. 성적 환상을 글로 표현할 때 그 수위 역시 조율이 필요했다. 머릿속에 떠오르는 성적 환상을 있는 그대로 묘사했을 때 자칫 수업의 목적에서 벗어나 음란한 분위기로 흘러갈 수 있기 때문이었다. 이런 점을 고려해서 글을 읽었을 때 보통의 청춘들이 불편하지 않은 수위로 400자 내외로 작성하기로 했다.

100편이 넘는 성적 환상의 글을 성별로 취합해서 인쇄한 후 청춘들과 읽어보며 자유롭게 토론하는 시간을 가졌다. 성적 환상의 내용이 너무나 다양해서 체계적으로 범주화하기가 어려웠지만, 몇 가지 두드러지게 눈에 띈 특성들을 소개하려고 한다.

친밀한 상대 vs 낯선 상대

한가로운 아침이다. 오늘은 모처럼 하루 휴가를 냈다. 커튼 사이로 들어오는 햇빛에 눈이 부셔 얼굴을 찡그리지만, 집에서 쉴 수 있다는 사실에 안도하며 포근한 이불을 꼭 끌어안는다. 옆에서 자고 있던 애인이 내 품에 안기더니 "일어났어?"라고 말하면서 몸을 일으켜 내 눈을 사랑스럽게 들여다본다. 뜨거웠던 어젯밤의 기억들이 하나둘씩 떠오르기 시작한다. 분위기가 간질간질해지며 행복한 웃음이 번진다. 애인은 내게 장난스럽게 키스하며 속삭인다. "한 번 더 할까?"

덩달아 강의실 분위기도 간질간질해지는 느낌이다. 여성 64%와 남성 56%의 성적 환상 속 상대는 남자친구, 여자친구, 애인, 남편, 아내라고 호칭하는 친밀한 관계에 있는 사람이었다. 사귀지는 않지만 호감을 느낀 상대도 가끔 등장했는데, 모두 연인으로 발전할 가능성을 전제하고 있었다. 이들은 '사랑스러운 눈빛, 사랑한다는 속삭임, 익숙한 체취, 포근한 품, 따뜻한 숨결, 행복한 웃음, 존중과 배려, 유대감, 특별하고 소중한 존재'와 같은 정서적 언어를 성적 환상의 글에 자주 언급했다. 남녀 모두 친밀한 관계에서 오는 정서적 안정감을 바탕으로 육체적 교감을 나누는 환상을 하면서 성적 흥분과 만족을 경험하고 있었다.

공부에 시달리며 감정이 메말라버린 시험 기간이 끝나고 친구들과 기분 전환을 위해 분위기 좋은 술집에 갔다. 오랜만의 유흥이라 들뜬 마음에 신나게 떠들고 술을 마셨다. 술에 흠뻑 취해 나이트클럽으로 춤을 추러 갔다. 북적이는 사람들 사이에서 후각을 자극하는 강한 향수 냄새에 나도 모르게 시선이 누군가를 향했다. 우리는 서로 눈이 마주치고 거부할 수 없는 소용돌이에 휩싸이듯이 서로를 향해 다가갔다. 첫 만남의 설렘과 불안이 공존하지만 우리는 서로에게 이끌려 나이트클럽 밖으로 나가고 있다.

누구나 한번쯤은 떠올려봤을 성적 환상이 아닐까 싶다. 낯선 상대와 하룻밤 성관계를 꿈꾸는 환상은 여행지, 술집, 파티, 나이트클럽 등 주로 일상에서 벗어나 자유로움을 느낄 수 있는 장소와 연결되어 있었다. 남성 27%와 여성 20%는 처음 만난 상대 또는 친하지 않은 상대와 순간적으로 이끌리는 성적 환상을 했다. 낯선 상대는 '긴 생머리에 흰 피부와 볼륨감 있는 몸매를 가진 여자, 두툼한 입술에 눈웃음이 매력적인 몸매가 좋은 여자, 굵은 팔뚝과 넓은 가슴을 가진 키 큰 남자, 군살 없는 몸매에 지적인 느낌이 물씬 풍기는 남자'와 같이 자신이 바라던 외적 조건을 갖춘

이상형이 많았다. 가끔은 서로 인사만 나누는 정도의 친하지 않은 이웃, 직장 동료나 학우 등의 거부할 수 없는 유혹에 빠져 성관계하는 환상을 하기도 했다. 육체적 매력으로 무장한 처음 만난 상대와 아무런 제약 없이 일회적으로 성관계하는 성적 환상을 통해 일부 청춘들은 사랑을 전제로 한 성관계라는 전통적 성규범으로부터 해방되는 짜릿함을 느끼고 있었다.

낭만적인 상황 vs 스릴 있는 상황

여자친구가 내게 보낸 아침 인사 문자를 확인하며 배시시 웃는다. 최대한 멋지게 차려입고 설레는 마음으로 그녀와 데이트하러 간다. 약속 장소에 먼저 도착한 그녀가 나를 보더니 두 볼이 빨개지며 수줍게 웃는다. 우리는 놀이공원에서 놀이기구를 타고 여기저기 구경하며 재미있게 논다. 노을이 지기 시작한다. 사람들이 모두 떠나고 우리 둘만 남아서 대관람차를 타고 붉은 노을을 바라보며 낭만적인 키스를 나눈다. 야경이 근사한 레스토랑으로 가서 즐거운 이야기를 나누며 와인을 곁들여 저녁식사를 한다. 만족스러운 식사가 끝난 후 우리는 누가 먼저라 할 것도 없이 호텔로 향한다.

청춘 남녀가 가장 많이 떠올리는 성적 환상은 친밀한 관계에서 낭만적인 데이트를 즐기는 내용이었다. 흥미롭게도 성적 환상의 내용이 대다수 기승전결의 형식을 갖추고 있었다. 주로 여행지, 바닷가, 공원 등에서 두 사람이 정서적 교감을 나눈 다음에 자연스럽게 근사한 호텔에서 성관계 하는 것으로 이어졌다. 몇몇 청춘 남녀는 자신이 평소 흠모하던 인기 스타에게 사랑 고백을 받고 그만의 연인이 되어 달콤한 데이트를 하는 성적 환상을 하기도 했다. 이들의 성적 환상에는 '예쁜 꽃다발, 은은한 조명, 감미로운 음악, 향긋한 냄새, 멋진 야경, 달콤한 와인, 거품 가득한 따뜻한 욕조, 깨끗하고 푹신한 침구' 등이 자주 등장했다. 많은 청춘 남녀가 로맨스 영화 속 주인공처럼 낭만적인 상황이나 분위기를 즐기면서 성적 흥분과 만족을 경험하고 있었다.

나와 내 남자친구는 같은 부서에서 근무한다. 우리는 비밀 연애 중이다. 며칠 동안 야근해서 피곤한 몸을 이끌고 퇴근하기 위해 엘리베이터를 탔다. 사람이 가득 찬 엘리베이터 안, 우리는 제일 안쪽에 서 있다. 다른 사람의 눈을 피해 나에게 뜨거운 눈빛을 보내며 침을 꼴깍 삼키는 그의 얼굴이 나를 흥분하게 한다. 조금씩 몸을 밀착해오며 내 허리를 감싸는 그의 손에서 조바심의 떨림이 느껴진다. 사람들이 모두 내린 엘리베이터 안, 우리의 격정적인 입맞춤이 시작된다. 우리는 모두 퇴근하고 비어 있는 사무실로 올라가기 위해 엘리베이터 버튼을 누른다.

외줄 타기라도 하는 것처럼 긴장이 넘치고 아슬아슬하다. 남성 17%와 여성 15%는 안전하고 편안한 장소에서 벗어나 긴장과 불안을 일으킬 수 있는 장소에서 성관계하는 환상을 했다. 이들이 주로 언급한 장소는 '불이 꺼진 심야 버스 안, 어두운 영화관, 인적이 드문 어두운 공원, 경치가 좋은 곳에 세워둔 승용차 뒷좌석, 단둘이 있는 엘리베이터 안, 모두 퇴근한 빈 사무실, 수업이 끝난 빈 강의실' 등이었다. 다른 사람의 눈을 피해가며 공공장소에서 성관계하는 환상은 누군가에게 들킬 수도 있다는 불안과, 성관계는 사적 공간에서 해야 한다는 사회적 관습을 어기는 스릴감이 얽혀서 청춘들에게 색다른 쾌감을 주고 있었다.

과정 중심 vs 행위 중심

사랑하는 사람과 성관계하기 직전의 상황을 떠올리는 것을 좋아하는 편이다. 서로의 눈을 바라보면서 미소 짓기, 손을 잡고 따뜻함을 느끼기, 얼굴을 매만지면서 사랑한다고 말하기, 함께 거품 목욕을 하며 장난스럽게 스킨십 하기, 감미로운 키스와 함께 서로의 몸을 애무하기, 두근거리는 심장 소리와 입 밖으로 새어 나오는 가쁜 숨소리 듣기, 서로를 간절히 원하고 있다는 것을 느끼기 등이다. 직접적인 성행위보다도 두 사람이 서로를 원하고 그 느낌을 함께 공유하는 과정을 떠올렸을 때 즐거움이 크다.

자연의 경치를 천천히 만끽하면서 산에 오르는 과정에서 즐거움을 찾는 사람이 있는 반면에, 할 수 있는 한 빨리 산의 정상에 도달하는 것을 목표로 성취감을 맛보려는 사람도 있다. 청춘들의 성적 환상 역시 과정 중심의 내용과 결과 중심의 내용으로 나뉘었다. 여성 36%와 남성 29%는 '손잡기, 포옹하기, 키스하기, 애무하기'와 같은 스킨십을 통해 두 사람이 교감하는 과정에 초점을 둔 성적 환상을 하고 있었다. 물론 글을 쓰기 전에 청춘들에게 글의 수위를 적절하게 조절해달라고 요구했던 결과일 수도 있겠다. 하지만 이들의 성적 환상의 대다수가 일정한 줄거리가 있는 이야기 속에서 펼쳐지고 있어서 직접적인 성관계보다도 그 과정에서 오는 즐거움을 더 중요하게 여긴다는 것을 쉽게 추론해볼 수 있다.

성적 환상의 글에는 성관계를 직접 묘사하기보다는 '두 사람이 성관계한다'는 식의 간접적인 묘사로 마무리하는 사례가 많았는데, 남성 25%와 여성 9%는 이 책에 언급하기 어려울 정도로 앞뒤 맥락 없이 직접적이고 구체적인 성교 행위를 묘사했다. 이들의 성적 환상은 주로 '그' 또는 '그녀'로 지칭하는 막연한 상대와 자신이 원하는 성교 체위를 수행하는 내용이었다. 어떤 이는 '음란물에서 봤던 성교 체위'를 따라 하고 싶다거나 《카마수트라》[11]에 소개된 온갖 체위를 모두 하고 싶다는 환상을 털어놓기도 했다. 극히 일부였지만, 어떤 청춘 남녀는 특정 영화의 한 장면을 언급하며 상대에게 안대를 씌우거나 밧줄을 이용해 상대의 몸을 결박한 후에 성관계하는 환상을 하기도 했다. 일부 청춘들은 직간접으로 경험한 성교 행위 중에 성적 흥분을 강렬하게 일으키는 장면을 생생하게 재생하거나 아직 경험하지 못한 성교 체위를 떠올리면서 감각적 쾌락을 최대화하고 있었는데, 그 비율은 여성보다도 남성에게서 더 높았다.

선호하는 옷차림

오늘은 일이 늦게 끝났다. 집에 돌아오니 몸에 딱 맞는 흰색 셔츠에 검은색 정장 바지를 입은 남편이 소매를 걷어 올리고 설거지를 하고 있다. "왔어? 차 마실까?" 그는 내게 인사를 건네며 뜨거운 차를 준비하려고 커피포트를 잡는다. 그의 팔목에 핏줄이 선다. 남편이 무척 섹시해 보인다. 뒤로 다가가 그를 껴안는다. 그의 넓은 어깨 너머로 심장이 빠르게 뛰는 소리가 들린다. 남편이 뒤돌아 나를 번쩍 들어

안는다. 남편에게 안긴 채 그의 셔츠 단추를 하나씩 푼다. 우리는 침대로 향한다. 차는 식겠지만 지금 이 순간 무엇이 중요하겠는가!

성적 환상 속 상대방의 옷차림을 묘사하는 청춘들도 종종 있었다. 여성은 '몸에 딱 맞게 입은 정장, 정장을 입고 넥타이를 맨 상태, 긴팔 셔츠 소매를 걷어 올려 팔목이 드러난 모습' 등 주로 직장 생활에서 격식을 갖추어 입는 남성의 옷차림을 선호했다. 남성은 '흰 티셔츠에 청바지, 정장에 검은 스타킹, 블라우스에 짧은 치마, 속옷이 비치는 블라우스, 골반이 드러나는 에이치라인의 스커트, 한복, 알몸에 앞치마만 두른 모습' 등 자신이 선호하는 여성의 옷차림을 다양하게 묘사했다.

남성 15%와 여성 4%는 청소년기에 하지 못했던 교복 데이트를 꿈꾸며 학창 시절로 되돌아가 상대와 교복 차림으로 성관계하는 환상을 하거나 특정 직업의 복장을 한 상대와 역할극을 하며 성관계하는 환상을 하기도 했다. 또 주인과 종의 관계처럼 지위를 부여해서 명령하고 복종하는 역할을 수행하기를 원했다. 청춘들의 성적 환상에서 이런 내용이 빈번하게 등장하지는 않았지만, 그 비율은 여성보다도 남성에게서 더 높았다. 특정 직업의 복장을 선호하거나 명령과 복종 혹은 가학과 피학과 같은 역할을 수행하는 성적 환상은 주로 음란물의 영향을 받은 결과라는 것을 청춘들과 토론하는 과정에서 파악할 수 있었다.

과거를 배경으로 한 내용 중에서 청춘들이 가장 흥미롭다고 말한 성적 환상을 소개한다.

매일 양반들을 위해 노래하며 시를 쓰고 악기를 연주하지만 그게 무슨 소용인가 싶다. 정작 내가 사랑하는 사람이 없다는 사실이 나를 외롭게 만든다. 외로움을 달래기 위해 자주 들리는 연못에 갔다. 발을 헛디뎌 연못에 빠지려는 순간 한 남성이 나를 구해주었다. 우리의 사랑은 아마도 그때부터인 것 같다. 하지만 그는 사대부 계층으로 내가 감히 넘볼 수 없는 사람이었다. 우리는 너무 사랑한 나머지 모든 것을 버리고 야반도주했다. 굵게 쏟아지는 비를 피해 동굴에 들어갔고 우리는 사랑에 취해 서로의 몸을 음미했다. 우리의 사랑이 영원하기를 바랄 뿐이다.

성적 환상과 현실을 구분하기

많은 사람이 성적인 것과 무관한 일상생활에서도 성적 환상을 떠올리며 즐거움을 경험한다. 물론 자위행위나 성교 중에 성적 흥분을 높이기 위해서 성적 환상을 활용하는 경우가 더 빈번하다. 어떤 이는 연인이나 배우자와 성관계하면서 다른 사람과 성관계하는 환상을 하기도 하고 상대에게 요구하기 어려운 성 행동을 환상 속에서 간접 경험하기도 한다. 성적 환상을 활용하는 것이 개인의 성적 흥분과 만족에 중요한 역할을 한다는 사실에 대다수는 동의하겠지만, 성 규범에서 벗어난 환상을 즐기는 것이 정상적인 혹은 건강한 활동일까 하는 의구심 역시 존재할 것이다. 성적 환상은 환상일 뿐 현실로 실현하려는 것이 아니기 때문에 그러한 환상을 무조건 억압할 필요는 없겠지만, 성적 환상과 현실 세계를 구분할 힘은 필요하다.

이런 질문을 해보자. 대다수 사회에서 성범죄로 규정하는 성행위에 관한 성적 환상, 예로 아동의 성을 착취하는 환상, 폭행이나 협박으로 강간하는 환상, 다른 사람의 성생활을 몰래 훔쳐보거나 불법 촬영하는 환상 등을 강박적으로 떠올린다면 이것을 정상적인 혹은 건강한 성적 환상이라고 말할 수 있을까? 성적 환상은 소설, 드라마, 영화, 음란물 속 성교 장면을 주제로 삼는 경우가 많기 때문에 자연 발생적이라기보다는 경험의 산물이다. 특히 가학적 내용을 주제로 한 성적 환상은 음란물의 영향을 받은 결과일 가능성이 높다. 음란물에 등장하는 여성은 남성에게 종속되어 복종적인 성교를 갈망하는 존재로 그려지거나 성폭력을 바라며 즐긴다는 왜곡된 이미지로 표현되는 경우가 흔하다. 여성에 대한 성폭력을 정당화하고 있는 음란물을 비판 없이 흡수해서 반복적으로 성적 환상에 활용한다면, 그 환상은 환상으로 끝나기보다는 가학적인 성적 선호로 이어질 위험이 크다.

인터넷의 발달로 누구나 마음만 먹으면 쉽게 시청할 수 있는 음란물은 인간의 행동에 어떤 영향을 미칠까? 학자들은 음란물의 효과를 크게 세 가지로 이야기한다. 사람들이 음란물을 시청하면서 성욕을 해소하기 때문에 성폭력이 줄어든다고 주장하는 '정화 효과catharsis effect', 음란물을 시청한 후 그 행동을 따라 하는 사람들이 있기 때문에 성폭력이 증가한다고 주장하는 '모방 효과modelling effect', 음란물은 음란물일 뿐 음란물의 시청이 어떠한 긍정의 효과나 부정의 효과를 주지 않는다고 주장하는 '무 효과null effect'가 그것이다.

나는 국내 최초로 청춘들을 대상으로 '음란물과 공격성의 연관성'을 살펴보는 실험을 해보았다.[12] 우선 연구에 참여하겠다고 동의한 청춘들을 세 집단으로 나누어 자연 다큐멘터리 영상, 두 사람이 동의한 성관계를 하는 음란 영상, 남성이 여성을 강간하는 음란 영상을 각 집단에 무작위로 배정해서 시청하도록 했다. 영상 시청이 끝난 후 그들은 '현재 기분 상태'에 관한 간단한 설문 조사에 응한 뒤 실험이 끝났다고 안내받았다. 실험실에서 나오는 그들에게 한 실험자가 다가가 옆방에서 진행하는 다른 연구자의 집중력에 관한 실험에 잠깐 참여해줄 수 있는지 부탁했다. 음란물과 공격성의 연관성을 측정하는 실험 목적을 숨기기 위해서 그들에게 속임수 전략을 사용한 것이었다. 그들은 이 사실을 몰랐기 때문에 모두 흔쾌히 옆방으로 이동해 실험에 참여했다. 실험은 실험자가 다트 판의 목표물로 사람 얼굴 사진과 사물 사진을 무작위로 제시하면, 그들이 목표물에 다트를 던져 맞추는 방식으로 진행되었다. 이때 그들에게는 다트 판에 제시된 목표물을 확인하고 다트를 던질 것인지 말 것인지를 자율적으로 결정할 수 있는 선택권이 주어졌다.

청춘들이 사람 얼굴 사진에 다트를 던진 횟수를 공격 경향성 정도로 평가했다. 자연 다큐멘터리 영상을 본 집단과 비교해서 음란물을 본 두 집단은 사람 얼굴 사진에 다트를 더 많이 던졌다. 특히 강간을 묘사한 폭력적인 음란물을 본 집단은 여자 얼굴 사진에 다트를 더 많이 던졌다. 실험이 끝난 뒤 그들에게 다트 던지기 과제는 집중력을 측정한 것이 아니라 사실은 공격 경향성을 측정한 것이라고 설명하고, 사람 얼굴 사진에 다트를 더 많이 던진 이들과 인터뷰를 해봤다. 그들이 얼굴 사진에 다트를 더 많이 던진 이유로 가장 많이 언급한 것은 '그냥 던지고 싶어서', '마음에 들어서'였다. 자신도 모르게 여자 얼굴 사진에 다트를 던지고 싶어졌다는 말이었다. 이것은 음란물 시청이 모방 효과를 가져와 공격적인 행동으로 연결될 수 있음을 보여준다.

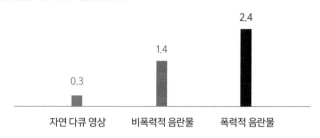

음란물과 공격성의 연관성 실험 (n=120)

사람 얼굴 사진에 다트를 던진 횟수

자료: Yang & Youn(2012)

　　성적 환상은 개인의 머릿속에서 은밀하게 이루어지는 경우가 많다. 하지만 어떤 이들은 그 성적 환상을 상대방에게 실현해보고자 한다. 이때 상대가 용납할 수 있는 성적 환상이 있는 반면에 그렇지 않은 경우도 있다. 가학적이고 폭력적인 성적 환상을 반복하다 보면 자신도 모르게 그 성적 환상에 흠뻑 젖어 현실에 실현하고 싶은 욕망이 생길 수 있다. 상대가 용납할 수 없는 성적 환상을 실현하는 것은 동의를 얻지 않은 성 행동이며 그 환상이 가학적이고 폭력적이라면 성범죄에 해당한다. 성적 환상을 건강하게 활용하기 위해서는 성적 환상과 현실을 명확하게 구분할 수 있는 변별 능력과 성숙한 태도가 필요하다.

넷플릭스
보고 갈래?

성적 의사소통

아차차, 휴대전화를 놓고 나왔다. 급하게 전화할 곳이 있는데 어떻게 해야 하나. 주변 사람에게 "제가 좀 급해서 그러는데요. 전화 한 통 쓸 수 있을까요?" 최대한 정중하게 상대에게 동의를 구하는 행동이다. 상대는 아무 말 없이 휴대전화를 쏙 내밀거나 "네, 쓰세요." 흔쾌히 휴대전화를 건네준다. 허락한다는 표현이다. 얼굴을 찡그리며 손사래를 치거나 "모르는 사람이 제 휴대전화를 만지는 게 싫어서요." 불편한 듯 말한다. 거절한다는 표현이다. 아무리 급하게 휴대전화를 써야 해도 주변 사람의 휴대전화를 동의도 구하지 않고 뺏어 쓰지는 않는다.

우리는 일상생활에서 다른 사람의 영역을 함부로 침범하지 않아야 하고, 사전에 '동의'를 구해야 한다는 것을 알고 있다. 또 상대의 동의 요청에 '좋다' 혹은 '싫다'는 의사를 표정, 언어, 몸짓 등 다양한 방법으로 표현할 수 있다는 것도 알고 있다. 성관계에서도 마찬가지다. 성관계하고 싶다고 제안하고 동의 요청에 좋고 싫음을 표현하는 것과, 상대의 싫음을 수용하는 것은 건강한 관계를 형성하는 밑바탕이다. 순간적으로 호감을 느낀 사이든, 성관계를 처음 앞둔 연인 사이든, 오래된 연인 또는 부부 사이든 말이다. 이것이 성적 의사소통의 핵심이다.

여기 두 사람이 동의해서 성관계를 맺었다. 성관계는 둘만의 사적 공간에서, 둘만의 성적인 의사소통으로 이루어진다. 그렇기에 두 사람이 동의했다는 것을 증명해줄 증인이나 물적 증거를 찾기 힘들다.

"동의해서 성관계하고서는 한 사람이 마음을 바꿨다. 협박으로 어쩔 수 없이 성관계했다며 성폭력으로 고소했다. 꼼짝없이 성폭력범으로 몰린다. 혹시 모를 이런 일을 대비해서 성관계하기 전에 '성관계 동의서'를 받아야 한다. 성관계 '동의 앱application'에 증거를 남겨야 한다. 성관계에 동의한다는 '음성 녹음'을 해야 한다."

일부 청춘들 사이에서 돌고 있는 말이다. 우리 사회는 성 역할 고정관념의 영향으로 성관계하기 위해서 상대에게 다가가고 제안하는 사람은 남성, 그 제안에 좋다 또는 싫다는 의사결정을 하는 사람은 여성이라는 역할을 부여한다. 이런 관계 안에서 '동의'에 관한 불안이 커진 남성들은 성폭력범으로 일방적으로 몰리기 전에 안전망을 구축하기 위해서 성관계 동의서를 받아야 한다고 주장한다. 상대가 성관계 동의 의사를 동의서나 음성 녹음에 분명히 드러냈기에 문제를 제기할 수 없을 뿐더러 문제를 제기하더라도 물적 증거가 있기에 안심할 수 있다는 의미다. 동의를 구하고 동의를 표현하는 두 사람의 성적인 의사소통이 마치 계약서처럼 법률 행위가 되는 순간이다.

우리는 직접적인 만남을 통해서 또는 인터넷 공간에서 다른 사람들과 정보, 가치, 생각, 느낌 등을 서로 주고받는 행위인 '의사소통'을 한다. 그런데 왜 유독 성적 의사소통에서는 '나랑 성관계할래?'라는 제안조차 힘든 것일까?

'성인이 될 때까지 너희는 성적인 존재가 아니야. 성욕을 드러내서는 안 돼. 성욕을 함부로 표현하면 임신, 성 전파성 질환(이하 '성병'으로 표기), 성폭력의 문제들이 일어날 수 있으니까 조심해.'

우리 사회는 청소년이라는 이유만으로 그들의 성을 성인이 될 때까지 억압하고 금지해야 하는 것으로 여긴다. 기존 세대의 가치 기준을 고수하며 청소년 역시 성적인 존재라는 것을 인정하지 않는 것이다. 그래서 청소년에게 성적인 존재로서 성욕을 어떻게 통제하고 조절할 것인지, 성욕을 어떻게 건강하게 표현할 것인지, 상대와 어떻게 진솔하게 성적 의사소통을 할 것인지에 관해서 가정·학교·사회 어느 곳에서도 제대로 알려주지 않는다. 그렇게 성적인 존재로 인정받지 못한 채 성인이 된다.

"우리 애는 아직 스물여덟 살이라 성관계 안 해봤을 거예요. 야동도 안 보는데, 그것을 어떻게 알아서 하겠어요?"

부모를 대상으로 한 성교육 현장에서 한 어머니가 한 말이다. 스물여덟 살의 자녀가 부모 눈에는 여전히 '아이'일 뿐 성적인 존재라는 것을 상상조차 하지 못하는 것처럼 말이다.

성인이 된 청춘들에게 물어봤다. "상대에게 명확하게 성적 동의를 구할 수 있는가? 상대의 동의 요청에 '좋아' 또는 '싫어'라고 명료하게 말할 수 있는가? 상대의 거절을 있는 그대로 받아들일 수 있는가?" 이 질문들에 확실하게 '그렇다'고 대답한 청춘은 많지 않았다.

'우리 섹스 할까? 우리 성관계할까?' 이런 말들을 연습해본 적이 없잖아요. 익숙하지 않기 때문에 부끄럽고 민망하죠.

대부분은 난감해하고 어려워한다. 너무나 당연한 결과다. 아무도 명확하게 가르쳐준 적이 없기 때문이다. 그래서 우리는 대중매체에서 표현하거나 자칭 연애 고수들이 조언이라고 알려주는 성적 의사소통 방법을 스펀지처럼 빨아들이고 있는지도 모른다. 그릇된 방법이 가득한데도 말이다.

두 사람이 지금 여기에서 원하고 있는 성 행동은 무엇인지, 표현할 수 있는 성 행동의 경계는 어디까지인지 명확하게 합의하지 않고 서로 눈치를 살피며 의사소통한다고 생각해보자. 키스나 애무는 괜찮지만 성관계하는 것을 원하지 않는 상대의 경계를 함부로 침범할 수도, 동의하지 않거나 거절한다는 신호를 동의로 해석하는 오해가 생길 수도 있다. 성폭력으로 고소당하지 않기 위해서 확실한 전략을 짜야 한다고 말하기 전에 두 사람이 어떤 방법으로 성적 의사소통을 하고 있는지 아래 내용을 점검해보자.

상대에게 성관계하자고 제안하는 사람

상대에게 성관계하자는 동의를 구했습니까?　　　　□ 네 □ 아니오

↘ 상대에게 어떤 방법으로 동의를 구했습니까?

상대가 동의한다고 표현했습니까?　　　　□ 네 □ 아니오

↘ 상대의 어떤 표현을 보고 동의한다고 생각했습니까?

상대의 성관계 제안에 응답하는 사람

상대의 성관계 제안에 동의한다고 표현했습니까?　　　　□ 네 □ 아니오

↘ 상대에게 어떤 방법으로 동의를 표현했습니까?

상대의 성관계 제안에 싫다고 표현했습니까?　　　□ 네 □ 아니오

↘ 상대에게 어떤 방법으로 싫다고 표현했습니까?

눈빛과 몸짓으로 말해요

동의를 받지 않은 성관계는 상대의 성적 자기결정권을 침범하는 성범죄다. 연인 관계는 친밀성을 내세워 서로의 경계를 쉽게 넘나들 수 있다고 생각하기 때문에 동의를 얻지 않은 성 행동, 즉 성폭력의 위험성을 안고 있다.

상대는 동의하지 않았지만 동의했다고 생각하는 성적 의사소통의 오해와 갈등을 다소나마 해결해보고 싶어서 연인 관계에서 청춘들이 어떤 방식으로 성적 의사소통을 하는지에 관해 이야기를 나눴다.[13] '성관계는 두 사람의 상호작용이기에 감성을 자극하는 낭만적 표현이 좋다', '서로가 어색하지 않게, 부끄럽지 않게, 민망하지 않게 자연스럽게 표현해야 한다'는 말에 대다수가 공감했다. 그런데 그들은 교감을 나누고 싶다고 말하면서도 상대가 교감을 나눌 준비가 되었는지 명확하게 확인하는 일이 낭만이 없다고 한다. 또 두 사람의 가장 은밀한 모습을 공유하는 성관계를 하면서 언어로 성적 동의를 구하는 일이 부끄럽고 민망하다고 한다. 조금 앞뒤가 맞지 않는 말인 것 같다.

가볍게 술을 마시면서 자연스럽게 분위기를 잡아요. 우선 최대한 가까이 다가앉은 다음에 어깨에 손을 올리거나 손을 잡는 가벼운 스킨십도 하고요. 머리를 부드럽게 매만지며 오늘 정말 예쁘다고 칭찬하는 말도 하죠. 그 다음이 중요한데요. 지긋이 눈을 바라보며 성관계하고 싶다는 눈빛을 계속 발사해요. 상대의 눈을 보면 무엇을 원하는지 알 수 있지 않나요? 제 눈빛을 피하면 거절한다는 뜻이고 눈빛을 피하지 않으면 동의한다는 뜻인 거죠.

청춘들은 눈빛과 스킨십 같은 몸짓언어만으로도 상대와 충분히 성적인 의사소통을 할 수 있다고 말한다. '말하지 않아도 알아요. 눈빛만 보아도 알아, 그냥 손잡으면 마음속에 있는 걸'.[14] 익숙한 노랫말처럼 말이다. 우리는 주로 언어로 의사소통한다. 그렇다고 전적으로 언어에 의존하지는 않는다. 상대를 따뜻한 시선으로 바라보며 부드럽게 손을 잡는 것만으로도 사랑의 감정을 전달할 수 있는 것처럼 친밀한 관계에서는 비언어적 의사소통 역시 중요하다. 이런 비언어적 의사소통이 '성관계 제안과 동의'에도 그대로 적용될 수 있을까? 눈빛만으로도 상대가 성관계를 원하는지 정확하게 알 수 있을까? 성관계하기 위해 상대에게 다가갔을 때 상대가 가만히 있으면 그것은 동의한다는 뜻일까?

DVD 방에서 둘이 껴안고 영화를 보다 보면 자연스럽게 몸을 만지고 성관계하는 분위기로 몰아가는 경우가 있어요. 가벼운 스킨십은 괜찮지만, 그런 장소에서 성관계하는 것이 싫어서 가까이 다가오는 상대를 밀어낸단 말이에요. 그런데도 계속해서 진한 스킨십을 해오면 그냥 꼼짝 않고 가만히 있어요. 상대의 스킨십에 일절 반응하지 않는 거죠. 스킨십에 반응하지 않고 가만히 있으면 '아, 애가 하기 싫구나' 생각하고 멈추기를 바라는 거죠.

상대가 키스에 응했고 이제 상대의 몸을 애무하면서 반응을 살펴본다. 상대가 밀어내면 싫다는 뜻, 가만히 있으면 좋다는 뜻이다. 상대의 동의 여부를 이런 방식으로 해석하는 것이 맞을까? 청춘들과 성관계 제안과 동의 그리고 거절에 관한 이야기를 나누면서 언어와 비언어적 표현, 또 그 안에 담긴 직간접의 표현들이 다양하게 얽히고설킨 조합으로 성적 의사소통을 하고 있다는 것을 발견했다. 눈여겨봐야할 점은 상대가 성관계 제안(언어적, 비언어적 모두)을 할 때, 그 제안에 동의 또는 거절을 표하는 방법으로 '가만히 있기'를 언급한 점이다. '가만히 있기'는 동의의 표현으로도, 거절의 표현으로도 사용되고 있었다.

상대의 성관계 제안에 동의한다는 표현으로 가만히 있는 이유는 무엇일까? 성관계 제안을 직접적인 언어로 표현

성관계 제안과 응답의 표현들

구분	언어적 표현		비언어적 표현	
	직접	간접	직접	간접
제안	우리 잘까? 우리 할까?	라면 먹고 갈래? 같이 있고 싶은데 나 생리 끝났어 나 어제 운동했는데	스킨십 시작	분위기 잡기 눈빛 보내기 성인 영화 틀기
응답 / 동의	응 좋아	우리 씻을까? 먼저 씻을래? 콘돔 있어?	고개 끄덕 스킨십에 적극 반응	거부하지 않기 **가만히 있기**
응답 / 거절	하기 싫어 오늘은 안 돼 다음에 하자	집에 갈래 피곤해 산책 갈까?	밀어내기 박차고 나오기	짜증난 표정 짓기 **가만히 있기**

하는 것이 쑥스럽고 민망한 것처럼 성관계 동의 역시 직접
적인 언어로 표현하기 부끄럽다는 이유였다. 거절의 표현
으로 가만히 있는 이유는 직접적으로 거절했을 때 '상대가
상처받지 않을까?' 하는 우려에서였다. 상대의 성적 접근에
반응하지 않고 가만히 있으면서 자신의 마음을 상대가 알
아차려서 성 행동을 그만두기를 바라는 표현이었다.

'내가 대화를 나눈 상대에게 100%의 호감을 느낀다면
그것은 상대가 말하는 내용(언어) 7%, 상대의 목소리 어조(청
각) 38%, 상대의 표정(시각) 55%의 영향을 받은 결과다. 의사
소통에서 언어의 중요성은 7%에 불과하지만 비언어의 중요

성은 무려 93%나 된다. 상대에게 좋은 인상을 남기기 위해서는 언어보다도 비언어로 의사소통하는 것이 효과적이다.'

상대에게 좋은 인상을 심어주는 것뿐만 아니라 성공적인 의사소통을 하는 방법으로 자주 소개되는 말이다. 이것은 '머레이비언 법칙Mehrabian law'15을 바탕으로 한 말인데, 결론부터 말하면 이 법칙은 대인 관계 의사소통 능력을 향상하기 위해서는 언어보다도 비언어적 소통이 중요하다는 식으로 전 세계적으로 잘못 통용되고 있다. 그런 식의 해석은 잘못된 것이라며 머레이비언이 난색을 표현했음에도 말이다.

'내가 발견한 지식을 잘못 인용하거나 잘못 말하는 것을 들을 때마다 나는 움츠러든다. 왜냐하면 어느 정도 상식이 있는 사람이라면 그것이 맞지 않는 말이라는 것을 명백히 알 수 있기 때문이다.'16

사실은 이렇다. 머레이비언은 언어와 비언어가 불일치한 정보를 전달받은 사람은 '7%-38%-55% 규칙'에 따라 상대의 감정이나 태도를 평가한다고 주장한다. '우리 할까?'라는 상대의 성관계 제안에 무덤덤한 표정과 영혼 없는 목소리로 '알았어'라고 답한다고 생각해보자. '알았어'라고 말하지만 목소리 어조와 표정은 말과 일치하지 않는다. 이렇게 언어와 비언어 정보가 일치하지 않을 때 사람들은 주로 비언어 단서에 집중해서 정보를 해석하려는 경향이 높다는 것이다. '알았어'라는 단어의 의미를 파악하는 언어 정보 7%,

'영혼 없는' 목소리 어조를 파악하는 청각 정보 38%, '무덤덤한' 표정을 파악하는 시각 정보 55%를 기반으로 '알았어'라는 말은 성관계에 적극적으로 동의한다는 말이 아니라, 원하지 않지만 어쩔 수 없이 동의하는 것으로 해석할 가능성이 높다는 뜻이다.

이러한 '7%-38%-55% 법칙'을 잘못 이해하고 의사소통의 비언어적 힘을 맹신하는 사람들은 '성관계 제안과 응답' 역시 언어보다도 몸짓언어로 의사소통했을 때 훨씬 효과적이라고 말할지 모르겠다. 말하지 않아도 알 수 있다는 것은 오직 비언어적 단서만을 통해 판단하는 것이다. 연인 관계에서 상대가 다가와 손을 잡았을 때 그 행동을 받아들이는 사람은 친근함을 표현한 것으로, 뭔가를 부탁하려는 것으로, 고마운 마음을 전달하려는 것으로 생각할 수 있다. 또 상대의 무표정한 얼굴을 봤을 때 화가 난 것으로, 피곤한 것으로, 딴생각에 잠겨 있는 것으로 생각할 수 있다. 이러한 다양한 해석이 가능한 것은 개인의 주관적인 관점에서 판단하기 때문이다. 자신의 비언어적 표현을 상대가 정확하게 해석해주기를 바라거나 상대의 비언어적 표현을 자기중심적으로 해석하는 모험을 감행하기보다는 명확한 언어로 성적 의사소통을 하는 것을 연습하는 것이 훨씬 더 효과적인 방법이 아닐까.

우리 둘만의 암호 정하기

일 때문에 만난 두 사람이 호감을 느낀다. 헤어지는 것을 서로 아쉬워하다가 여성이 남성에게 '라면, 먹을래요?'라고 말한다. 집에 온 남성과 이야기를 나누던 여성이 함께 먹을 라면을 끓이다가 '자고 갈래요?' 하고 제안한다. 그날 두 사람은 서로를 향한 호감을 성관계로 확인하고 연인 사이로 발전한다.

이 영화 〈봄날은 간다〉(2001)가 개봉한 이후로 청춘들 사이에서 '라면 먹고 갈래?'의 표현은 라면을 함께 먹자는 순수한 의미보다도 성적인 의미로 사용되기 시작했다. '썸' 타는 상대에게 혹은 연인에게 '(오늘 우리 집에서) 라면 먹고 갈래?'라고 말하는 것을 성관계하자는 간접적인 제안으로 해석하는 것이다. 최근에는 전 세계적으로 넷플릭스[17]가 인기를 끌면서 '넷플릭스 보고 갈래?Netflix and chill?'라는 말을 성관계하자는 간접적인 제안으로 쓰고 있기도 하다.

너무 직접적으로 말하면 분위기가 어색하고 무거워지니까 성관계하자는 말 대신에 매체에 나오는 표현이나 유행어를 쓰죠. 조금 장난스럽게 웃으면서 '라면 먹고 갈래?' 이런 식으로요. 이렇게 말했을 때 상대가 '싫은데, 그냥 집에 갈래' 이렇게 말해도 '농담이야' 하고 웃으며 넘어갈 수 있으니까 민망하지 않죠.

청춘들은 '우리 성관계할까?' 이렇게 명확한 말로 성관계를 제안했을 때 서로 간에 오해가 생기지 않는다는 것을 알고 있다. 이들이 간접적인 언어를 쓰는 이유는 불안감 때문이다. 성관계를 제안하는 사람은 '상대도 나와 같은 마음일까? 상대는 아무 생각 없는데 혼자 설레발을 치는 것은 아닐까? 성관계할 기회만 엿보는 사람으로 비치면 어쩌지? 싫다고 거절하면 어떡하나, 괜히 분위기만 어색해지는 것이 아닐까?' 등 불안이 높은 상태에서 상대에게 다가간다. 그렇기에 직접적인 언어 표현이 지닌 어색함과, 거절당했을 때 무안함을 최소화하기 위한 전략으로 돌려서 말하는 의사소통을 주로 사용한다. '조금만 더 같이 있자, 오늘은 너랑 같이 있고 싶어, 쉬었다 갈까? 우리 집에서 영화 볼까?' 등 함께 있는 시간을 만들면서 자연스럽게 성관계로 이어지는 전략을 추구하는 것이다.

그렇다면 '우리 집에서 라면 먹고 갈래?'는 모두에게 통용되는 성관계 제안의 의미일까? 청춘 남녀의 60%는 성관계를 암시하는 밈meme[18]으로 '성관계 제안이 맞다'고 말했지만, 40%는 헤어짐이 아쉬워서 좀 더 시간을 같이 보내자는 의미일 뿐 성관계 제안은 아니라는 의견이었다. 한 사람은 성관계를 의도한 말이지만, 다른 사람은 순수하게 진짜 라면을 먹자는 의미로 받아들여 상대의 집으로 들어갔다면 이 것을 성관계 동의로 해석해도 될까? 상대의 성관계 제안에 누군가는 '가만히 있으면서' 동의를 표현하고 누군가는 '가 만히 있으면서' 거절을 표현하는 것처럼, 간접적 언어 표현 이나 비언어적 표현이 지니고 있는 한계는 '의사전달의 명 료성'이 떨어진다는 점이다.

'너랑 자고 싶어.'

'나도.'

아무 생각 없이 텔레비전을 틀어놓았다. 이것저것 해야 할 일들을 뒤적이고 있는데 드라마 〈하늘에서 내리는 일억 개의 별〉(2018) 주인공들의 대사가 귀에 꽂혔다. 놀란 눈으 로 한동안 텔레비전을 응시했다. 약간의 전율을 느꼈다. 그 동안 대중매체에서 보여준 성관계 제안과 동의 표현을 빠르 게 되짚어봤다. 성관계하고 싶다고 언어로 직접 제안하고, 그 제안에 시원스레 언어로 동의하는 모습을 본 적이 있었 던가? '연인 사이에 무슨 동의가 필요해? 그냥 분위기 맞춰 얼버무리며 얼렁뚱땅 넘어가는 게 정석이지. 싫다고 말해도 강하게 몰아붙이면 끌려오게 돼 있어.' 이런 그릇된 성적 의 사소통 방식을 나무라듯이 '동의는 이렇게 구하는 거야. 동 의한다는 표현은 이렇게 하는 거야.'라며 본보기를 보여준 느낌이라고 할까. 물론 '너랑 성관계하고 싶어'라는 직접적 인 표현은 아니었지만 방송 언어의 한계를 생각해봤을 때

'너랑 자고 싶어'는 성적 동의를 구하는 최선의 표현법이 아니었을까 싶다.

바로 얼마 전에 종영한 드라마 〈청춘기록〉(2020)에서는 야밤 데이트를 즐기는 청춘들이 "우리 이제 19금으로 갈까?"라고 했다. 선정성 등의 위험을 알리는 '19금'이 또 하나의 성적 의미로 사용된 것이다. 그 수위가 키스까지인지, 애무까지인지 아니면 성관계까지인지는 모르지만 앞서 소개한 '라면'이나 '넷플릭스'보다는 직접적인 표현에 가까워졌다. 고무적인 일이라고 해야 할까.

청춘들과 모둠을 나눠 어떤 방법으로 성관계 제안과 응답을 하고 있는지, 어떤 방법이 성관계 제안과 응답의 표현으로 효과적일지에 관해 토론했다. 다음은 그들에게 가장 많은 호응을 끌어낸 내용이다.

상대에게 성관계하자고 어떻게 제안하나요?

- '나 하고 싶어. 너는?'

  (확실하게 상대에게 의견을 전달한다. 요즘 트렌드다.)

- 찡긋, 눈빛 신호를 보낸다.

  (직접적인 표현은 부끄럽다.)

- '이잉~ 뀨~' 애교를 부린다.

  (자연스럽게 분위기를 유도한다.)

상대의 성관계 제안을 동의할 때 어떻게 표현하나요?

- 조용히 탈의한다.

  (원활한 진행을 위해 동참한다.)

- '그래'라고 말한다.

  (확실하게 의사를 전달한다.)

- 필요한 물품(콘돔)을 꺼내 보여준다.

  (말로 하기 부끄럽다.)

상대의 성관계 제안을 거절할 때 어떻게 표현하나요?

- '아, 쫌!'

  (상대방을 진정시키는 데 효과적이다.)

- '다음에 하자.'

  (돌려 말해 상대방이 상처받지 않게 한다.)

- '오늘 몸이 안 좋아.'

  (돌려 말해 상대방이 상처받지 않게 한다.)

성관계 제안과 응답으로 가장 효과적인 표현 방법을 구성원이 함께 추천해주세요.

- 새내기 연인: 말로 직접적으로 표현하기

  (우리 할까? / 좋아 / 하기 싫어)

- 오랜 연인[19]: 연인들끼리 신호 또는 암호 정하기

  (네오가 프로도를 만나고 싶대 / 그래, 만나자 / 오늘은 싫대)

'우리 성관계할까?', '좋아', '아니, 하고 싶지 않아' 이렇듯 정확하고 진솔하게 성적 의사소통을 할 수 있는 힘은 어디에서 나오는 것일까? 그것은 자신의 성욕을 분명하게 인식하고 상대도 같은 마음인지를 확인하는 존중의 의사소통이다. 또 상대의 성관계 제안에 자신이 원하는 성 행동과 원하지 않는 성 행동의 경계를 자연스럽게 표현할 수 있는 자기주장의 의사소통이다. 그뿐만 아니라 두 사람의 성욕이 일치하지 않을 때 상대의 원하지 않는 성 행동의 경계를 존중하고 수용할 수 있는 공감의 의사소통이기도 하다.

요즘은 많이 사라졌지만 신혼 부부에게 금실 좋게 살라는 의미를 담아 원앙 조각 한 쌍을 선물했었다. 이 원앙 조각은 부부의 성관계 제안에도 사용되었다. 한 사람이 원앙을 마주 보게 두면 그날 밤 성관계하자는 의미다. 상대가 그 제안에 동의하면 원앙을 마주 본 그대로 놔두면 되고, 거절하면 원앙을 다른 곳을 향하도록 돌려놓으면 된다. 기존 세대의 부부관계에서 성적 의사소통의 방법의 하나는 '우리만의 약속 만들기'였다.

성적 의사소통을 하는 것이 어색하고 분위기를 망친다고 생각할 수 있다. 하지만 건강한 의사소통을 위해서는 명확한 표현이 필요하다. 성관계를 직접적인 언어로 제안하는 것이 부끄럽다면 새로운 둘만의 언어를 만드는 것은 어떨까? 그것은 언어든 비언어든 상관없다. '성관계하고 싶다, 성관계에 동의한다, 성관계를 거절한다'는 것을 두 사람이 자연스럽게 표현할 수 있는 말과 행동으로 정해보는 것이다. 비언어적 표현일지라도 두 사람이 합의를 거친 약속이라면 직접적인 언어 표현으로 작동하여 오해가 생길 일이 적어지게 된다.

속으로는 좋으면서
일부러 싫다는 거지?

거절의 속뜻을 알고 싶어

"얼마 전에 사귄 여자친구가 있습니다. 우리는 많이 가까워져서 껴안고 키스도 하고 친밀해졌습니다. 저는 이제 때가 됐다고 생각했죠. 그래서 용기 내어 여자친구에게 같이 자고 싶다고 말했는데 싫다는 겁니다. 여자친구가 싫다고 말하는 것은 어떤 뜻일까요? 정말 싫다는 것일까요?"

남성의 성관계 제안에 여성이 싫다고 거절했을 때 싫다는 말과 행동이 속마음과 같은 표현인지, 속으로는 좋으면서 겉으로만 싫다고 표현하는 것인지를 궁금해하는 질문을 받고는 한다. 그럴 때면 이렇게 되물어본다.

"상황을 바꿔서 여자친구가 남자친구에게 성관계하자

고 했는데 남자친구가 싫다고 하면 그것은 어떤 뜻일까요? 정말 싫다는….''

질문이 채 끝나기도 전에 확고한 답이 들려온다.

"그것은 정말 싫은 거죠."

"마찬가지예요. 여성이 싫다고 했다면 그것도 정말 싫다는 뜻이겠죠."

내 말에 일부 청춘은 고개를 갸우뚱하며 믿기 어렵다는 표정을 짓는다. 성 행동 상황에서 남성의 거절은 명백한 거절로 인식하면서 여성의 거절은 왜 의심 가득한 눈으로 바라보는 것일까? 그러한 의심이 '여자는 겉과 속이 다른 존재야!' 이렇게 생각하며 거절의 진실성을 궁금해하는 몇몇 사람의 개인적 특성일까 아니면 우리 사회의 전반적인 시선일까? 우리는 여성의 거절을 향한 의심을 몇몇 개인의 특성으로 치부해버려서는 안 된다. 남성과 여성의 성욕을 다르게 바라보는 우리 사회의 통념을 들여다볼 수 있어야 한다.

'남성은 여성보다 성욕이 강하기에 성 충동을 빈번히 느끼며 여성에게 적극적으로 다가가서 성 행동을 주도한다. 여성은 남성보다 성욕이 약하기 때문에 성 충동의 빈도도 낮고 남성의 성적 접근에 소극적으로 반응하거나 순응한다. 그래서 여성의 거절은 소극적인 반응이며 남성이 지속해서 접근하고 설득하면 여성도 결국 성관계에 순응하게 된다.'

이러한 잘못된 믿음은 어디에서 비롯된 것일까? 바로 남성의 성은 적극성, 여성의 성은 소극성이라는 성별 고정관념을 성의 사회화 과정에서 우리도 모르게 학습한 결과다.

외국의 한 신문 칼럼에 인생 상담을 해주던 상담가가 한 청춘으로부터 "남성의 성관계 제안에 여성이 '싫다'라고 말하거나 '글쎄'라고 말하는 것은 무슨 뜻인가요?"라는 질문을 받았다. 서두에 소개한 한 청춘의 궁금증과 같은 맥락의 질문이다. 이 상담가는 "자, 남성분들 내 말 잘 들으세요. 여성의 대답이 어떤 의미인지 알려 드릴게요." 하며 칼럼에 이렇게 답했다.[20]

"남성의 성관계 제안에 여성이 '싫어요'라고 말하는 것은 '글쎄요'의 뜻이고, '글쎄요'라고 말하는 것은 '좋아요'이며, 여성이 만약 남성의 성관계 제안에 '좋아요'라고 말한다면 그 여성은…."

뭐라고 말했을까? "그 여성은 정숙한 여성이 아니죠."였다. 황당무계한 이 조언은 한 개인의 비뚤어진 성 의식을 반영한 결과물일 수도 있지만, 여성의 성적 의사소통을 왜곡해서 바라보는 사회 통념을 내면화한 결과물일 가능성이 크다. 이러한 사회 통념은 우리에게 잘못된 정보를 제공한다.

'여성들이여, 교양과 품격을 갖춘 정숙한 여성이 되려면 성적 욕망을 감추어라!'

'남성들이여, 여성은 겉과 속이 다른 존재이므로 여성의 거절을 있는 그대로 받아들이는 것은 어리석은 행동이다!'

이 조언대로라면, 여성이 남성의 성관계 제안에 주저하거나 거절하면 '내숭 떠는 여성'으로, '좋아요' 하며 곧바로 성욕을 표현하면 '정숙하지 못한 여성'으로 평가받는 모순된 상황이 벌어진다. 여성을 정숙함이라는 '여성다움'의 틀에 가둬놓고 성욕을 함부로 드러내서는 안 된다고 강요하면서, 성관계를 원하지 않는다고 거절하면 정숙한 여성으로 보이려고 일부러 거절했다고 해석한다. 결국 남성의 성관계 제안에 여성이 '싫어', '글쎄', '좋아' 또는 '침묵' 어떤 반응을 하든 여성의 본뜻과 관계없이 왜곡해서 받아들이는 것이다. 친밀한 연인 관계에서 남성의 성관계 제안에 여성이 싫다고 거절하는 것을 여성이 자신의 가치를 높이려고 일부러 튕기거나 내숭 떠는 허울뿐인 거절로 여기면 어떻게 될까? 서로 간에 신뢰가 깨지고 성적 갈등을 겪게 될 것이 불 보듯 뻔하다. 이런 예를 들면서 '여성의 거절은 말 그대로 거절일 뿐'이라고 이야기했더니 한 청춘이 하소연하듯 말했다.

제가 성관계하자고 했을 때 여자친구가 하기 싫으면 그 이유를 말하면서 거절하면 충분히 이해할 텐데요. '왜 싫어?' 물어보면 '그냥 싫어', '몰라' 이렇게만 말해요. 정말 답답합니다.

남성의 처지에서는 용기 내어 성관계 제안을 했기에 거

절한 여성이 '내가 너랑 성관계하기 싫은 이유는 첫째, 둘째, 셋째…' 이렇게 구체적으로 설명해주기를 바라고 있을지 모른다. 우리가 누군가에게 승낙을 기대하며 어떤 부탁을 했을 때 상대가 거절하면 그 이유가 궁금한 것처럼 말이다.

여성이 성관계 제안을 거절하는 이유

연인 관계에서 성적 의사소통의 오해로 발생하는 갈등을 일부분이라도 해소해보기 위해서 청춘들과 함께 '남성의 성관계 제안에 여성이 거절하는 이유'가 무엇인지 살펴보기로 했다.[21]

'연인 사이인 두 사람이 함께 있습니다. 남성이 여성에게 성관계하고 싶다고 말합니다. 여성이 싫다고 거절합니다. 여성은 왜 거절했을까요?'

질문은 아주 간단했는데, 연구는 방대해졌다. 청춘 남녀가 자기의 경험이나 의견을 반영하여 남성의 성관계 제안에 여성이 싫다고 거절하는 이유를 써주었다. 그 내용을 유사한 내용끼리 묶어서 38개의 문항으로 만들었다. 이후에 '남성의 성관계 제안에 여성이 거절하는 38가지 이유'를 또 다른 청춘 남녀에게 보여주고 그 거절 이유의 중요도를 평가해보도록 했다. 이 연구에 참여한 청춘 남녀는 여성이 여섯 가지 이유로 남성의 성관계 제안을 거절했다고 여겼다. 그 이유들을 구체적으로 들어보자.

순결 관념

- 우리가 결혼을 약속한 사이야?
- 결혼 전까지 순결을 지켜야 한다고 배웠어.
- 충동적으로 성관계하면 후회할 것 같아.

여성의 거절 이유 중 가장 큰 비중을 차지한 것은 '순결 관념'이었다. 흥미로운 점은 여성의 성 경험 여부에 관한 정보를 제공하지 않았음에도 대다수 청춘 남녀는 이 여성이 성 경험을 하지 않았다고 가정했다. 그래서 여성이 성적 욕망을 신중하게 표현해서 또는 성적 욕망을 최대한 억제해서 결혼 전까지 순결을 지키려고 남성의 성관계 제안을 거절했다고 여겼다. 전통적인 가부장 사회에서 여성의 성욕은 통제와 억압의 대상으로서 여성이 결혼 전까지 순결을 지키는 것을 하나의 성 윤리로 간주했다. 요즘 청춘들은 전통적 성 윤리에서 벗어나 혼전 성관계를 허용하는 태도를 보이고 있고 사실상 혼전 성관계의 비율도 높아졌지만, 여전히 여성의 성욕 표현은 전통적인 성별 고정관념에 묶여 있는 모양새다.

부정적 평가 우려

- 성관계를 밝히는 여자로 보면 어떡하지?
- 성 경험이 많은 여자로 보면 어떡하지?
- 쉬운 여자로 보면 어떡하지?

성적 욕망을 표현하면 남성에게서 '부정적 평가'를 받을 수도 있다는 걱정 때문에 여성이 성관계를 거절한다고 보는 의견이다. 그 걱정은 바로 '정숙한 여성'으로부터의 일탈이다. 성 행동 상황에서 여성은 성욕을 드러냄으로써 '밝히는, 경험이 많은, 문란한, 쉬운, 헤픈' 등과 같은 꼬리표를 달 것인가 아니면 성욕을 억제함으로써 '정숙한 여성'이 될 것인가의 선택지에서 갈등하기도 한다. 이 선택지는 여성 스스로가 만든 것이라기보다는 우리 사회가 '여성다움'의 가치를 끊임없이 강요한 결과로 보는 것이 더 타당하겠다. 여성이 남성의 성관계 제안을 거절하는 것은 순진함이나 정숙함을 내세워 자신의 가치를 높이기 위한 고도의 숨은 전략이 아니라 여성다움이라는 사회의 굴레와 압력에서 헤어나지 못한 반응일 가능성이 크다.

교감 부족

- 우리가 만난 지 얼마나 됐다고 성관계하자는 거야?
- 아직 너를 못 믿겠어.
- 우리 서로 사랑하는 거 맞아?

남성과 충분히 친밀한 관계를 형성하지 못한 '교감 부족'도 여성의 거절 이유 중 하나다. 사귄 지 얼마 만에 또는 상대를 얼마만큼 알아야 성관계할 수 있는지의 기준은 개인이 지닌 성 가치관에 따라 천차만별이다. 남성은 여성과 충분한 교감을 나눴다고 생각해서 여성에게 성관계를 제안할지 모른다. 여성은 남성과 키스나 포옹과 같은 가벼운 성적 친밀감을 나누는 것은 괜찮지만, 성관계할 정도로 신뢰하는 사이인지는 잘 모르겠다고 생각할 수 있다. 남성의 과반수 정도는 '오늘부터 1일'로 사귀기 시작해서 다섯 번 정도 만났다면 성관계하기 좋은 시기라고 생각하지만, 여성은 남성이 자신을 사랑한다는 확신이 들기 전까지 만남 횟수와 관계없이 성관계를 주저하기도 한다.[22] 성 행동 상황에 있는 여성은 남성과 얼마만큼 친밀하고 신뢰하는 사이인지, 남성이 현재의 만남에 얼마만큼 책임과 헌신을 다하고 있는지를 꼼꼼히 헤아려 성관계 여부를 결정하려 한다.

태도 변화 염려

- 성관계 후에 네 마음이 변하면 어떡해?
- 성관계 후에 나를 향한 애정이 식어버리면 어떡해?
- 성관계하고 나서 헤어지고 할 거지?

성관계 이후 남성의 '태도 변화'에 대한 염려 때문에 여성이 성관계를 거절한다고 보기도 했다. 18세기 영국의 대표적인 풍속화가 호가스W. Hogarth는 성관계 이전과 이후의 남녀 사이의 미묘한 감정과 태도 변화를 〈전Before〉과 〈후After〉라는 연작 그림(1731)으로 표현했다. '성관계 전'에는 침대에 걸터앉은 남성이 여성의 치맛자락을 붙들어 여성을 자기 쪽으로 끌어당기려 한다. 여성은 남성의 얼굴을 밀며 남성으로부터 빠져나가려 애쓴다. 하지만 '성관계 후'에는 여성이 침대에서 일어서는 남성의 어깨를 붙들어 남성에게 애절한 눈빛을 보낸다. 남성은 여성에게 더는 관심이 없는 듯 무표정하게 옷매무시를 수습한다. 18세기 전반 영국 청춘 남녀의 연애관을 반영한 그림이지만 몇 세기에 걸쳐 사회 문화가 변화하여도 이러한 연애관은 여전히 전승되고 있는 듯하다. 성관계를 남녀가 함께 참여하며 즐거움을 나누는 행위로 보느냐, 아니면 한 사람이 쟁취하고 다른 사람은 뺏기는 행위로 보느냐에 따라서 성관계 이후 서로를 향한

호가스의 <전>, <후> (왼쪽부터)

감정과 태도는 달라질 수밖에 없다.

우리 사회는 여성에게 혼전 순결의 가치를 부여하며 남성으로부터 순결을 지켜내야 한다고 교육해왔다. 여성의 성욕 역시 아무에게나 표현해서는 안 되고, 결혼이라는 울타리 안에서 표현하는 것이 안전하다고 암묵적으로 강조해왔다. 이러한 점들을 고려해볼 때 여성이 성관계 이후 남성의 태도 변화가 염려되어 성관계 제안을 거절하는 것은 어찌 보면 당연한 일이다.

현실 문제

- 다른 사람이 보면 어떡해? 불법 촬영할 수도 있잖아?
- 성병에 걸리면 어떡해?
- 임신하면 어떡해?

'현실 문제'는 여성에게 직접적으로 부정적인 영향을 줄 수 있는 것들이었다. 연인 사이에 있는 두 사람이 위험하고 불결한 장소에서 피임도 하지 않고 성관계한다고 생각해보자. 스릴감을 맛보고 싶은 사람도 있겠지만 대부분은 불안감에 휩싸여 성관계에 집중하지 못할 것이다. 성관계를 앞둔 청춘 남녀의 가장 큰 걱정거리는 임신 위험성이다. 여성은 이외에도 여러 가지 현실 문제를 고민한다. 성관계하는 것을 누군가 훔쳐보거나 혹은 불법 촬영할지도 모른다는 불안, 충분히 알지 못하는 상대와 또는 불결한 장소에서 성관계하게 되면 성병에 걸릴지도 모른다는 걱정, 피임하지 않고 성관계하게 되었을 때 임신할 수 있고 이로 인해 낙태하게 될지도 모른다는 두려움 등. 성적 쾌락을 얻기 위해서 이러한 현실적 위험을 무릅쓰고 운에 맡기듯이 성관계하려는 여성은 많지 않다. 두 사람이 합의해서 성관계하더라도 현실적 위험은 여성의 몸과 마음을 위협하고 그 책임은 고스란히 여성의 몫으로 남기 때문이다. 그래서 여성은 남성의 성관계 제안에 응하고 싶더라도 몸과 마음의 안전이 보장되지 않는 한 성욕을 억제할 가능성이 크다.

명목상 거절

- 우리 사이가 느슨해지는 것 같아서 긴장감을 불어넣고 싶었어.
- 내가 너에게 얼마만큼 중요한 사람인지 확인하고 싶어.
- 내가 너를 좋아하는 것보다 네가 나를 더 많이 좋아해줬으면 좋겠어.

명목상 거절token refusal, token resistance은 '상대의 성관계 제안에 성관계할 의향이 충분히 있음에도 성관계하고 싶지 않다고 거절'하는 것을 말한다. 쉽게 말해서 속으로는 좋으면서 겉으로는 싫다고 하는 것이다. "남성의 성관계 제안에 여성이 '싫다'라고 말하거나 '글쎄'라고 말하는 것은 무슨 뜻인가요?"라고 묻던 청춘을 기억할 것이다. 바로 여성이 정숙한 여성으로 보이려고 '순진한 척' 혹은 성을 이용해서 남성을 손아귀에 넣고 마음대로 부리려고 '싫은 척' 명목상 거절을 한 것인지 궁금해하는 물음일 수 있다.

"아, 그거 우리가 알려드릴게요. 우리가 연구한 바에 의하면 여성 10명 중 4명 정도가 연애 관계에서 적어도 한 번

이상 명목상 거절을 한답니다."

여성의 명목상 거절을 연구한 심리학자들이 이런 결과를 발표했다. 이 결과만을 놓고 본다면 '거봐, 적잖은 여성이 속으로는 좋으면서 일부러 튕기는 거잖아!'라고 생각할 수 있겠다.

관점의 전환이 필요하다. 남성의 성관계 제안에 적잖은 여성이 '좋으면서 싫은 척 내숭을 떤다'가 아니라 '여성 역시 성관계하고 싶지만 거절할 수밖에 없는 이유가 무엇일까?'를 생각해봐야 한다. 우리가 지금까지 이야기한 '여성의 거절 이유'가 바로 '여성어 거절할 수밖에 없는 이유'이기도 하다. 여성의 거절은 결혼 전까지 순결을 지켜야 한다는 순결 관념, 성적 욕망을 드러냈을 때 남성에게서 부정적 평가를 받게 될지 모른다는 두려움, 두 사람의 관계를 따져보는 신중함, 여성의 몸과 마음을 위협하는 현실 문제로부터 자신을 보호하기 위한 방어의 한 표현이다. 이러한 표현을 속으로는 좋으면서 일부러 싫다고 하는, 문자 그대로 명목상 거절로 해석하는 것이 맞을까?

"미안해요. 우리 연구가 잘못됐던 겁니다. 명목상 거절을 했다던 여성들의 이야기를 귀 기울여 들어봤거든요. 남성이 성관계하자고 하면 여성도 상황이나 맥락에 따라 성관계하고 싶다는 생각을 한대요. 그런데 여성은 생각을 실천으로 잘 옮기지 못하더라고요. '나도 좋아' 곧바로 응하면 성 경험이 많은 여성으로 인식될 수 있고, 잘 알지 못하는 남성과 성관계하는 것이 두렵기도 하고 임신할 수도 있고…. 이런 걱정을 하다 보면 마음속에서 갈등이 생겨나서 성관계를 주저하거나 거절하게 된대요. 이런 점들을 봤을 때 여성이 싫다고 거절하는 것은 '좋으면서 싫은 척'이 아니라 '진짜 싫어'의 의미더군요."

여성의 삼분의 일 이상이 명목상 거절을 한다고 말했던 심리학자들의 이야기다.[23] 이들은 후속 연구에서 '여성의 거절은 진정한 거절'이라며 이전 연구 결과를 번복했다. 그러면서 아주 극소수의 남성과 여성이 연애 과정에서 상대를 조종하기 위해서 명목상 거절을 할 뿐이라고 언급했다.

연애하는 청춘들은 흔히 '더 많이 좋아하는 사람이 약자의 위치에 놓인다'고 여긴다. 그래서 상대의 마음을 확인하거나 주도권을 잡기 위해서 미묘한 힘겨루기나 심리 싸움을 한다. 어떤 이는 상대의 성관계 제안을 일부러 거절함으로써 상대를 애걸복걸하게 만들어 연애 관계의 주도권을 잡으려 할지도 모른다. 이런 생각이 들었다. 명목상 거절은 상대가 자신을 향한 애정의 끈을 단단히 조여 매기를 바라는 마음, 상대에게 자신이 얼마만큼 중요한 사람인지 확인하고 싶은 마음, 상대가 자신을 더 많이 좋아해주기를 바라는 마음이 투영된 결과가 아닐까. 두 사람의 관계가 단단하고 신뢰로 가득하다면 굳이 명목상 거절을 할 필요가 있을까. 바로 관계의 불확실, 불안정, 불신이 만들어낸 결과가 아닐까.

성적 의사소통 오해의 주범

지금까지 여성이 남성의 성관계 제안을 거절하는 여섯 가지 이유를 들어봤다. 여성의 어떤 이유가 주된 이유일까? 청춘 남녀가 평가한 여성이 거절하는 이유의 중요도 순위를 비교해봤다.

　순위는 약간 다르지만 청춘 남녀 모두 여성이 '순결 관념', '교감 부족,' '성관계 후 남성의 태도 변화 우려' 때문에 거절했을 가능성을 크게 평가했다. 특히 여성 참여자가 순결 관념을 가장 중요한 이유로 꼽았다는 것을 주목해야 한다. 연애 관계에서 성관계를 앞둔 여성이 혼전 순결을 지켜야 한다는 사회적 압력을 강하게 받고 있음을 짐작케 한다. 또 여성은 신뢰를 충분히 쌓지 않은 남성과 성관계했을 때 자신이 상처받을지도 모른다는 관계적 측면의 불안 요소가 많았다. 눈에 띄는 것은 청춘 남녀 모두 여성이 '명목상 거절'을 했을 가능성을 가장 낮게 평가한 점이다. 연애 관계에서 명목상 거절을 하는 사람은 극소수에 불과하다는 것을 유추해볼 수 있다. 그렇다면 성 행동 상황에서 여성 대부분이 '좋으면서 싫은 척' 거절한다며 왜곡된 정보를 퍼뜨리는

여성이 거절하는 이유의 중요도 (5점 만점)

	남성 참여자의 평가	여성 참여자의 평가
1위	교감 부족(4.3) ★★★★☆	순결 관념(4.6) ★★★★★
2위	태도 변화 우려(4.2) ★★★★☆	교감 부족(4.5) ★★★★★
3위	순결 관념(3.9) ★★★★	태도 변화 우려(4.4) ★★★★★
4위	부정적 평가 염려(3.8) ★★★★	현실 문제(4.0) ★★★★
5위	현실 문제(3.7) ★★★★	부정적 평가 염려(3.3) ★★★☆
6위	명목상 거절(2.6) ★★★	명목상 거절(2.4) ★★★

이는 누구일까?

'남성의 성관계 제안에 여성이 싫다고 거절하지만 남성이 이를 무시하고 계속해서 접근하고 설득하자 여성이 못 이기는 척 성관계에 응한다.'

바로 우리가 매일 마주하고 있는 대중매체에서 보여주는 전형적인 성 행동 각본sexual script이다. 여성의 거절은 명목상 거절일 뿐이며 여성도 사실은 원하고 있다는 메시지를 끊임없이 전달한다. 이러한 정보가 실제와 다르다는 것을 걸러내지 못하면 여성의 거절을 의심 가득한 눈으로 바라보게 된다. 중요도 순위는 낮지만, 여성이 남성에게서 '부정적 평가를 받는 것이 염려'되어 거절했을 가능성과 겉으로만 싫다고 '명목상 거절'을 할 가능성을 남성 참여자가 여성 참여자보다 더 높게 평가한 점을 눈여겨봐야 한다.

이 차이가 바로 남녀 사이에 성적 의사소통의 오해를 일으키는 주범일 수 있다. 연인 사이에서 남성이 여성에게 성관계 제안을 했을 때 여성이 싫다며 거질하는 것을 '순진한 척', '좋으면서 싫은 척'으로 해석해버린다고 생각해보자. 남성은 이 여성이 허울뿐인 거절을 했다고 생각하고 여성에게 계속해서 다가가서 성관계하자고 회유하고 설득하려 할 것이다. 결국 남성의 설득과 회유로 여성이 원하지 않은 성관계에 응할 가능성이 크며, 어떤 여성은 그 성관계를 성폭력으로 인식하기도 할 것이다. 성관계 제안에 상대가 거절한다면 남성이든 여성이든 그 거절을 있는 그대로 수용하는 자세가 필요하다. 또 연애 관계에서 주도권을 잡거나 상대를 조종하려고 상대의 성관계 제안을 일부러 거절하는 것은 누구할 것 없이 좋지 않다. 현재의 감정을 표현하고 건설적인 방법으로 두 사람의 갈등을 해결하려는 노력이 필요하겠다.

남자도
하기 싫을 때가 있다

남성이 성관계 제안을 거절하는 이유

"그런데요. 남자도 여자가 성관계하자고 하면 싫을 때가 있
거든요. 너무 여자들 관점에서만 이야기하는 것 같습니다."

　　남성의 성관계 제안에 여성이 거절하는 이유를 설명하
자 한 청춘이 불만스럽게 말했다.[24] 당연히 그렇게 느꼈을
수 있다. 앞서 언급했듯이 성적으로 먼저 접근하고 성관계
를 제안하는 일은 남성적인 활동, 그 제안을 거절하는 일은
여성적인 활동이라는 성별 고정관념이 우리 사회에 강하게
작동한다. 설령 여성이 먼저 남성에게 성관계를 제안한다
고 해도 남성은 언제든지 성관계할 준비가 되어 있기에 그
제안을 기꺼이 환영하고 승낙할 것으로 여긴다. 그래서 남

성이 여성의 성관계 제안을 거절하면 그것은 남자답지 못한 행동으로 취급당하기도 한다. 남성 역시 여성처럼 관계, 상황, 맥락에 따라 성관계하기 싫을 때가 있다. 하지만 성별 고정관념의 영향으로 대부분의 경우 여성의 거절만큼 남성의 거절에 관심을 두지 않은 것도 사실이다. 이런 성적 의사소통의 갈등을 청춘 남녀에게 설명하고, 그들과 함께 '남성이 여성의 성관계 제안을 거절하는 이유'가 무엇인지 살펴보기로 했다.

'연인 사이인 두 사람이 함께 있습니다. 여성이 남성에게 성관계하고 싶다고 말합니다. 남성이 싫다고 거절합니다. 남성은 왜 거절했을까요?'

여성이 거절하는 이유를 알아보기 위해 사용했던 시나리오에 성관계를 제안하고 거절하는 사람의 성별만 바꾸어서 청춘 남녀에게 제시하고 남성이 거절하는 이유를 생각나는 대로 써달라고 요청했다. 그들이 작성한 이유를 25개의 문항으로 구성하였고, 유사한 내용끼리 묶었더니 네 가지 이유가 나왔다. 남성의 거절 이유는 여성의 거절 이유와 유사한 부분도 있었지만, 다른 양상을 보였다.

수행 불안

- 너를 성적으로 만족시켜줄 수 있을지 걱정돼.

- 성 기능(발기 유지, 성교 시간)이 잘 발휘될 수 있을지 부담돼.
- 신체(몸매, 복근, 성기 크기)에 자신이 없어.

여성에게 성관계 제안을 받은 남성 역시 고민이 많다. 바로 우리 사회에서 요구하는 남성다움을 수행해야 한다는 불안performance anxiety 때문이다. 약 300쌍의 부부를 대상으로 흥미로운 질문을 해봤다. '애무 시간을 제외하고 성관계를 시작해서 끝날 때까지 평균적으로 얼마만큼의 시간이 걸리는지, 자신이 생각하는 성관계 지속 시간을 적어보도록 했다.[25] 남편과 아내는 분리된 공간에서 이 질문에 답했기에 서로가 작성한 시간을 볼 수 없었다. 스톱워치와 같은 시간 기록기로 정확하게 측정한 시간이 아니었음에도 부부가 평가한 성관계 지속 시간은 놀라울 만큼 일치했다. 성관계를 시작한 후 대략 2분 이내에 끝난다고 보고한 부부의 비율이 약 23% 정도였다. 그러나 성관계 지속 시간이 2분 이내이든 그 이상이든 남편은 자신이 조루증[26]인 것 같다고 불안해했는데, 전반적으로 아내보다 성관계 지속 시간에 민감했고 스트레스가 높았다. 성관계를 앞둔 남성의 가장 큰 고민거리 중 하나가 '사정 시기'라는 것을 알 수 있다. 실제로 성경험이 있는 청춘들의 대다수가 자신의 기대보다 더 빨리 사정하는 것을 걱정한다.

남성은 또 자신의 신체 크기가 '정상'인지, 즉 평균에 속하는지에 관심이 많다. 외관상 남성다움으로 대변되는 신체는 어깨너비라고 생각하고 '컴퓨터 키보드'를 기준 삼아 자신의 어깨너비가 정상인지 아닌지를 판단하기도 한다. 그래서 키보드를 어깨에 댔을 때 그것보다 작으면 적잖게 실망하며 운동으로 어깨를 넓히기 위해 노력한다. 키보드 넓이는 대략 46cm이다. 한국인 20대 남성의 평균 어깨너비가 대략 40cm[27]인 점을 고려해본다면 남성다움의 신체 기준을 지나치게 엄격하게 적용하고 있다는 것을 알 수 있다. 한편, 대부분의 남성은 드러나지 않는 신체 부위 가운데 성기 크기에 가장 큰 관심을 기울이고 있다. 성기가 작아서 상대를 성적으로 만족시켜주지 못할까 걱정이 크기 때문이다. 여성이 가슴이나 허리, 엉덩이 크기에 걱정이 많은 것과 같은 맥락이다. 현재 성적으로 친밀한 관계를 맺고 있는 남녀를 대상으로 남성의 성기 크기에 만족하는지를 물었을 때 여성의 85%는 상대 남성의 성기 크기에 만족한다고 말했지만, 남성은 55%만이 자신의 성기 크기에 만족하고 있었다. 나머지 남성은 자신의 성기가 더 컸으면 좋겠다며 불만을 표현했다.[28]

남성은 성관계를 주도적으로 이끌어야 하며 상대를 성적으로 만족시켜줘야 한다는 당위적 요구의 압박을 받고 있다. 이러한 성 규범 속에서 남성은 수행 불안을 경험하며 심리적으로 위축되어 성관계를 주저하기도 한다. 여성이 자신의 성적 욕망을 맘껏 드러냈을 때 여성다움으로 대변되는 '정숙함'에 손상을 입을지도 모른다는 두려움이 크다면, 남성은 성관계 상황에서 남성다움으로 대변되는 '수행 능력'을 매번 평가받는 불안한 상황에 놓여 있는 셈이다.

애정 변화

- 너를 향한 애정과 사랑이 식었어.
- 너에게 성적 매력을 느끼지 못해.
- 다른 사람이 생겼어.

사랑이 식어버린 상대와의 성관계는 남성이든 여성이든 고통스러운 경험이 될 것이다. 흥미로운 것은 남성의 성관계 제안에 여성이 거절하는 이유를 청춘 남녀에게 떠올려보게 했을 때 '애정 변화'의 이유가 중요하게 언급되지 않았다는 점이다. 그런데 여성의 성관계 제안에 남성이 거절하는 이유를 생각해보게 했을 때 애정 변화의 이유가 크게 부각된 것은 왜일까?

한 일화를 소개한다. 미국의 30대 대통령 쿨리지J. Coolidge가 어느 날 영부인과 함께 양계장을 방문하게 되었다. 그곳에서 암탉과 수탉이 교미하는 장면을 우연히 본 후 수탉의 정력에 감탄한 영부인이 "저 수탉은 하루에 몇 번이나 교미하죠?"라며 농장 주인에게 물었다. '수십 번 한다'는 주인의 말에 부러움을 느낀 영부인이 그 이야기를 대통령에게 전해달라고 말한다. 그 말을 전해 듣고 자존심이 상한 대통령이 "그럼 저 수탉은 항상 같은 암탉하고만 교미합니까?"라고 물었고, '교미할 때마다 다른 암탉과 한다'는 수인의 말에 그 이야기를 영부인에게 전해달라고 응수했다고 한다. 영부인이 '성교 빈도'에 불만을 표현했다면, 대통령은 '성교 대상'에 불만을 표현한 셈이다.

심리학자들은 이 일화를 빗대어 남성이 새로운 상대를 찾고자 하는 현상, 즉 권태로운 관계에서 벗어나 새로운 자극을 얻고자 하는 것을 '쿨리지 효과coolidge effect, 수탉 효과'라고 이름 붙였다. 대통령의 입장에서는 불명예스러운 낙인이지만 대부분의 사회는 남성의 쿨리지 효과를 맹신하고 있기도 하다. 우리는 성장 과정에서 '남성은 시각 자극에 약하다'거나 '여성은 무드에 약하고 남성은 누드에 약하다'[29]며 왜곡된 성별 고정관념을 조장하는 말들을 들어왔다. 그래서 남성이 현재의 친밀한 관계에 만족하지 않고 새로운 사람을 찾거나 외도하는 것을 쉽게 받아들인다. 청춘 남녀에게 남성의 거절 이유를 떠올려보게 했을 때 이런 고정관념들이 자동적으로 점화되었을 것이다.

어떤 이들은 상대와 성관계하면서 오르가슴을 느끼지 않았는데도 느낀 척 연기하기도 한다. 이것을 '위장 오르가

습faking orgasm'이라고 한다. 여성이 남성보다 오르가슴을 위장하는 비율이 더 높은데, 가장 큰 이유는 여성이 성적으로 만족하는 모습을 남성에게 보여줌으로써 남성 스스로 성적으로 능력 있는 사람으로 생각하도록 하기 위해서다. 또 하나는 자신을 향한 상대의 마음이 식었다고 생각될 때 '나는 너 아니면 안 돼'라고 표현함으로써 남성을 옆에 붙잡아두기 위해서다.[30] 남성의 '수행 불안'을 덜어주거나 자신을 향한 남성의 '애정 변화'를 되돌리려는 여성의 눈물겨운 노력이 아닐 수 없다.

교감 부족

- 성관계하기에 너무 빠르지 않아?
- 우리 서로 사랑하는 거 맞아?
- 육체적 관계보다 정신적 교감을 더 나누고 싶어.

남성도 여성처럼 두 사람 사이에 교감이 부족하다는 이유로 여성의 성관계 제안을 거절하기도 한다. '남성의 성욕은 때와 장소에 상관없이 충동적이고 급격하게 일어나며 열 여자 마다하지 않는다'는 속설이 잘못됐다는 것을 보여주는 증거라고 할 수 있다. 일부 학자들은 남성의 뇌와 여성의 뇌가 다르게 진화해서 남성은 '목표 지향적'이고 여성은 '관계 지향적'인 성향을 갖는다고 말한다. 여자의 뇌는 양육을 위해 공감과 의사소통에 더 적합하게 진화했고, 남자의 뇌는 효과적인 사냥을 위해 논리나 체계를 이해하고 구성하는 데 더 적합하게 진화했다는 주장과 같은 맥락이다.[31]

이런 잘못된 믿음 때문에 친밀한 관계 안에서 사랑, 공감, 신뢰, 교감과 같은 정서적 요소가 여성에게 특화된 것으로 생각하는 경우가 많다. 남성 역시 관계의 신뢰나 사랑을 고민한다. 성 행동의 남녀 차이에 관해 매일 쏟아지고 있는 과학적 연구는 단지 평균을 비교한 결과일 뿐이다. 여성들 안에서도, 남성들 안에서도 다양한 개인차가 존재한다. 일례로 '순결 관념'은 여성이 중요하게 여기는 가치라고 생각하는 사람들이 많지만, 남성들도 개인의 가치와 신념에 따라 결혼 전까지 순결을 지키거나 결혼을 약속한 사람과 성관계하고 싶어 한다. 여성의 성관계 제안에 남성이 거절한 주된 이유 중 하나로 '순결 관념'이 포함되지는 않았지만, 일부 청춘 남녀는 남성이 순결 관념 때문에 여성의 성관계를 거절했을 것이라고 응답하기도 했다.

현실 문제

- 다음 날 중요한 일이 있어.
- 임신하면 어떡해?

- 책임질 일을 만들고 싶지 않아.

남성 역시 '현실 문제'가 걱정되어 여성의 성관계 제안을 거절하기도 한다. 흥미로운 것은 남성과 여성이 현실 문제를 다르게 인식하고 있다는 점이다. 여성은 성병이나 임신, 불법 촬영과 같은 신체적 위협감 때문에 남성의 성관계 제안을 거절하는 경우가 많다. 남성 역시 임신의 두려움 때문에 여성의 성관계 제안을 거절하기도 하지만, 원하지 않은 임신으로 인해 그 관계를 책임져야 할지 모른다는 두려움도 컸다. 또 성관계로 에너지를 소모하는 것은 다음 날 자신이 달성해야 할 과업에 방해가 될 수 있다고 생각하기도 했다. 남성은 연인 관계 또는 사회 관계에서 '책임감'을 발휘해야 한다는 압박감을 느끼고 있으며, 이로 인해 여성의 성관계 제안을 거절하기도 한다.

상대의 성관계 제안에 여성과 남성이 거절하는 이유를 순차적으로 이야기해봤다. 성 행동 상황에서 여성이 우리 사회가 요구하는 '여성다움'의 특성에 발목이 묶여 있듯이 남성 역시 '남성다움'의 특성에서 벗어나지 못한다는 것을 엿볼 수 있다.

하지만 여성이 거절하는 이유와 남성이 거절하는 이유를 하나씩 곱씹어보면 그 거절의 무게 차이를 느낄 수 있다.

남성은 여성의 성관계 제안에 곧바로 응했을 때 여성이 자신을 부정적으로 평가할까 걱정하거나, 성관계 후 여성의 마음이 변할까 염려하거나, 누군가 불법 촬영하고 있을까 두려워서 성관계를 거절하지는 않는다. 오히려 성 기능을 제대로 수행해야 한다거나 상대를 책임져야 할지 모른다는 불안감에, 또 사랑이 식어버렸다는 신호로 성관계를 거절한다. 이런 차이 때문에 사람들은 여성의 성관계 제안에 '남성이 싫다고 거절하는 것은 정말로 싫은 것'으로 쉽게 수긍한다. 여성의 성관계 제안에 남성이 거절하면 "싫은 건 정말 싫은 거죠."라고 말하면서, 남성의 성관계 제안에 여성이 거절하면 "다른 뜻이 있는 것 아닐까요?"라며 왜곡해서 바라보는 시선, 우리가 여성의 거절 이유에 좀 더 집중해야 하는 이유가 여기에 있다.

이런 생각이 들었다. 거절의 다른 뜻은 '좋으면서 싫은 척'이 아니라, 바로 '여성다움'과 '남성다움'이라는 사회적 압력과 두 사람의 관계 맺기에서 발생하는 고민이라고. 그래서 '도대체 싫은 이유가 뭐야?'라고 상대의 거절 이유를 파악하거나 따져 묻기 전에 서로가 신뢰를 주고받고 있는지, 두 사람의 관계를 흔드는 위험 요소는 없는지 확인해보는 것이 우선이라고.

"남성의 성관계 제안에 여성이 '싫다'라고 말하거나 '글쎄'라고 말하는 것은 무슨 뜻인가요?" 이렇게 묻던 청춘에게 사회 통념 가득한 조언을 해줬던 상담가의 사례를 앞에서 언급했었다. 그와 같은 조언을 한 후에 상담가는 찬사를 받았을까? 아니다. 대중의 비난을 받고 그는 자신이 쓰던 신문 칼럼에 이렇게 글을 수정했다.

누군가가 "성관계 제안에 상대가 '싫다'라고 말하거나 '글쎄'라고 말하는 것은 무슨 뜻인가요?"라고 묻는다면 "싫어요."라고 말하는 것은 '싫어요'의 뜻이고, "글쎄요."라고 말하는 것은 '글쎄요'이며, "좋아요."라고 말하는 것은 '좋아요'의 뜻이라고 말해야 한다.

거절당한 자의
속마음

품격과 욕망 사이

D: (똑똑) 뭐해?

J: 들어와. 자러 간 줄 알았는데?

D: 그랬지. 근데 우리 둘 다 다시 싱글이 됐다는 게 생각나
서. 그래서⋯. (잠옷을 벗고 상체를 드러낸다.)

J: 안 돼.

D: 왜? 손도 씻었어. 비누칠까지 해서⋯.

J: 진심이야? 왜 그런 생각을 했어?

D: 아까 우리 이야기할 때 네가 목을 이렇게 오른쪽 왼쪽
왔다 갔다 꺾었잖아. 그거 신호 보낸 거 아니었어?

J: 그것은 6시간 비행 때문에 그랬지. 게다가 네가 비행기

에서 계속 떠들어대서 목이 뻐근했거든.

D: 그래서 싫어?

J: 싫어. 너랑 섹스 안 할 거야.

D: 혹시 배란기야? 앱으로 알 수 있다던데? (휴대폰으로 상
　　대의 몸을 이리저리 훑는다.) 아니네. 해도 되겠는데.

J: 안 하기로 했잖아. 방금 애인한테 차이기도 했고….

D: 알았어. 미안해. 네가 그 사람을 잊는 데 섹스가 도움이
　　될 줄 알았지.

J: 난 그렇지 않아. 섹스는 도움이 안 돼. 그냥 네가 내 마
　　음을 위로해주면 좋겠어.

D: 예전에는 감정 없이 섹스만 하자더니 이제는 섹스 없이
　　감정만 나누자는 거네.

J: 맞아. 지금은 친구가 필요해.

D: 알았어. 네가 손으로 해주면 네 얘기를 들어줄게.

J: 싫어.

D: 농담이야. 알았어. 잘 자.

　　두 사람의 대화를 읽는 동안 도대체 이게 무슨 상황일
까 의아했을 것이다. 영화 〈프렌즈 위드 베네핏Friends with
benefits〉(2011)의 한 장면인데, 이 영화는 '이성 사이에 우정이
가능할까?'라는 고전적 질문이 아닌 '이성 사이에 성관계 후
에도 우정이 가능할까?'라는 색다른 질문을 던진다. 사랑이

나 언약 없이 성관계를 맺는 이성 친구 사이를 뜻하는 영화 제목처럼, 영화 속 남녀 주인공은 친구 사이에 절대 잠자리를 하지 않겠다는 맹세가 아닌 잠자리 후에도 우정을 지키겠다고 맹세한다. 그 과정을 유쾌하게 풀어낸 영화인데, 이야기하고 싶은 것은 영화 내용이 아니라 남녀 간의 성적 의사소통이다. 두 사람의 대화에 주목해보자. 두 사람은 친구 사이지만 몇 차례 성관계한 사이다. 상대가 성관계하자는 신호를 보냈다고 지레짐작한 남성이 여성에게 성적으로 다가간다. 여성은 그런 뜻이 아니었다며 거절한다. 여성이 거절한 후 남성의 행동을 보자. 배란기냐고 묻기도 하며, 상처받은 마음을 치유하는 데 성관계가 도움이 될 거라고 이야기하기도 하고, 정 안 되면 손으로라도 해달라며 농담 아닌 농담을 건네기도 한다. 두세 차례의 성적 제안에도 여성이 계속해서 거절하자 남성은 알겠다며 수긍한다. 다음에 어떤 상황이 벌어졌을까?

영화 속 이야기만이 아니다. 현실의 연애에서도 성관계하자는 설득은 비슷한 양상으로 전개될 것이다. 연인 관계에서 성관계 제안을 거절당한 사람이 어떤 행동 양상을 보일 것인지 살펴봐야겠다는 생각이 들었다. 청춘들과 이야기를 나누기 전에 부부 관계에서 성관계를 거절당한 배우자가 주로 어떤 반응을 보이는지 몇몇과 대화를 나눴다. 그들의 표현을 빌리자면 이렇다.

- '그럼 안고만 있으면 안 돼? 뽀뽀만 할게.'라며 은근슬쩍 다가왔다.
- '하면 기분이 좋아질 거야. 스트레스도 풀리고.' 자비를 베풀 듯이 말했다.
- '뭐?', '왜?' 물어보는 말에 무뚝뚝하고 퉁명스럽게 굴었다.
- '그것도 못 해주냐!' 버럭 화를 냈다.
- '알았어. 다음에 하고 싶을 때 말해줘.' 거절을 수용했다.
- '당신은 가만히 누워만 있어. 내가 알아서 빨리 끝낼게.' 말 같지도 않은 말로 설득했다.
- '한 번만 하자! 응? 응?' 애교를 부렸다.
- '당신 마음에 내가 있긴 하는 거야? 나를 사랑하긴 하는 거야?' 관계를 들먹거렸다.
- '두고 봐!' 거절의 대가를 치르게 될 거라고 으르렁거렸다.

적나라한 대답들이었다. 이야기하는 동안 어떤 이는 자신의 기분을 배려해주지 않은 배우자의 행동에 참아왔던 울분을 터뜨리기도 했고, 또 어떤 이는 거절을 거절로 받아들이지 않고 은근슬쩍 다가와 설득하는 배우자가 얄밉다며 불만을 쏟아내기도 했다.

기혼자들의 반응과 크게 다르지 않겠지만 청춘 남녀가 어떤 이야기를 하는지 들어보고 싶었다. 성관계를 제안하는 A와 성관계를 거절하는 B의 성별을 특정하지 않고 질문에 응하는 성별에 따라 A를 '상대'로, B를 '나'로 생각하게 했다. A(상대)의 성관계 제안에 B(내)가 싫다고 거절한다면, A(상대)가 어떤 행동을 할 것으로 예상하는지를 생각나는 대로 써보도록 했다.[32] 어떤 이는 '제 경험입니다.'라며 자신의 경험담을 들려주기도 했고, 어떤 이는 '친구가 그러는데요.'라며 친구의 경험담을 간접적으로 전달하기도 했다. 몇몇 청춘의 이야기를 들어보자.

- 이미 거절당한 상태이지만 계속 살살 다루면서 설득하려하다가 그래도 거절하면 '나에 대한 사랑이 이것밖에 안 되는 거야?'라며 화를 낼 것 같아요.
- 성적 매력이 없다는 말로 이해하고 상처받을 것 같습니다.
- 떨떠름한 표정으로 '아, 그래?' 했다가 조금 화난 표정으로 '왜 안 돼?', '왜 싫어?' 꼬치꼬치 캐묻고 '나 오늘 하고 싶은데 하면 안 될까?' 계속하자고 조를 것 같아요. 그래도 안되면 민감한 얘기를 꺼내서 말싸움으로 키울 것 같습니다.
- '그래?' 민망해하면서 '혹시 기분 안 좋은 일 있었어?' 물어보고 '우리 그냥 산책하러 갈까?' 분위기를 전환하기 위해 노력할 것 같아요.
- 진짜 거절의 의미가 아니라고 생각해서 다시 시도할 것 같아요. '그냥 손만 잡고 있으면 안 돼?', '그냥 안고만 있으면 안 돼?' 한 단계, 한 단계 설득해서 성관계하려 하겠죠.

- 말로는 '알았어.'라고 하지만, 내 옆에 누운 다음 옷을 벗고 유혹할 거예요.
- 다음 기회는 또 온다고 생각하고 아쉽겠지만 내 의사를 존중할 것 같습니다.

청춘들이 쓴 내용을 유사한 것끼리 묶어서 '성관계를 거절당한 사람의 27가지 예상 행동' 문항을 만들었다. 청춘 남녀에게 이 내용을 보여주며 성관계 제안을 거절당한 사람이 그러한 행동을 얼마만큼 할 것인지 예상해보도록 했다. 이 연구에 참여한 청춘 남녀는 성관계 제안을 거절당한 사람이 대략 다섯 가지 행동을 할 것으로 예상했다.

성관계 제안을 거절당한 사람의 예상 행동 중 하나는 상대의 '애정 변화에 대한 우려'였다. '내가 성적 매력이 없나? 내가 싫어졌나? 다른 사람이 생긴 것은 아닐까? 내가 뭘 잘못했나?'와 같이 자신을 향한 상대의 애정이 변한 게 아닌가 하는 걱정과 불안에 휩싸일 것이라는 의견이었다. 그래서 거절당한 후에 '내가 성적 매력이 없어?'라며 상대에게 섭섭한 마음을 토로하거나, '나를 사랑하는 거 맞아?' 하며 상대의 마음을 확인하는 질문을 할 가능성이 크다고 봤다.

상대에게 '불쾌감을 표출하고 상대를 조종하는 미성숙하고 공격적인 행동'을 할 것이라는 예상도 있었다. 거절당해 화가 났다는 것을 상대에게 드러내며 일부러 퉁명스럽게 군다거나 꼬투리를 잡아 말싸움을 건다는 것이다. 버럭 화를 내며 '나를 사랑한다면 이럴 수는 없지, 이럴 거면 우리 헤어져.'라며 친밀한 관계를 이용해서 위협하며 상대의 마음을 불편하게 만든다는 의견이었다. 어떤 청춘은 '두고 보자'며 거절의 대가가 있을 거라고 상대에게 겁을 주거나, 급기야 상대의 거절을 무시하고 강압적으로 성 행동을 할 것으로 예상하기도 했다.

'왜 싫은데? 그냥 손만 잡고 있으면 안 돼? 뽀뽀만 하면 안 돼?'라며 한 단계씩 상대에게 접근하거나, 성관계하자고 조르거나, 야한 몸짓으로 유혹하는 등 상대에게 '계속 접근하고 설득한다'는 예상도 상당했다. 거절하는 이유가 뭔지 꼬치꼬치 따져 묻거나 상대의 거절에 아랑곳하지 않고 성관계하려는 목적을 달성하기 위해서 설득 전략을 펼친다는 의견이었다. 이렇게 한 단계씩 차근차근 접근해서 최종 목적을 달성하는 전략을 '문간에 발 들여놓기 기법foot in the door technique'이라고 한다. 성관계를 거절한 사람은 당연한 거절을 했을 뿐인데도 마치 상대의 면전에 대고 문을 쾅하고 닫아버린 것처럼 미안함과 죄책감이 들어 거절 이후에 상대의 작은 부탁을 쉽게 들어주는 경향이 있다. 성관계 제안을 거절당한 사람은 상대의 이런 불편한 심리를 이용해서 상대가 들어줄 수 있는 작은 부탁('그냥 손만 잡고 있을게')으로 접근해서 부탁의 강도를 한 단계씩 올리면서('뽀뽀만 할게') 최종 목표('성관계')를 달성하려 한다. 즉 고도의 설득 기술을 사용하고 있다고 볼 수 있다.

성관계를 거절당한 사람이 상대의 '거절 의사를 존중하고 수용하는 성숙한 행동'을 보일 것이라는 예상도 많았다. 어떤 청춘은 성관계는 어느 일방이 아닌 서로가 교감을 나누는 과정이기에 거절당한 사람이 '서로 원할 때 하자'고 말하거나 온화한 미소와 함께 상대의 거절을 있는 그대로 수용하는 품격 높은 행동을 보인다고 예상하기도 했다. 하지만 거절당한 사람이 상대의 거절을 곧바로 수용하지 못하고 '나는 하고 싶은데, 하면 안 돼?' 하며 한두 차례 설득해보고 상대가 계속 거절하면 수용할 것이라는 의견도 많았다. '설득 실패 후 수용'하는 행동이 상대의 거절 의사를 존중하는 태도인가에 관해 이견이 있을 수 있겠다. 이 내용은 다음 주제에서 구체적으로 이야기해보려 한다.

'피곤해? 어디 아파? 오늘 무슨 일 있었어?'라며 상대를 걱정하고 상대의 '기분을 배려'할 것이라는 예상도 있었다. 상대가 힘든 일 때문에 심신이 지쳐 있을 수도, 신경 써야 할 일로 예민한 상태일 수도 있기에 '내가 도울 일 있으면 말해줘.'라고 정서적 지원을 하거나 '우리 산책하러 나갈까?'라며 화제를 바꿔 어색한 분위기를 전환한다는 의견이었다. 어떤 청춘은 우리의 몸과 마음이 언제든지 성관계할 준비가 되어 있는 것은 아니기에 제안을 거절당한 사람이 성관계를 원하지 않는 상대의 기분을 헤아려줄 것으로 예상하기도 했다.

거절의 5가지 그림자

- 애정 변화 우려 – '나를 향한 마음이 변했나?'
- 불쾌감 표출과 조종 – '나 화났어! 내가 어떻게 행동할지 나도 몰라.'
- 접근과 설득 – '계속 성관계하자고 조르고 설득하면 내 요구를 들어주겠지.'
- 존중과 수용 – '알았어. 우리 서로 원할 때 하자.'
- 기분 배려 – '오늘 안 좋은 일 있었어? 내가 도울 일 있으면 말해줘.'

연인 관계에서 성관계 제안을 거절당한 사람은 위와 같은 다섯 가지 행동 중 하나를 할 경향이 높다. 그렇다면 남성의 성관계 제안에 여성이 거절했을 때 거절당한 남성은 여성에게 어떤 행동을 주로 할까? 반대로 여성의 성관계 제안에 남성이 거절했을 때 거절당한 여성은 남성에게 어떤 행동을 주로 할까? 청춘 남녀에게 '성관계 제안을 거절당한 사람의 예상 행동'을 보여주고 남성이 거절당할 때 또는 여성이 거절당할 때 주로 어떤 행동을 할 것으로 예상하는지 평가해보도록 했다.

먼저, 남성이 거절당할 때를 살펴보자. 성관계 제안을 거절당한 남성의 예상 행동 순위와 행동 강도는 평가자의 성별에 따라 달랐다. 가장 눈에 띄는 것은 거절당한 남성의 1순위 예상 행동을 다르게 예상했다는 점이다. 남성 참여자는 거절당한 남성이 '여성의 거절 의사를 존중하고 수용하는 꽤 품격 있는 행동을 한다'고 평가했지만, 여성 참여자는 '여성의 거절에 미련을 버리지 못하고 성관계하자고 끈질기게 접근하고 설득하는, 나쁘게 말하면 질척대는 꽤 이기적인 행동을 한다'고 평가했다. 차이점이 또 있었는데, 남성 참여자는 거절당한 남성이 '여성의 거절 의사를 존중하고 수용하며 여성의 기분을 배려하는 행동을 더 많이 한다'고 예상했다. 반면에 여성 참여자는 '여성에게 계속 접근하고 설득하며 여성에게 불쾌감을 표출하고 조종하는 행동을 더 많이 한다'고 예상했다.

다음은 여성이 거절당할 때를 살펴보자. 청춘 남녀는 성관계 제안을 거절당한 여성의 예상 행동 순위와 행동 강도를 거의 유사하게 평가했다. 거절당한 여성의 예상 행동 1순위와 2순위를 보면, 남녀 참여자 모두 거절당한 여성이 '남성의 거절 의사를 존중하고 수용하며 남성의 기분을 배려하는 제법 품격 있는 행동을 한다'고 평가했다. 차이점이라면 여성 참여자는 거절당한 여성이 '남성의 거절을 존중

성관계 제안을 거절당한 남성의 예상 행동 평가

	남성 참여자의 평가		여성 참여자의 평가	
1위	존중과 수용	30%	접근과 설득	28%
2위	기분 배려	25%	존중과 수용	24%
3위	접근과 설득	23%	기분 배려	20%
4위	애정 변화 우려	15%	애정 변화 우려	16%
5위	불쾌감 표출	7%	불쾌감 표출	12%

하고 수용하는 행동을 더 많이 한다'고 예상했고, 남성 참여자는 '남성에게 불쾌감을 표출하고 조종하는 행동을 더 많이 한다'고 예상했다는 것뿐이다.

이 결과를 가지고 몇 가지 이야기해보려 한다. 우선, 다행스럽게도 청춘 남녀는 성관계 제안을 거절당한 사람이 상대의 거절 의사를 존중하고 수용하며 상대의 기분을 배려하는 성숙한 행동을 '꽤 많이 할 것'이라고 예상했다. 남성 참여자는 거절당한 남성이 상대를 존중하고 수용하며 배려하는 행동을 더 많이 한다고 평가한 반면에 여성 참여자는 거절당한 여성이 그러한 행동을 더 많이 한다고 평가한 점이 흥미롭다. 팔이 안으로 굽는 것을 생각하면 남녀가 서로 '내가 더 품격 높은 사람이야!' 목소리를 높이는 게 당연하지

성관계 제안을 거절당한 여성의 예상 행동 평가

	여성 참여자의 평가		남성 참여자의 평가	
1위	존중과 수용	31%	존중과 수용	28%
2위	기분 배려	26%	기분 배려	24%
3위	애정 변화 우려	21%	애정 변화 우려	21%
4위	접근과 설득	16%	접근과 설득	17%
5위	불쾌감 표출	6%	불쾌감 표출	10%

만, 스스로 자신을 괜찮은 사람이라고 추켜세우는 것보다
는 상대가 '내 애인은 탁월한 인격의 소유자'라고 칭찬할 수
있도록 행동하는 것이 진정한 품격의 조건이 아닐까 하는
생각이 든다.

성관계 제안을 거절당한 사람이 자신을 향한 상대의 애
정 변화를 우려하는 행동을 할 것이라는 평가는 남성이 거
절당할 때는 4순위였지만, 여성이 거절당할 때는 3순위로
예상했다. 다시 말해 상대의 애정 변화를 우려하는 행동은
남성보다는 여성에게서 더 높게 나타난다고 본 것이다. 연
애 관계에서 여성이 남성보다 두 사람의 교감과 관계성을
중요하게 여긴다는 사회적 인식이 반영된 결과가 아닐까 싶
다. 또 성별 고정관념의 영향으로 성관계 제안은 남성이 주

도적으로 해야 한다는 인식이 우리 사회에 존재하기에 여성이 주도하는 성관계 빈도는 낮을 수밖에 없다. 그로 인해 여성의 성관계 제안을 남성이 거절한다면 여성은 자신을 향한 애정이 식었다는 의미로 거절을 받아들일 수 있다.

실제로 청춘 남녀에게 성관계 제안을 거절당한 사람의 감정을 예상해보도록 했을 때 거절당한 사람이 여성인 경우에 무안함, 민망함, 서운함, 자존심의 상처를 더 많이 경험한다고 평가했다. 그래서 거절당한 여성은 상대가 '나를 사랑하는 것일까?' 자문하거나 자신을 향한 상대의 애정을 확인하려 할 가능성이 클 수 있다. 생각해봐야 할 것은 여성이든 남성이든 상대의 성관계 거절의 원인을 '내가 매력이 없나?'라며 자기 내부에서 찾거나 '나에게 마음이 떠났나? 다른 사람이 생겼을지도 몰라.' 등 상대를 의심의 눈초리로 보게 되면 결국 두 사람의 신뢰 관계에 금이 갈 수 있다는 점이다.

고민해봐야 할 내용도 있다. 청춘 남녀는 거절당한 사람이 남성이든 여성이든 상대에게 불쾌감을 표출하고 상대를 조종하는 행동을 5순위로 예상했다. 낮은 순위라서 다행이다. 하지만 그런 행동을 할 가능성이 적은 것이지 아예 없다는 것은 아니다. 주목해야 할 것은 남성 참여자는 성관계를 거절당한 여성이 상대에게 불쾌감을 표출하고 조종하는 공격적인 행동을 더 많이 한다고 평가하고, 반대로 여성 참여자는 거절당한 남성이 그러한 행동을 더 많이 한다고 평가했다는 점이다. 앞서 청춘 남녀가 스스로 상대를 존중하고 수용하며 배려하는 더 괜찮은 사람이라고 주장했듯이, 이번에는 서로를 향해 상대에게 불쾌감을 표출하고 조종하는 다소 미성숙한 사람이라고 탓하는 모양새다. 이런 미성숙하고 공격적인 행동은 성관계를 거절한 상대에게 연인 관계의 의무와 책임을 떠넘기면서 상대의 마음을 불편하게 만들 수 있다. 심지어 말이나 행동으로 상대를 위협해서 상대가 어쩔 수 없이 성관계에 응하도록 압력을 가할 수도 있다. 상대에게 불쾌감을 표출하고 상대를 조종하는 행동은 연인 관계의 친밀함을 무기로 '상대에게 원하지 않는 성관계를 강요'할 가능성을 키운다는 것, 그리고 어떤 이는 이런 성관계를 성폭력으로 인식할 수 있다는 것을 생각해야 한다.

여성 참여자는 거절당한 남성이 여성에게 성관계하자고 계속 접근하고 설득하는 행동을 1순위로 평가했다. 3순위이긴 하지만 남성 참여자도 거절당한 남성이 어느 정도는 그렇게 행동한다고 평가했다. 반면에 거절당한 여성이 남성에게 성관계하자고 계속 접근하고 설득하는 행동을 한다는 예상은 남녀 참여자 모두 4순위였다. 이 결과를 보면, 성관계를 거절당한 후 상대에게 성관계하자고 계속 접근하고 설득하는 행동은 남성의 전유물이 아니라 남녀 모두의 특성으로 볼 수 있다. 하지만 여성 참여자가 평가하는 거절당한 남성의 설득 행동 강도(28%)와 남성 참여자가 평가하는 여성의 설득 행동 강도(17%)를 견주어보면 성관계 제안을 거절당한 남성이 여성에게 성관계하자는 설득을 더 빈번하게 한다는 것을 쉽게 예상해볼 수 있다. 바꿔 말하면 여성이 성관계하자는 남성의 설득에 더 많이 시달린다는 뜻이다. 연애 관계에서 상대의 거절을 무시한 채 성관계하자고 계속해서 접근하고 설득하는 행동은 상대에게 원하지 않는 성관계를 강요하는 행동으로 이어질 가능성이 크다.

상대의 성관계 제안에 싫다고 거절했는데도 상대가 계속 성관계하자고 조르거나 설득해서 어쩔 수 없이 성관계에 응했다면, 이 성관계에 어느 정도 동의한 것일까? 또 버럭 화를 내며 계속 이런 식이면 헤어지는 것이 좋겠다고 말하는 상대의 행동 때문에 어쩔 수 없이 성관계에 응했다면, 이 성관계에 어느 정도 동의한 것일까?

3

사랑에도 동의가 필요해

너의 거절을
거절한다

설득의 경계

모르는 전화가 걸려온다. 전화를 받을까 말까 고민하다 전화를 받는다. 친절한 목소리로 '안녕하세요. 고객님' 누군가 인사를 건넨다. 소속을 밝히며 좋은 상품이 있어서 전화했다며 잠깐 시간을 내달라고 한다. 관심이 없다.

- 소속을 밝히는 순간 통화 종료 버튼을 눌러 상담원의 접근을 완전히 차단해버리는 사람
- 좋은 상품이라는 소리를 듣자마자 상담원의 말을 가로막고 '관심 없습니다. 전화 끊겠습니다.' 단호한 말투로 거절 의사를 밝히는 사람

- 시간을 내달라는 요청에 '저기 죄송한데요. 지금 바빠서
  요.' 우회적으로 거절 의사를 전달하는 사람
- 곧바로 거절하기 미안해서 상담원의 이야기를 다 들어준
  후 '그런데요. 필요 없을 것 같아요.' 조심스레 거절을 표현
  하는 사람

개인의 성격에 따라 거절을 표현하는 방식은 다양하다.
어쨌든 관심이 없다고 또 바쁘다고 직간접적으로 거절 의
사를 전달했다. 그런데도 상담원이 '잠깐만요. 정말 좋은 상
품입니다.' 전화를 계속 붙들려 한다고 생각해보자. 대다수
는 '싫다고 했잖아요!' 짜증스럽게 전화를 끊어버릴 가능성
이 크다. 전화를 끊으면서 상담원의 처지를 헤아려 미안함
에 죄책감을 느끼는 사람은 많지 않을 것이다. 환영하지 않
는 전화를 받았고 게다가 불필요한 상품 권유까지 받았으
니 당연한 거절을 했다고 생각하기 때문이다. 또 상담원도
시간을 내달라고 더는 요구하지 않는다. 거절과 수용이 당
연한 관계이기 때문이다.

거절과 수용이 어려운 관계, 바로 연인 관계다. 연인 관
계는 한 통의 전화로 끝나는 고객과 상담원의 관계가 아니
다. 연인은 친밀함이라는 무수히 많은 실로 얽혀 있는 연결
망 속에 있다. 두 사람의 성욕 표현 시기가 불일치할 때 거
절과 수용을 당연한 듯 실천하기는 쉽지 않다. 상대의 성관

계 제안에 '오늘은 하기 싫어'라고 거절했다고 생각해보자. 상대의 반응은 어떨까? 이 거절이 상대에 대한 거절이 아니라 성관계를 거절한 것임을 수용한다면 더할 나위 없겠다. 하지만 현실은 그렇지 않다. 상대가 화를 내거나 삐져서 입술을 내밀며 투덜거리고 있다면? 성관계 제안을 거절한 사람은 상대의 반응에 마음이 불편해지고 상대의 제안을 받아주지 못한 미안함과 죄책감을 느끼게 된다.

그렇기에 원하지 않은 성관계를 거절하면서도 혹여나 연인 관계의 연결망이 약해질까 봐 상대의 눈치를 살피게 된다. 어떤 사람은 그 연결망을 이용해서 상대의 거절을 수용하지 않고 설득하려고 애를 쓴다. 상대의 미안함과 죄책감을 자극하거나 상대의 거절을 또다시 거절하면서 말이다. 성관계를 원하지 않은 사람이 이미 거절 의사를 표현했는데도 성관계를 원하는 사람이 이를 수용하지 않고 상대에게 성관계하자며 설득하는 전략을 사용한다고 생각해보자. 청춘들은 이를 어떻게 평가할까?

- 어느 정도는 설득이 필요하다.   48%
- 설득해서는 안 된다.   52%

두 의견이 줄다리기하듯 팽팽하다. 설득이 필요하다고 주장하는 청춘들의 이야기는 이렇다.

상대가 아무런 이유 없이 싫다고 하면 '이유가 뭔데?'라고 물어볼 수 있는 거잖아요. 꼭 성관계하려고 설득한다는 것이 아니라 거절의 이유가 합당한지, 나에게 서운한 게 있는지, 현재 불편한 게 있는지를 파악해서 해결할 수 있으면 좋잖아요.

거절했지만 100% 싫은 게 아닐 수도 있어요. 하기 싫은 마음과 하고 싶은 마음이 왔다 갔다 할 수도 있잖아요. 또 싫다고 했을 때 '알았어'라고 한 번에 냉큼 받아들이면 서운하지 않을까요? 설득할 때 '정말 하기 싫은가?' 하며 자기 상태를 점검하고 최종 결정을 내리면 되니까, 한두 번 정도는 설득해도 괜찮을 것 같아요.

합당한 이유. 설득의 필요성을 이야기했던 청춘들이 가장 많이 했던 말이다. 이들의 이야기에 귀 기울여보니 '합당한 이유'에는 두 가지 의미가 담겨 있었다. 하나는 상대의 거절에 해결책을 제시할 수 있는 설득은 괜찮다는 의견이었다. 서운한 일이 있으면 풀고, 임신이 걱정되면 피임을 준비하고, 장소가 불편하면 편안한 장소로 옮기면 된다는 것이다. 현실적인 문제가 해결되면 상대가 거절을 거둬들이고 성관계에 동의하게 될 것이라는 생각이었다. 다른 하나는 거절 이유가 합당한지 따져봐서 설득 여부를 결정하겠다는 의견이었다. 마치 옳고 그름을 판단하는 엄격한 재판관 같았다. 하지만 합당함의 기준은 '내가 이해할 수 있도록 거절의 이유를 설명해봐'였다. 그 합당함을 충족하는 거절 이유가 있을까 싶을 정도로 자기중심적인 관점을 취하고 있었다.

또 청춘들은 상대의 거절 강도를 보고 실득 여부를 결정하겠다는 의견을 제시하기도 했다. 그들은 이런 공식을 따르고 있었다. '상대의 거절 강도가 강하면 설득하지 않는다. 만약 거절 강도가 세지 않으면 설득해봄직하다.' 상대가 성관계를 원하지 않는다고 말하지만 성관계하기 싫은 마음과 하고 싶은 마음 사이에서 갈팡질팡할 수 있기 때문이다. '설득의 과정은 상대가 정말로 무엇을 원하는지 자신의 마음을 충분히 들여다볼 수 있는 시간을 줄 수 있다. 설득은 상대가 옳은 선택을 할 수 있도록 부드럽게 개입하는 것이다.' 즉, 이들에게 설득은 '어떤 선택을 해야 할지 고민이지? 네 마음을 들여다볼 수 있도록 내가 도와줄게.'와 같은 의미였다.

서로 좋아서 하는 게 성관계잖아요. 하기 싫다는데도 설득하는 것은 이기적인 행동 같아요. 성관계는 어느 한 사람의 쾌락만을 위한 게 아니라 교감을 나누는 거잖아요. 설득도 정도에 따라 다르겠지만 하기 싫다는데도 계속 설득하면 상대는 폭력으로 느낄 수도 있을 것 같아요.

인정하고 싶지는 않지만 사랑하는 사이에도 갑을 관계가 있다고 생각해요. 어느 한쪽이 상대를 더 좋아한다면 상대가 성관계하자고 했을 때 거절하기 어렵죠. 거절하더라도 상대가 설득하면 연인 관계를 지키기 위해서 억지로 하게 될 가능성이 크죠. 설득하고 어쩔 수 없이 응하는 행동을 반복하다 보면 '얘는 싫다고 거절해도 설득하면 돼, 얘는 내가 이렇게 강요해도 헤어지지 않을 거야.' 하고 얼마든지 설득하고 강요해도 괜찮다고 생각하게 될 것 같아요.

이번에는 설득해서는 안 된다고 주장하는 청춘들의 이야기다. 이들이 가장 강조한 말은 두 사람의 욕구 충족, 상호 참여, 상호 동의였다. 설득은 상대가 내 이야기를 따르도록 여러 가지 방법으로 깨우쳐 말하는 것을 뜻한다. 청춘들은 대인 관계에서 일반적으로 작동하는 설득과 성관계에서 작동하는 설득은 다른 차원이라고 말했다. 성 행동은 아주 사적이고 민감한 것으로 원하지 않은 성 행동을 하지 않을 권리의 문제와 직결된다는 것이다. 따라서 후자의 설득은 내 성욕을 상대가 채워줬으면 하는 바람에서 나오는 압력이나 강요이기에 설득당하는 사람의 처지에서는 심리적 폭력으로 인식할 수도 있다는 생각이다. 즉, 두 사람의 상호 동의로 이루어진 성관계가 아니라 한쪽의 압력이나 강요가 섞인 설득에 의한 성관계는 일종의 성폭력과 같다는 의미였다.

성관계 거절이 상대의 설득에 의해 저지당한 후 불편한 동의로 이어지는 성관계가 계속해서 이루어진다면 어떻게 될까? 설득에 성공한 사람은 상대가 거절하더라도 언제든지 설득할 수 있다고 생각하고 자신의 성욕을 충족하기 위해서 일방적인 성관계를 강요하게 될 것이 뻔하나. 반면에 설득당한 사람은 자신이 거절해봤자 상대가 이를 수용해주지 않을 것이라는 무력감을 학습하고 원하지 않은 성관계에 순응하게 될 가능성이 높다. 성적 주체성을 잃는 것이다.

거절과 수용의 한계점

상대의 기분이 안 좋다 싶을 때는 기분을 풀어주려고 맛있는 것을 먹으러 가든지, 기분 전환이 되는 행동을 해요. 내가 말로 위로를 해주면 상대도 풀릴 수 있으니까요. 저는 이렇게 마음을 풀어줄 수 있는 행동이 먼저 나올 것 같아요. 내가 성적으로 매력을 뽐내는 유혹만 유혹이 아니라 상대방의 마음을 풀어주는 것도 유혹이 될 수 있다고 생각해요. 마음을 풀어주면 자연스럽게 나에 대한 사랑이 커질 것이고 나를 원하는 감정이 생길 것이고 그렇게 자연스럽게, 꼭 오늘이 아니더라도 내일이더라도 모레라도 상대방이 나에 대한 마음을 키우면 자연스레 성관계할 수 있지 않을까요? 강요로 상대의 기분을 더 상하게 했다가 관계가 안 좋아지는 것보다는 저는 이런 방법을 택해서 더 깊은 관계가 될 수 있도록 할래요.

불편한 동의가 아닌 상호 동의를 이끌어 내기 위한 부드러운 설득 전략을 사용해야 한다는 의견도 있었다. 상대에게 성관계를 강요하게 되면 갈등이 일어날 수 있기 때문에 성적 만족을 일정 기간 지연할 때 얻을 수 있는 것들을 생각해야 한다는 의견을 제시했다. 만족 지연 능력을 떠올리게 하는 말이었다.

네다섯 살 아이들에게 선생님이 마시멜로 과자를 꺼내 보여준다.

"선생님이 15분 정도 나갔다 올 거야. 다시 돌아올 때까지 마시멜로를 먹지 않고 기다리면 마시멜로를 하나 더 줄게. 그럼 마시멜로를 두 개 먹을 수 있단다."

선생님이 방을 떠나자 아이들은 저마다 다른 반응을 한다. 마시멜로를 바로 먹어버리는 아이, 냄새를 맡아보고 맛을 상상하며 먹지 않으려고 애쓰지만 결국 참지 못하고 먹어버린 아이, 마시멜로의 유혹을 떨치려고 뒤돌아 앉는 아이, 마시멜로에서 일부러 멀리 떨어져 장난감을 가지고 노는 아이.

이 아이들의 15년 후의 삶을 다양한 영역에서 들여다

봤을 때 마시멜로를 먹지 않고 나름 다양한 전략을 사용해서 기다렸던 아이들이 참지 못하고 먹어버린 아이들과 비교해서 상대적으로 성공한 삶을 살고 있었다. 마시멜로 실험은 아이의 자기통제력, 즉 즉각적인 만족을 지연할 수 있는 능력 정도가 성공적인 삶과 어떤 관련이 있는지를 보여준다.[33] 물론 아이의 자기통제력은 다양한 환경적인 요인에 영향을 받기에 만족 지연 능력과 성공적인 삶을 인과관계로 보기에는 한계가 있다.[34]

어쨌든 만족 지연 능력은 마시멜로를 바로 먹어치우지 않고 더 많은 마시멜로를 얻는 능력, 횡단보도에서 녹색 신호를 기다리며 안전을 지키는 능력, 더 나은 미래를 위해 자기계발에 열중하는 능력과 같다. 연인 관계의 성욕 표현도 마찬가지다. 상호 동의한 성관계를 위해서 적절한 시기를 기다릴 수 있는 만족 지연 능력은 연인 관계의 신뢰와 애정을 쌓는 데 중요한 역할을 한다.

물론 연인과 성관계하고 싶은 욕구를 참아야 한다고 말하는 것이 어떤 이에게는 눈앞에 놓인 마시멜로를 먹지 말고 기다리라고 하는 것, 1분 1초가 다급한 사람에게 무단 횡단하지 말고 녹색 신호를 기다리라고 하는 것, 목이 말라 물을 달라는 사람에게 두 시간 후에 물을 주겠다는 말처럼 들릴지 모른다. 성관계sexual relationship는 섹스sex가 아니다. 두 사람의 관계를 성으로 맺는다는 의미다. 만족 지연 능력은 그 관계에 대한 배려의 시간이다. 그렇다면 우리는 성관계 제안을 거절한 상대가 불편하지 않게 압력이나 강요 없이 다시 설득할 수 있을까? 그런 방법이 있기는 한 것일까?

한두 번 정도는 괜찮지만 같은 말을 여러 번 하게 하면 안 되는 것 같아요. 싫다는데도 세 번, 네 번 성관계 제안을 하게 된다면 '그렇게 하고 싶냐?'라는 마음이 들면서 정이 떨어질 것 같아요. 상대를 내 맘대로 할 수 있다는 생각이 보이는 것 같거든요.

설득을 하는 방법보다는 칭찬해주거나 기분 좋은 게임을 하고 나서 마음이 풀리면 다시 한 번 물어보는 편이에요. 그래도 안 된다고 하면 그때는 존중하고 받아들이죠. 단, 또 거절당했다고 해서 화내거나 삐지면 안 돼요. 거절한 상대에서 미안한 생각을 갖게 하면 안 되는 거잖아요.

무거운 분위기가 아니라면 약간의 유머로 '오늘 너를 위해서 열심히 식스 팩을 준비했는데, 이것을 보지 않겠다는 말이야? 내일은 이게 없어질지도 모르는데!'라고 하는 거예요. 그런데도 상대가 '응, 안 궁금해!' 그러면 거기서 멈춰야죠.

대다수 청춘들이 성관계 제안을 거절당했을 때 상대에

게 한 번 또는 두 번 정도 더 성관계를 제안해볼 수 있다는 것에 동의했다. 물론 거절을 표현한 사람이 성관계를 제안한 상대에게 화가 나거나 미안함과 죄책감이 생기지 않는 선에서 말이다. 청춘들 사이에서 한두 번의 기준을 놓고 논쟁이 벌어졌다. 처음 거절 포함 한두 번인가, 아니면 처음 거절을 포함하지 않고 한두 번인가? 이야기 끝에 내린 결정은 처음 제안을 거절당한 후 두 번 정도까지 다시 제안해볼 수 있다는 것이었다. '삼세번의 공식'이 성관계 제안과 설득에도 적용되다니, 놀라웠다. 정리하자면 성관계 제안에 상대가 '싫어'라고 했을 때 최대 두 번까지, 즉 '정말 하기 싫어?' '응', '진짜로 하기 싫어?' '응' 딱 여기서 멈춰야 한다는 것이다.

거절했는데도 두 번 더 제안을 받는 것이 부담스럽다고 생각하는 청춘도 있었다. 이 불편함의 문제를 해결하는 방법으로 상대의 거절을 첫 번째에 수용할 것인지, 두 번째에 수용할 것인지 여부는 연인들 간에 세부적으로 경계 설정을 하는 것으로 마무리했다. 즉, '설득의 경계'를 연인과 함께 정하자는 것이었다. '성관계 제안은 명확하게, 거절은 미안함과 죄책감 없이.' '설득의 경계 설정'과 같은 성적 의사소통은 두 사람을 성숙한 연인 관계로 나아가게 한다.

너는 거절해,
나는 설득할게

도대체 싫은 이유가 뭐야?

남자친구가 성관계하고 싶다고 하는데 저는 우리가 아직 서로를 충분히 알지 못했다는 생각이 들었어요.

"우리 만난 지 얼마 되지도 않았고 서로를 충분히 알지도 못했잖아. 아직은 때가 아닌 것 같아."

제 속마음을 솔직하게 이야기하면서 거절했습니다. 기분 상해할지도 모르겠다는 생각에 눈치를 살피고 있는데 남자친구가 웃으며 "그래? 알았어!" 시원스레 수긍하더군요. 안도의 한숨을 쉬고 남자친구를 쳐다보니 손목시계를 내려 다보며 무언가를 중얼거리고 있었어요.

"뭐해?"

"응, 시간 재는 거야. 1초, 2초, 3초, 4초, 5초. 어때? 이제 우리 서로 충분히 알았지! 때가 된 것 같지 않아?"

성관계하고 싶지 않은 이유를 진지하게 설명하고 거절했는데도 제 거절을 가볍게 여기는 남자친구에게 화가 났어요. 상대의 성관계 제안에 왜 싫은지 그 이유를 구체적으로 말하고 거절하더라도 그 거절을 상대가 받아들이지 않고 성관계하자고 계속해서 설득한다면 거절은 아무런 의미가 없지 않나요?

'오늘 성관계할 수 있을지도 몰라' 이런 기대로 성관계를 제안했는데 상대가 싫다고 거절하면 어떤 기분이 들까? 흔들림 없이 미소를 띠며 거절을 수용하는 사람은 많지 않다. 기분이 상하기 마련이다. 상대의 거절을 예견하지 못했기에 당황하거나 지레 김칫국부터 마셨다는 생각에 민망해서 어디에라도 숨고 싶을지도 모른다.[35] 한껏 부풀었던 기대가 좌절되어 실망하거나 상대가 자신의 마음을 알아주지 않고 문전박대하는 것 같아 서운할 수도 있다. 또 상대의 거절이 자신을 무시하는 것 같아서 자존심이 상해 화가 나기도 할 것이다. 어쨌든 복합적으로 뒤섞인 불편한 기분과 함께 '왜? 도대체 싫은 이유가 뭐야?'라는 말이 불쑥 튀어나온다. 상대가 왜 거절하는지 그 이유를 알아야 복잡 미묘하게 소용돌이치는 마음을 어느 정도 가라앉힐 수 있다고 생각하거나, 두 사람 사이에 어떤 교감이 부족한지 빨리 파악해서 부족함을 채우고 싶은 반응일 수 있다. 또 당장 해결할 수 있는 이유라면 그 문제를 해결해서 성관계할 수 있는 상황을 만들고 싶은 마음일 수도 있다.

연인 사이에서 서로를 존중하는 성적 의사소통 방법의 하나는 성관계 제안에 상대가 싫다고 했을 때 그 거절을 있는 그대로 수용하는 것이다. 지극히 이상적인 기대인 것일까? 현실 연애를 들여다보면 상대의 거절을 있는 그대로 수용하기보다는 왜 거절하는지 그 이유를 시원하게 듣고 싶어 하는 사람이 많기 때문이다. 그런 청춘들에게 이렇게 이야기하고는 했다.

'사귀는 사이에 서로를 배려하는 성적 의사소통이 필요합니다. 성관계를 제안하는 사람은 상대의 거절을 있는 그대로 존중하고 수용하는 태도를 지녀야 합니다. 상대의 성관계 제안을 거절하는 사람도 상대에 대한 미안함이나 죄책감을 버리고 싫은 이유를 솔직히 이야기하면서 거절해야 합니다. 이렇게 했을 때 두 사람 사이의 오해와 갈등을 해소할 수 있고 불필요한 감정 소모를 줄일 수 있습니다.'

앞서 소개한 청춘은 수업 시간에 배운 내용을 자신의 연애에 적용했을 때 남자친구가 '아, 그런 이유로 싫다고 했구나. 조금 더 시간을 갖고 서로를 알아가자! 우리가 서로를 충분히 알고 네가 성관계를 해도 좋다는 마음이 들면 말해

줄래?'라며 뒤끝 없이 거절을 수용해주기를 기대했다. 하지만 기대는 빗나갔다. 싫은 이유는 싫은 이유일 뿐, 성관계하자는 설득이 뒤따라왔다. 연인 관계에 있는 두 사람이 동시에 성욕을 느끼면 좋겠지만, 그렇지 않았을 때 성관계를 원하는 사람과 원히지 않는 사람 사이에 성관계를 둘러싼 갈등이 생겨나기 마련이다. 성관계를 원하는 사람 중 일부는 '도대체 싫은 이유가 뭐야?'라고 묻는 것부터 시작해서 원하지 않은 상대를 성관계로 끌어들이기 위해서 다양한 설득 전략을 펼칠지도 모른다.

설득과 성관계 가능성

그렇다면 남성의 성관계 제안에 여성이 싫은 이유를 설명하면서 거절하더라도 남성이 성관계하자며 계속 설득할 가능성은 어느 정도일까? 또 남성의 계속적인 설득으로 두 사람이 결국 성관계할 가능성은 어느 정도일까?

앞 장에서 우리는 남성의 성관계 제안에 여성이 거절하는 여섯 가지 이유를 알게 됐다. 그중에서 청춘 남녀가 힘을 실어주었던 세 가지 이유가 있었다. 바로 '순결 관념', '교감 부족', '태도 변화 우려'였다. 이를 구체화해서 두 사람의 '관계 불확실', 여성을 향한 남성의 '사랑과 믿음 부족' 그리고 성관계 후 남성의 '태도 변화 우려'로 여성의 거절 이유를 구분했다. 남성의 성관계 제안에 여성이 그러한 세 가지 이유로 거절했을 때 남성이 '성관계하자고 설득할 가능성' 그리고 남성의 설득으로 두 사람이 결국 '성관계할 가능성'을 청춘들에게 예상하도록 했다. [36]

아직 성관계하지 않은 연인인 경우

두 사람은 사귀면서 아직 성관계하지 않은 사이입니다. 남성이 여성에게 성관계하고 싶다고 말합니다. 여성은 다음과 같은 세 가지 이유로 싫다고 거절합니다.

- 관계 불확실 – '나는 우리 관계에 확신이 없어. 결혼을 약속한 사람과 성관계하고 싶어.'
- 사랑과 믿음 부족 – '네가 나를 정말 사랑하는지 잘 모르겠어. 너에 대한 믿음이 부족해.'
- 성관계 후 태도 변화 염려 – '너는 성관계만 원하는 것 같아. 성관계 후에 나를 향한 애정이 식어버릴까 두려워.'

남성 참여자는 여성이 '관계 불확실'을 이유로 거절한다면 81%, '사랑과 믿음 부족'을 이유로 거절한다면 73%, '성관계 후 태도 변화 염려'를 이유로 거절한다면 82% 정도로 상대 남성의 설득 가능성을 높게 예상했다. 여성 참여자의 예상 역시 유사했다. 아마도 청춘들이 연애 관계 안에서 이런 상황들을 직접 경험했거나 주변 친구들에게서 이야기를 들었던 경험을 근거로 남성의 설득 가능성을 높게 예상한 것이 아닐까 싶다.

상당수 청춘은 남성의 성관계 제안에 여성이 거절할 때 그 이유를 구체적으로 알고 싶어 했다. 이 결과를 보면 왜 싫은 것인지 거절 이유를 말해달라는 남성의 요청은 '여성의 거절 이유를 듣고 수용하려는 것보다 그 이유에 맞게 어떻게 설득할 것인가'와 직결되어 있는 것 같다. 이렇게 말이다.

나는 우리 관계에 확신이 없어. 결혼을 약속한 사람과 성관계하고 싶어.

→ 나는 너랑 헤어지는 상상을 해본 적도 없어. 걱정하지 마, 내가 너 책임질게.

네가 나를 정말 사랑하는지 잘 모르겠어. 너에 대한 믿음이 부족해.

→ 너를 너무나도 사랑해서 성관계하자고 한 건데. 내가 너를 사랑하는 만큼 너는 나를 사랑하지 않는구나. 실망했어.

너는 성관계만 원하는 것 같아. 성관계 후에 나를 향한 애정이 식어버릴까 두려워.

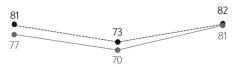

여성의 거절에도 남성이 성관계하자고 설득할 가능성(%)

81
77
73
70
82
81

관계 불확실   사랑과 믿음 부족   태도 변화 염려
●── 여성 참여자   ┈●┈ 남성 참여자

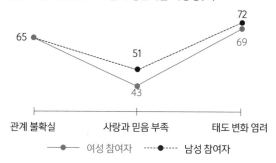

남성의 계속된 설득으로 결국 성관계할 가능성(%)

65
51
43
72
69

관계 불확실   사랑과 믿음 부족   태도 변화 염려
●── 여성 참여자   ┈●┈ 남성 참여자

→ 쉽게 변할 사랑이라면 너에게 성관계를 제안하지 않았을
   거야. 나, 너를 향한 마음만큼은 누구보다도 진심이야.

   물론 여성의 거절을 있는 그대로 존중하고 수용하는 사
   람도 있다. 하지만 거절을 수용하는 사람보다도 거절 이유에 맞게 설득하려는 사람이 훨씬 많다는 것을 짐작해볼 수 있다. 이 이야기를 하면 몇몇 청춘은 강의가 끝난 뒤에 조용히 나를 찾아온다. 멋쩍은 웃음을 지으며 남성의 심리를 너무나 정확하게 꿰뚫고 있다며 반성한다고 말하기도 한다. 그들의 솔직함이 고맙다. 그런 이야기를 공개적으로 꺼낼 수 있다는 것은 행동의 변화로 이어질 가능성도 있다는 뜻이기 때문이다.

그렇다면 남성의 설득이 성공해서 두 사람이 결국 성관계할 가능성은 어느 정도로 예상했을까? 남성 참여자는 여성이 '관계 불확실'을 이유로 거절한다면 65%, '사랑과 믿음 부족'을 이유로 거절한다면 51%, '성관계 후 태도 변화 염려'를 이유로 거절한다면 72% 정도로 두 사람의 성관계 가능성을 예상했다. 남성의 설득이 효과를 발휘해서 성관계할 가능성이 상당히 높을 것으로 예상했고, 여성 참여자의 예상 역시 유사했다.

성관계할 가능성은 '여성의 거절 이유가 진실한가 혹은 합당한가'를 따져보는 것과 밀접한 관련이 있었다는 점이 흥미롭다. 청춘들은 여성이 사랑과 믿음이 부족하다는 이유로 남성의 성관계 제안을 거절하는 것은 두 사람이 교감을 충분히 나누지 않았다는 뜻으로 여성의 거절은 진실에 가깝다고 여겼다. 그렇기에 성관계하자는 남성의 설득이 여성에게 잘 통하지 않으리라고 봤다. 특히 여성 참여자는 남성 참여자와 비교해서 이 거절 조건에서 성관계할 가능성을 더 낮게 예상했다. 여성은 성관계를 앞두고 두 사람의 친밀도를 고려해서 자신의 기준에 충족하지 않으면 남성이 성관계하자고 설득해도 자신의 거절 의지를 고수할 가능성이 있음을 보여준다.

반면에 청춘들은 여성이 관계 불확실성과 성관계 후에 남성의 태도 변화가 우려되어 성관계 제안을 거절하는 것은 그 진실성이 의심된다고 여겼다. 여성이 성관계를 정말로 원하지 않는다기보다도 남성의 마음을 떠보려고 혹은 확인하려고 일부러 거절을 했을 가능성이 있다고 생각했다. 그래서 남성이 여성에게 관계의 확신을 주거나 충성심을 증명하는 달콤한 언행을 하면서 성관계하자고 설득하면 여성도 마음을 열어 두 사람이 결국 성관계할 가능성이 커질 것으로 봤다.

성관계하고 있는 연인인 경우

두 사람은 사귀면서 성관계를 하고 있는 사이입니다. 남성이 여성에게 성관계하고 싶다고 말합니다. 여성은 다음과 같은 세 가지 이유로 싫다고 거절합니다.

- 관계 불확실 – '요즘은 네가 나랑 정말 미래를 함께할 마음인지 잘 모르겠어.'

- 사랑과 믿음 부족 – '요즘 너의 행동을 보면 나를 사랑하는 것이 맞
  는지 의심이 돼.'
- 성관계 후 태도 변화 염려 – '너는 나를 성관계하려고만 만나는 것
  같아.'

아직 성관계하지 않은 연인 사이에서 얻은 결과와 '다른
그림 찾기'를 해야 할지도 모르겠다. 같은 그래프로 착각할
정도로 '설득 가능성'과 '성관계할 가능성'의 결과가 유사했
다. 현재 만남에서 두 사람이 성관계한 사이인지 그렇지 않
은 사이인지는 중요하지 않았다. 여성의 거절 이유가 무엇
이든 중요하지 않았다. 다만 청춘들은 '아직 성관계하지 않
은 사이'와 비교해서 '성관계하고 있는 사이'에서 여성이 사
랑과 믿음이 부족하다는 이유로 성관계 제안을 거절하는
것은 그 진실성을 약간은 더 의심해봐야 한다고 여겼다. 핑
계에 불과할 수 있다고 평가한 것이다. 그래서 남성이 여성
에게 사랑과 믿음을 주는 언행을 하면서 성관계하자고 설
득하면 여성도 마음을 바꿔서 두 사람이 결국 성관계할 가
능성이 절반 이상은 넘을 것으로 예상했다.

남성의 성관계 제안에 여성이 거절할 때 그 거절의 진실
성은 관계의 친밀성에 영향을 받고 있었다. 깊은 성적 친밀
감을 나눈 사이에서 여성의 거절은 진정한 거절이 아니라고
해석해버릴 가능성이 크다는 뜻이다. 예로, 아직 성관계하

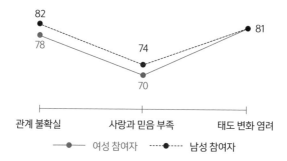

여성의 거절에도 남성이 성관계하자고 설득할 가능성(%)

82
78
74
70
81

관계 불확실   사랑과 믿음 부족   태도 변화 염려

● 여성 참여자   ● 남성 참여자

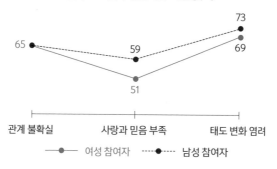

남성의 계속된 설득으로 결국 성관계할 가능성(%)

73
65
59
51
69

관계 불확실   사랑과 믿음 부족   태도 변화 염려

● 여성 참여자   ● 남성 참여자

지 않은 두 사람이 함께 있으면서 입맞춤하고 남성이 여성에게 더 진한 성적 접근을 시도한다고 생각해보자. 여성이 싫은 이유를 설명하면서 남성의 성적 접근을 거절한다면 남성은 여성의 거절을 진실로 받아들이고 수용할까? 두 가지 상황을 비교해보자.

사귀지만 아직 성관계하지 않은 한 쌍의 연인이 함께 있습니다. 여성이 남성의 키스를 허락합니다. 곧이어 남성이 여성의 가슴을 애무하려 하자 여성이 '임신할까 두렵다' 또는 '진도가 너무 빠르다' 또는 '결혼할 때까지 기다려달라'는 이유로 거절합니다.

사귀지만 아직 성관계하지 않은 다른 한 쌍의 연인이 함께 있습니다. 여성이 남성의 키스를 허락하고 가슴 애무도 허락합니다. 곧이어 남성이 여성의 성기를 애무하려 하자 여성이 '임신할까 두렵다' 또는 '진도가 너무 빠르다' 또는 '결혼할 때까지 기다려달라'는 이유로 거절합니다.

여성의 거절에도 남성의 성적 접근은 계속되고 여성은 '싫어, 그만해!'라고 외친다. 이 상황을 컴퓨터 영상으로 관찰한 실험이 있다. 영상 속 여성이 남성의 성적 접근을 정말로 원하지 않는다고 생각하는 순간 정지 버튼을 눌러 이 영상을 멈출 수 있다. 어떤 결과가 나왔을까?[37] 남성 참여자들은 영상 속 여성이 남성에게 가슴 애무를 허락했으면서도 '진도가 너무 빠르다'고 거절할 때 그 거절의 진실성을 가장 높게 의심하며 '싫어, 그만해!'라고 여성이 계속해서 소리치는데도 정지 버튼을 가장 늦게 눌렀다. 허울뿐인 변명에 불과하다고 치부한 결과다. 여성이 남성에게 키스나 애무를 허락한다면 성관계도 허락한다는 신호로 해석해버리는 성적 의사소통의 통념을 그대로 드러낸 결과로 볼 수 있다.

친밀한 관계에서 남성이 여성을 고통스럽게 할 수 있는 행동 목록을 여성에게 보여주고 그 목록 중에서 가장 고통스러운 행동이 무엇인지 판단하게 했다.[38] 7점 만점의 괴로움 척도에서 평균 6.5점을 받은 가장 심각하게 고통스러운 행동은 '성폭력'이었다. 이번에는 남성에게 성폭력이 여성에게 가져다주는 고통을 예상해달라고 했다. 남성은 평균 5.8점을 주었다. 남성은 성폭력이 여성에게 얼마나 고통스러운 사건인지에 관해 과소평가하는 경향이 있다. 이렇듯 성폭력의 심각성을 공감하지 못하는 태도가 연인 관계에서 성적 의사소통의 갈등을 일으키는 중대한 원인이 된다.

설득당한 자의
속마음

진짜 동의 vs 가짜 동의

여자친구가 하기 싫다는데도 '하면 안 돼? 나는 하고 싶은 데.'라며 설득해서 성관계할 때가 있어요. 그것은 거절도 아니고 동의도 아닌 것 같아요. 여자친구가 그냥 저를 배려 해줬다고 생각해요. 그렇게 성관계하고 나면 내 욕심만 부린 것 같아 미안한 마음이 큽니다. '이게 사랑이라고 할 수 있을까?' 죄책감이 들죠.

설득하는 것은 좋은 방법이 아니라고 생각하지만 남자친구가 피곤해서 하기 싫다고 하는데 성관계하자고 제가 계속 조를 때가 있어요. 그래도 안 넘어오면 최후의 방법으로 야한 몸짓을 하면서 '이래도 안 할 거야?' 하면 '알았어.' 하고 수용하더라고요. 남자친구가 속으로는 내키지 않았는지 잘 모르겠지만 저는 남자친구도 동의했다고 생각해요.

'우리 할까?'라고 누군가 민망함을 깨고 조심스럽게 상대의 눈치를 살피며 용기 내어 성관계 제안을 한다. 하지만 상대는 원하지 않는다. 성관계를 제안하는 사람도 그러하겠지만 원하지 않는 사람 역시 상대의 눈치를 살피며 용기 내어 성관계 제안을 거절한다. '하기 싫어'라고 말로 직접 표현하거나, 어색하게 웃으며 화제를 돌리거나, 상대가 보내는 뜨거운 눈빛을 피하거나, 가까이 다가오는 상대의 몸을 밀어내거나, 상대의 성적 접근에 일절 반응하지 않으면서 말이다.

제가 싫으니까 안 한다고 했잖아요. 그런데도 상대의 기분을 살피고 약간의 죄책감과 미안한 마음이 들어요. '내가 하기 싫은데 왜 이런 감정을 느껴야 하나? 내가 왜 눈치를 살펴야 하나?' 짜증이 나기도 해요.

성관계 제안을 거절한 사람은 '하기 싫어서 하기 싫다고' 거절한 것뿐인데도 상대에게 상처를 준 게 아닌가 하는 죄책감, 상대의 요구를 들어주지 못한 미안함, 거절 이후 분위기가 냉랭해질 것 같은 두려움, 두 사람의 관계를 다시 회복해야 한다는 부담감 등 복잡한 심적 불편함과 갈등을 겪게 된다. 연인 관계에서 두 사람의 성적 욕구가 상반될 때 제안을 한 사람보다도 거절한 사람이 상대의 기분과 둘의 관계성을 살필 가능성이 크기 때문이다.

성관계 제안을 거절당한 사람 중 일부는 성숙한 태도를 보이며 상대의 거절 의사를 존중하고 수용하며 상대의 기분을 배려한다. 이런 태도를 보이는 사람이 많았으면 좋겠지만 어떤 이는 거절당한 불쾌감을 직간접적으로 표출하며 상대를 심적으로 불편하게 만들어 성관계에 응하도록 한다. 또 어떤 이는 두 사람의 친밀성을 공략하며 계속 조르거나 설득해서 상대가 성관계에 응하도록 한다. 어쨌든 거절당한 사람은 상대가 자신의 요구를 따르도록 여러 가지 설득 전략으로 상대에게 접근한다.

B: 이유가 뭔데?

F: 만나는 내내 이상하게 불편하더라고.

B: 왜? 뭐 자격지심 때문에?

F: 아니, 다. 다 불편했어. 남들은 사랑할 때 홀딱 빠져서 그런다잖아. 근데 나는 아니었어. 키스할 때도 또 다른 내가 저기 서서 쳐다보고 있는 것 같더라고. 몰입도 안 되고 좋지도 않고.

B: 그것은 네가 어려서 그래. 경험이 부족해서….

F: 경험이 부족하지 않아. 대부분 그랬어. 그래도 하고 싶었나 봐. 남들 하는 거, 남들 한다는 사랑 그런 거. 근데 그날 오빠 쉬는 날이어서 모텔 갔잖아. 졸라서.

B: 안 좋았어? 그거 처음이라 그런 거야.

F: 내가 중간에 그만하라고 했잖아.

B: 그거 뭐 다 하는 소리잖아.

F: 그래?

B: 응? 처음이니까 어색하고 또 두려울 수 있으니까….

F: 알면서 왜 그만하지 않았어?

B: 아니, 다들 그런다고. 그러다가 결국에는 또 좋아지고….

F: 누가 그래? 나는 아니야. 하지 말라고 했잖아. 그만하라고 분명히 말했어.

B: 야, 야, 그거는….

F: 자꾸 떠오르면 무섭고 화나고, 이게 무슨 기분이지 헷갈리고….

B: 알았어. 알았어. 그게 이유면….

F: 그러다 알았어. 그 기분이 뭔지…. 강간. 강간당한 기분이었어.

B: 뭐? 야! 강간이었다고! 아니, 그럼 중간에 뭐 어쩌라는 거야…?

드라마 〈최고의 이혼〉(2018) 중 한 장면이다. 여성이 남성에게 이별을 고하는 상황은 이렇다. 남성이 성관계하자고 졸라서 모텔에 같이 간 여성이 성관계하려는 남성에게 원하지 않는다며 그만하라고 요구한다. 남성은 여성의 거절을 무시한 채 설득 전략을 펼친다. 처음이라 두려워서 그런 거라고, 지금은 싫다고 말하지만 결국에는 좋아질 거라고. 여성은 남성과 원하지 않은 성관계를 한 이후 계속 불쾌하다고 느꼈고 그 불쾌감의 이유가 '강간당한 것 같은 기분' 때문이었다고 말한다.

상대의 일방적인 성관계 때문에 불쾌감을 느낀 여성의 심정을 충분히 공감한다고 말하는 사람도 있겠지만, 모텔까지 따라간 여성이 강간 운운하며 남성을 지나치게 극단적으로 몰아세운다고 말하는 사람도 있을 것이다. 앞서 상대의 거절에도 성관계하자고 설득한 경험이 있는 청춘들의 이야기를 소개했다. 연인 관계에서 진정한 상호 동의는 무엇일까? 대다수 사람은 누군가의 성관계 제안에 상대가 '동의했는가(거부하지 않았는가) 혹은 거절했는가'에만 관심을 둔다. 하지만 상대의 계속된 설득 또는 직간접적인 위협 때문에 성관계에 응하거나 더는 거부하지 않음으로써 동의한 것처럼 보이는 성적 동의의 이면을 들여다보면 사람마다 동의의 수준이 제각기 다를 수 있음을 발견하게 될 것이다. 나는 이것을 '성적 동의의 온도'라고 부른다.

성적 동의의 온도

성적 동의의 온도라는 낯설지만, 절대 낯설지만은 않은 주제에 관해 청춘들과 토론해보았다. '상대의 성관계 제안에 내가 싫다고 거절했는데도 상대가 계속 조르거나 설득해서 결국 성관계한다면, 나는 이 성관계에 얼마만큼 동의한 것일까?' 온도(0℃=동의하지 않았다 ~ 100℃=전적으로 동의했다)로 평가해보고 그 이유를 이야기해봤다.

상대에게 연민을 느꼈든, 내가 거절하면 상대가 상처받는다는 것 때문에 죄책감을 느꼈든 간에 상대의 설득에 의해 성관계를 했다면 그것은 자신이 내린 결정이니까 100℃ 전적인 동의로 봐야 한다고 생각해요. 성적 자기결정권을 행사한 거죠. 저는 그것조차도 사랑의 한 표현이라고 생각해요. 사랑하니까 거절할 수 있지만, 사랑하니까 거절하지 않는 거니까요. 그것도 자기 책임이고 그 결정에 후회가 없어야 한다고 봐요. 성적 자기결정권의 최종 결정자는 자신이 잖아요. 성관계에 회의감이 든다면 싫다고 단호하게 거절하거나 다른 제안을 해야 한다고 생각해요.

70℃로 생각했어요. 상대와 잘 지내고 싶다는 생각이 개입되는 순간 온전한 나의 동의는 100℃ 중에 얼마일까를 생

각해봤어요. 계속 거절하면 관계가 나빠질 수도 있고 깨질 수도 있다는 생각에 관계를 유지하기 위해 어쩔 수 없이 성관계에 동의할 때도 있잖아요. 또 성장 과정에서 거절했을 때 안 좋은 경험을 많이 한 사람도 있어요. 사람들이 떠나 버리고…. 그런 경험이 많은 사람이라면 상대가 설득할 때 거절하지 못할 수도 있을 거예요. 상대가 설득해서 동의하긴 했지만 상대의 설득이 반영됐고 또 성관계하지 않았을 때 생길 수 있는 문제를 고려했기 때문에 저는 일부분은 동의가 아니라고 봐요.

거절하면 상대에게 미안함이 커지면서 눈치를 봐야 해요. 상대의 눈치를 보고 있는 나 자신에게 화가 나기도 하고…. 또 거절당한 상대는 당황한 표정을 드러내잖아요. 그러면서 '내가 매력이 없나? 쟤는 나를 사랑하지 않나?' 상대가 이런 생각을 하고 자신감이 떨어질 수도 있고…. 그런 생각을 하다 보면 상대의 설득에 휩쓸려서 성관계하게 되니까 저는 30℃ 동의인 것 같아요. 정말 원한 게 아니라 상대를 배려해서 성관계한 것일 수 있으니까요.

몸을 밀어내면 상대가 시무룩한 표정으로 등을 돌려요. 삐쳤다는 것을 보여주는 거죠. '왜 그래?' 물어봐도 대답도 안 해요. 달래주려고 다가가서 안아주고 토닥거리면 상대는

158

그것을 이용해서 다시 진한 스킨십을 하려고 해요. 상대가 원하는 대로 스킨십이 다시 연결된다고 할까. 그러면 저는 또 거절하는 것이 미안하니까 상대가 원하는 대로 성관계까지 가게 되는 거죠. 제가 원한 게 아니고 미안함 때문에 거절하지 않은 거니까… 30℃ 정도만 동의했다고 생각해요.

일단 하겠다고 했으면 자신이 그 결과를 충분히 생각했을 거예요. 감정적이 아니라 이성적으로. 만약 다음 날 중요한 발표가 있는데 새벽 2시에 상대가 하고 싶다고 하면 저는 정말 미안하다고 말하고 거절할 거예요. 상대가 하자고 졸라도 안 넘어갈 것 같아요. 성관계할 날들은 많고 오늘 안한다고 해서 헤어질 것도 아니고, 굳이 내일 중요한 발표를 놔두고 지금 해야 하나? 그런데도 성관계를 했다는 것은 다음 날 실수하지 않고 발표를 잘할 수 있을지 충분히 생각하고 내린 결정이라는 거죠. 그래서 100℃ 전적인 동의라고 생각해요.

청춘 남녀가 생각하는 성적 동의 온도의 개인차가 상당했다. 그런데 토론 과정에서 어려웠던 점은 설득하는 사람을 '상대'로, 상대의 설득에 결국 성관계에 응하는 사람을 '나'로 생각해보도록 요구했음에도 남성 토론자들은 상대 여성이 설득해서 자신이 성관계에 응하는 상황을 잘 상상하지 못했다. '청춘 남녀'를 '청춘 여남'이라고 표현했을 때의 어색함처럼 말이다. 그래서 설득하는 사람을 '남성'으로, 상대가 설득해서 성관계에 응하는 사람을 '여성'으로 성별을 고정시켜 생각해버리곤 했다. 결과적으로 '주도적인 남성, 수동적인 여성'이라는 전통적 성별 고정관념이 강력하게 작용했다고 볼 수 있다. 또 현실 연애에서 여성이 설득하고 남성이 성관계에 응하는 경우가 많지 않기 때문에 이러한 관계를 머릿속으로 그려내지 못한 결과로도 생각해볼 수 있다. 그래서인지 여성 토론자는 상대의 설득으로 성관계에 응하는 여성의 처지를 십분 공감하는 의견을, 남성 토론자는 설득하는 남성의 시선에서 성관계에 응하는 여성의 결정을 논리적으로 평가하는 의견을 내놓기도 했다.

현실 연애에서도 남성이 주도적으로 성관계를 제안하는지 알고 싶어서, 연인 사이에서 성관계 제안을 주로 누가 하는지 물어봤다.

약간 개인적인 선호인 것 같아요. 성관계하는 것을 좋아하는 사람이 성관계 제안을 할 가능성이 큰 거죠. 누가 주도하는지 정해진 것은 없는 것 같아요.

일상적인 부분에서는 자기주장이 꽤 강한 편인데, 진한 스킨십이나 성 행동은 제가 먼저 표현하기 힘든 것 같아요.

드라마나 영화 이런 데서 나오는 남녀의 역할, 제가 본 게 그거밖에 없으니까. 수동적으로 행동하지 않으면 '얘 되게 성에 관심이 많네, 문란하네!'라는 부정적인 평가를 받을 수도 있으니까요.

남녀가 비슷해졌다고는 하지만 남성에게는 아직 강한, 리드하는 남자가 통용되고 있죠. 아무리 세대가 바뀌었어도 연인 관계에서 남성이 더 적극적으로 접근해야 한다는 생각이 있는 것 같아요.

자라오면서 남성은 여성에게 적극적으로 다가가야 한다고 주입받아온 것 같아요. 남성이 거절하고 여성이 설득하는 상황을 크게 생각해본 적이 없으니까⋯ 이런 상황을 생각해보고 이야기 나누자고 했을 때 그 장면이 잘 떠오르지 않았던 것 같아요.

요즘 청춘들 역시 연인 관계의 성적 주도권은 남성의 몫으로 여기는 경향이 컸고 성별 고정관념의 틀에서 크게 벗어나지는 못한 모습이었다. 하지만 연인과의 관계적 맥락 또는 개인의 성향에 따라 여성 역시 성적 욕구를 적극적으로 표현하고 있기도 했다.

상대의 설득으로 성관계하게 되었을 때, 설득당한 사람

은 자신이 이 성관계에 얼마나 동의했다고 생각하는지, 그리고 설득한 사람의 관점에서 상대가 얼마나 동의했다고 생각하는지를 동의의 온도로 비교해보고 싶었다. 남성이 성관계를 제안하고 여성이 거절하는 상황을 제시한 후 '남성의 설득으로 성관계한 여성이 생각하는 동의 온도'를 청춘남녀에게 예상해보도록 했다. 반대로 여성이 성관계를 제안하고 남성이 거절하는 상황은 어떨까? '여성의 설득으로 성관계한 남성이 생각하는 동의 온도' 역시 같은 방식으로 청춘남녀에게 예상해보도록 했다.[39]

> 남성의 설득으로 결국 성관계할 때 여성이 생각하는 동의의 온도는 몇 도일까요?

남성 참여자 71℃	여성 참여자 33℃

> 여성의 설득으로 결국 성관계할 때 남성이 생각하는 동의의 온도는 몇 도일까요?

남성 참여자 60℃	여성 참여자 62℃

상대의 설득으로 성관계에 응했을 때 남성 참여자가 생각하는 남성의 동의 온도는 평균 60℃였고, 여성 참여자가

생각하는 여성의 동의 온도는 평균 33℃였다. 남성이든 여성이든 설득에 의한 성관계를 온전한 동의로 생각하지 않지만, 남성보다도 여성이 '나는 동의하지 않았어'라고 느끼는 강도가 훨씬 높다는 것을 알 수 있다. 반대로 내가 설득해서 상대가 성관계하게 되었을 때 여성 참여자는 남성이 62℃로 동의했다고 생각했고, 남성 참여자는 여성이 71℃로 동의했다고 생각했다. 이 결과를 연인 관계에 적용해보면 이렇게 말할 수 있겠다.

여성의 설득으로 성관계한 남성

"나는 성관계하고 싶지 않은데 네가 설득해서 성관계한다면 내 동의 온도는 60℃야. 너도 내가 62℃ 정도 동의했다고 생각하더라."

남성의 설득으로 성관계한 여성

"나는 성관계하고 싶지 않은데 네가 설득해서 성관계한다면 내 동의 온도는 33℃야. 그런데 너는 내가 71℃ 정도 동의했다고 생각하더라."

상대를 설득해서 성관계하는 경우에 남성은 여성 역시 동의했다며 자기중심적으로 생각해버릴 가능성이 더 크다는 의미다.

원하지 않은
동의를 한 성관계

성적 동의의 온도 차이

남성의 설득으로 성관계할 때 여성이 생각하는 동의 온도 33℃

여성의 설득으로 성관계할 때 남성이 생각하는 동의 온도 60℃

앞 장에서 상대의 설득으로 성관계한 사람이 느끼는 성적 동의의 온도에 관해 꽤나 흥미로운 결과를 소개했다. 이 결과는 두 가지 의미를 담고 있다. 하나는 여성이든 남성이든 전적인 동의에 해당하는 100℃와 거리가 꽤 멀다는 것, 다른 하나는 여성이 생각하는 동의의 온도가 남성에 비해 절반 가까이 낮다는 것이다.

몸에 드러나는 변화 때문에 그런 것 같아요. 하기 싫다고 했는데, 여자친구가 내 몸을 만지거나 야한 몸짓을 하면 좋든 싫든 발기돼버리는 거죠. '어? 몸이 반응하네!' 몸의 변화를 탐지하면 '성적 욕망을 느끼고 있다, 하고 싶다'로 자연스럽게 연결이 돼요. 그래서 처음에는 하기 싫었는데 이제는 나도 하고 싶어졌다고 생각하게 되는 거죠. 그런데 여성은 남자친구가 유혹한다고 해서 신체 변화가 뚜렷하게 드러나는 것이 아니기 때문에 '계속 싫다고 거절했을 때에 관계가 어색해질까?'라고 현재 자기가 느끼는 감정에 끊임없이 질문할 것 같아요.

처음에는 진짜 하기 싫었단 말이에요. 하기 싫은 특별한 이유가 있다기보다는 그냥 하기 싫을 때가 있잖아요. '하기 싫어.' 이렇게 말했는데, 남자친구가 걱정스러운 눈빛으로 '무슨 일 있어?' 이렇게 물으면서 '우리 나갈까, 커피 마실래, 산책할까, 고민 있으면 혼자 낑낑대지 말고 나한테 이야기해.' 등 다정하게 말하면서 등을 토닥거려요. 그 순간 이 사람이 내 옆에 있는 것이 고맙고 애틋해지죠. '하기 싫다'에서 '해도 괜찮겠다'로 마음이 바뀌어요. 이럴 때는 저도 동의한 거죠.

남자친구랑 이야기도 하고 같이 있는 것은 좋은데 오늘은 딱 여기까지, 깊은 성관계는 하고 싶지 않은…. 근데 남자친구가 성관계하자고 조르면 슬슬 짜증이 나요. '이거 하려고 나를 만나는 거야?' 나도 모르게 쏘아붙인단 말이에요. 그러면 코가 쑥 빠져서 '네가 좋으니까 안고 싶고 자고 싶은 거지.' 이렇게 말해요. 안쓰럽기도 하고 미안하기도 하고…. 계속 거절하기가 어렵더라고요. 어쨌든 나는 하기 싫은 건데 하는 거잖아요. 하면서도 불편하죠. 그런데 나도 모르게 이렇게 생각하는 것 같아요. '이 사람이 나를 좋아해주는데…. 서로를 위해 하는 게 맞아.'

드라이브를 하다 보면 인적이 드문 곳이 있어요. 그러면 남자친구가 차를 세우고 차에서 하자고 해요. 안 된다고, 싫다고 해요. 불안하잖아요. 그럴 기분도 아니고…. 근데 남자친구는 이미 흥분해 있어요. 싫다는 데도 그냥 내 몸을 막 만져요. '네 머릿속은 온통 그 생각뿐이지?' 이런 생각이 들 정도로 남자친구가 싫어져요. 싸우고 싶지 않은 것 같아요. 지금까지 분위기 좋았는데 이것 때문에 분위기 망치면 집에 오는 내내 말도 안 하고 눈치 보고 이런 게 싫어요. 마지못해서 하고 나면 마음에 상처가 남는 것 같아요. 나는 원하지 않았으니까…. '나는 왜 싫은데도 남자친구에게 끌려만 다닐까? 이것을 사랑이라고 말할 수 있을까?'

원하지 않았는데도 상대의 설득으로 성관계한 경험이 있는 청춘들의 이야기를 들어봤다. 일부 사례이지만 상대의 설득으로 성관계했을 때 개인이 처한 상황과 맥락에 따라서 성적 동의의 온도가 제각기 다를 수 있음을 파악해볼 수 있다. 특히 성별에 따라서 성적 동의의 온도가 큰 차이를 보이는 이유를 곰곰이 생각하다가 태도와 행동, 이 둘의 관계에 집중해봤다. 개인이 체감하는 성적 동의의 온도가 차이 나는 이유를 '자기 지각'과 '인지 부조화' 이론으로 설명하고 싶다.[40]

자기 지각과 인지 부조화

우선 일상의 예를 생각해보자. 어느 날 별생각 없이 보라색 옷을 입었다. 누군가 다가와 '보라색이 참 잘 어울려 보여요. 보라색 좋아하나 봐요?' 묻는다. 보라색에 특별한 선호가 없었는데도 '얼마 전에도 보라색 물건을 샀고 오늘도 보라색 옷을 입은 것을 보니 나는 보라색을 좋아하나 보네!' 생각하며 그렇다고 답할 가능성이 크다. 우리는 자신의 행동을 관찰하면서 '나'를 파악한다. 이것을 '자기 지각'이라고 하는데, 특히 계획 없이 어떤 행동을 할 때 그 행동을 관찰하면서 자신의 기호, 태도, 성격과 같은 내적 특성을 이해하게 된다.

사람들은 보편적으로 자신의 태도와 행동 사이에 일관성을 유지하려 한다. '올해는 운동을 열심히 해서 건강한 몸을 만들어야지!' 야심 찬 계획(태도)을 세웠는데, 굳게 먹은 마음이 사흘을 못 가고 나태해져버린 자신의 모습(행동)을 볼 때 상당수 사람은 불편함을 느낀다. 태도와 행동의 불일치로 인한 불편함, 이것을 '인지 부조화cognitive dissonance'라고 한다. 혹자는 이러한 불편함을 없애기 위해 태도에 맞춰 곧바로 운동을 다시 시작(행동 수정)하기도 하지만, 대다수는 자기 합리화(태도 수정)를 통해 불편함을 없애려 한다. 행동은 이미 벌어졌고 주워 담을 수 없으니 '지금은 운동보다는 일에 집중하는 게 더 중요해, 지나치게 날렵한 것보다는 조금 통통한 게 보기 좋아, 괜히 무리하게 운동했다가 어디라도 다치면 나만 손해잖아, 젊으니까 굳이 운동 안 해도 괜찮아' 등 게을러진 자신의 행동에 맞게 태도를 바꿔버린다. 태도를 바꾸면 운동하지 않는 자신의 행동을 정당화할 수 있고, 결국 바뀐 태도와 행동이 균형을 이루게 되므로 불편함에서 벗어날 수 있다. 행동이 태도를 변화시킨 결과다.

이제 두 이론을 성적 동의의 온도 차이에 적용해보자. A의 거절에도 B가 성관계하자고 설득할 때, A는 두 가지 태도를 보일 수 있다. 하나는 성관계하기 바로 직전에 '성관계하고 싶지 않다'에서 '성관계하고 싶다' 또는 '성관계해도 괜찮다'로 태도를 바꾸는 것, 다른 하나는 '성관계하고 싶지 않다'라는 태도를 성관계할 때까지 유지하는 것이다. 전자를 '태도-행동 일치' 상황, 후자를 '태도-행동 불일치' 상황으로 이름을 붙여보겠다.

'태도-행동 일치' 상황

① B가 성관계하자고 하지만, A는 성관계하고 싶지 않아서 거절한다.

② B가 성관계하자고 설득한다. 예로, 다정한 눈빛으로 말을 건네거나 마음을 풀어주려 노력하거나 몸을 부드럽게 만지거나 가벼운 농담을 던지며 야한 몸짓을 한다.

③ B의 행동에 A의 마음이 다소 누그러지면서 부지불식간에 심장이 빨리 뛰거나 남성이라면 음경의 발기, 여성이라면 질의 윤활 작용과 같은 성기의 변화가 일어난다.

④ A는 신체 반응을 관찰하면서 자기를 파악하려 한다. '내 몸이 왜 반응하지?'

⑤ A는 성관계 태도를 추론한다. '몸이 반응하는 것을 보니, 나도 성관계하고 싶군.'

⑥ A는 '성관계하고 싶지 않다'에서 '성관계하고 싶다'로 태도를 수정한다.

⑦ A는 자발적으로 성관계에 참여한다.

'태도-행동 일치' 상황에서는 A가 성관계하기 전에 태도를 바꾸기 때문에 태도와 행동의 불일치, 즉 인지 부조화로 인한 불편함이 나타나지 않는다. 성관계에 자발적으로 참여하기에 전적인 동의 또는 상호 동의에 의한 성관계로 해석한다. 앞서 소개한 영화 〈프렌즈 위드 베네핏〉의 한 장면을 기억할 것이다. 그때 '남성의 성관계 제안에 여성이 계속해서 거절하자 남성이 알겠다고 수용한 후 어떤 상황이 벌어졌을까?'라고 물었다. 그 후 남성이 여성의 기분을 풀어주려고 함께 노래 부르고 춤추며 이야기를 나눈다. 그러다가 서로의 존재에 고마움을 느껴 상호 동의한 성관계를 한다. '태도-행동 일치' 상황을 잘 보여주는 사례라고 할 수 있다.

'태도-행동 불일치: 인지 부조화 해소' 상황

성관계하기 전에 '성관계하고 싶다'로 태도를 바꾸는 '태도-행동 일치' 상황과는 다르게 '성관계하고 싶지 않다'라는 태도를 성관계할 때까지 유지하는 '태도-행동 불일치' 상황이 있다. 이 상황은 좀 더 복잡하다. 여기에는 행동에 맞게 태도를 바꿔 불편함을 없애버리는 '인지 부조화 해소'와, 태도와 행동의 괴리로 불편함이 계속되는 '인지 부조화 지속' 두 가지 상황이 있을 수 있다.

먼저 '태도-행동 불일치: 인지 부조화 해소' 상황을 보겠다.

① B가 성관계하자고 하지만, A는 성관계하고 싶지 않아서 거절한다.

② B가 성관계하자고 설득한다. 예로, 다정한 눈빛으로 말을 건네거나 마음을 풀어주려 노력하거나 몸을 부드럽게 만지거나 가벼운 농담을 던지며 야한 몸짓을 하거나, 계속해서 성관계하자고 조르거나 이런 식이면 헤어지는 게 낫겠다고 말하거나 우리 사랑이 이것밖에 안되냐며 버럭 화를 낸다.

③ A는 여전히 성관계하고 싶지 않다. 하지만 B의 설득으로 알았다고 답하거나 더는 거부하지 않거나 침묵한다.

④ A와 B는 성관계한다.

⑤ A는 성관계하고 싶지 않은 태도와 이에 걸맞지 않게 성관계하고 있는 자신의 행동의 괴리로 인해 인지 부조화가 일어나 불편해진다. 동시에 성관계하는 자신을 관찰하면서 자기를 파악하려 한다. '내가 왜 성관계할까?'

⑥ A는 성관계 태도를 추론한다. '내가 끝까지 거절하지 않고 성관계하는 것을 보니, 이 사람을 진짜 사랑하나 봐, 이 사람을 사랑하니까 배려해서 성관계하는 거야, 성관계하면 우리 사이가 더욱 친밀해질 거야.'

⑦ A는 성관계 행동에 맞게 '나도 성관계를 원했어' 또는 '원하지 않더라도 상대를 배려해서 성관계할 수 있어'로 태도를 수정한다.

⑧ A는 태도와 행동의 균형을 찾아 인지 부조화로 인한 불편함을 없앤다.

이 상황에서 A는 성관계하고 싶지 않은 태도와 이에 걸맞지 않게 성관계하는 행동의 불균형으로 인지 부조화가 생기고 불편해진다. 이를 억누르고자 A는 친밀한 관계에서 요구하는 연민, 사랑, 배려, 책임, 의무 등의 감정을 이용해 자기합리화를 한다.

성관계가 얼마만큼이나 상호 동의로 이루어지는지 알기는 어렵다. 한 사람의 일방적인 욕구를 충족하기 위해 친밀한 관계에서 요구하는 수많은 감정을 끄집어내 상호 동의로 멋지게 포장하고 있다면 더욱 그러하다. 중요한 것은 겉으로는 두 사람이 동의한 것처럼 보이는 성관계의 이면을 들여다봐야 한다는 점이다. A는 성관계하고 싶지 않은 태도와 성관계하는 행동의 괴리에서 오는 인지 부조화를 경험하고, 그 불편함에서 벗어나기 위해서 자신도 모르게 친밀한 관계에서 요구하는 온갖 감정을 끄집어내 '이타심'으로 명명하며 상처를 봉합하고 있는지도 모른다. 이 상황에 있는 A는 B가 성관계하자고 설득해서 결국 원하지 않는 성관계에 응하지만, 상대를 배려해서 혹은 사랑해서 성관계한 것으로 간주하므로 '나도 동의한 거나 다름없어'라며 성적 동의의 온도를 다소 높게 체감하게 된다.

'태도-행동 불일치: 인지 부조화 지속' 상황

마지막으로 '태도-행동 불일치: 인지 부조화 지속' 상황을 보자. ①번부터 ⑤번까지는 앞 상황과 같다. 이해를 돕기 위해 ⑤번부터 다시 시작한다.

⑤ A는 성관계하고 싶지 않은 태도와 이에 걸맞지 않게 성관계하고 있는 자신의 행동의 괴리로 인해 인지 부조화가 일어나 불편해진다. 동시에 성관계하는 자신을 관찰하면서 자기를 파악하려 한다. '내가 왜 성관계할까?'

⑥ A는 성관계 태도를 추론한다. '이 성관계는 내가 원한 게 아니야. 상대가 계속 설득해서 마지못해서 하는 거야, 나는 하기 싫은데 상대가 강요해서 어쩔 수 없이 하는 거야, 성관계에 응하지 않으면 상대가 어떻게 나올지 몰라서 하기 싫은데도 참고 하는 거야.'

⑦ A는 '성관계하고 싶지 않다'라는 태도를 유지한다.

⑧ A에게는 태도와 행동의 불일치, 즉 인지 부조화로 인한 불편함이 지속된다.

이 상황에서 A는 성관계하고 싶지 않은 태도와 어울리지 않게 성관계하는 자신의 행동의 괴리로 인지 부조화가 생기고 불편해진다. A는 '상대의 회유와 압력'이라는 상황 요인 때문에 어쩔 수 없이 성관계한다고 자신을 다독거리지만 성관계하고 싶지 않은 태도는 변함없기에 불편함이 지속된다.

앞서 소개한 드라마 〈최고의 이혼〉에서 하기 싫다고 거부하는데도 이를 무시하고 상대가 성관계했을 때, 여성이 묘한 불편함을 느끼면서 그 불편함의 정체가 강간당한 기분이었다고 말하던 장면을 기억할 것이다. 상대의 설득으로 A가 알았다고 수용하거나 더는 거부하지 않거나 침묵함으로써 동의한 것처럼 보이는 성관계를 하고 있지만 그 속내는 전혀 다를 수 있다. 어쩌면 상대의 회유와 압력으로 원하지 않은 성관계에 마지못해 응하면서 불편함을 견뎌내고 있지는 않을까. 더욱이 상대의 강요를 뿌리칠 수 없어서 응했다면 아마도 이 성관계를 성폭력으로 인식하고 있을 수도 있다.

A는 원하지 않은 성관계의 원인을 '상대의 회유와 압력'이라는 불평등한 상황 요인에서 찾지 않고 '나는 왜 끝까지 거절하지 못하고 항상 이 모양일까? 나는 왜 이렇게 끌려 다니는 연애만 할까?'라고 연애 관계에서 자신의 취약한 성격을 탓할지도 모른다. 이처럼 자기 내부에서 원인을 찾게 되면 외부 상황에서 찾을 때보다 인지 부조화로 인한 불편함을 훨씬 강하게 느끼게 된다. 또 원하지 않은 성관계를 반복해서 경험하다 보면 아무리 거절해도 상대의 성관계 요구를 막을 수 없다고 여겨 심각한 열등감과 우울감에 빠질 수도 있다. '태도-행동 불일치: 인지 부조화 지속' 상황에 있는 A는 상대가 성관계하자고 설득해서 결국 원하지 않은 성관계를 하지만 여전히 '나는 원하지 않아'라는 태도를 유지한다.

따라서 성관계에 전적으로 혹은 거의 동의하지 않았다고 판단해서 성적 동의의 온도를 낮게 평가한다.

지금까지 상대의 설득으로 성관계한 사람의 입장에서 성적 동의 온도의 개인차를 해석해보려고 했다. 혹자는 지나치게 주관적인 접근과 해석이라고 지적할지도 모르겠다. 성적 동의의 온도라는 용어를 처음으로 사용하고 이를 추정해서 설명했기에 이 모형을 체계적으로 검증해보는 것도 하나의 과제가 될 수 있겠다. 무엇보다 중요한 것은 상대의 설득으로 원하지 않으면서도 성관계에 응한 청춘들이 설득에 의한 성관계를 배려와 사랑으로 포장하기도, 성폭력으로 인식하기도 한다는 점이다.

그렇다면 반대로 '성관계하자고 설득한 사람'은 설득에 의한 성관계를 어떻게 인식할까?

성적 동의의 역설

서로를 좋아하고 사랑하니까 원하지 않아도 배려 차원에서 성관계할 수 있는 거잖아요. 그런 것까지도 합리화라고 말하고 심지어 누군가는 성폭력으로 인식할 수 있다고 말하는 것이 상당히 불편합니다.

설득으로 이루어지는 성관계의 논점에 관해 이야기하던 중에 한 청춘이 거북한 표정을 지으며 꺼낸 말이다. 충분히 이런 생각을 할 수 있다. 그렇다면 시선을 돌려 성관계하자고 제안하는 사람의 관점에서 이야기해보자. B는 성관계하고 싶어서 상대에게 성관계 제안을 한다. 상대가 성관계하고 싶지 않다고 말한다. 서로의 욕구가 상반되어 갈등이 생긴다. B는 갈등을 해결하기 위해서 세 가지 방법을 쓸 수 있다. 하나는 자신의 성적 욕구보다도 상대의 거절 의사를 먼저 생각하고 존중하고 수용한다('네 생각을 존중할게'). 다른 하나는 자신의 성적 욕구와 상대의 거절 의사 모두를 중요하게 생각하고 서로를 만족하는 해결책을 제시한다('우리 서로 원할 때 하자'). 마지막은 상대의 거절 의사보다는 자신의 성적 욕구를 먼저 생각하고 상대의 거절에도 자신의 성적 욕구를 관철시킨다('싫어도 하자').

상대가 싫다는 데도 성관계하자고 설득하는 것은 자신의 성적 욕구에 집중하기 때문이다. B는 다양한 방법을 동원해서 상대를 설득하고 싶을 것이다. 이때 B는 친밀한 관계에서 요구하는 연민, 사랑, 배려, 책임, 의무 등 수많은 감정을 설득 전략으로 꺼내들 가능성이 크다. 상대에게 그러한 감정을 강요('나에 대한 사랑이 이것밖에 안 되는 거야?')하거나 상대가 그 감정을 끄집어내도록 격려('너를 너무 사랑해서 성관계하고 싶은 거야!')하면서 말이다. 그렇게 했을 때 상대의 거절을 무시하는 혹은 상대가 불편해하는 것을 알면서도 모른 체하는 자신의 행동을 정당화하고 상대에 대한 미안함과 죄책감을 날려버릴 수 있으니까. 어쩌면 B가 이 행동을 배려와 사랑으로 훨씬 더 멋지게 포장하고 싶어 할지도 모르겠다.

성관계하자고 설득하는 사람의 입장에서 배려와 사랑이지, 원하지 않은 성관계를 요구당하는 사람으로서는 고통 아닐까요? 마음에서 우러나온 게 아니잖아요. 성관계하다 보면 상대가 좋아서 하는 건지, 마지못해서 하는 건지 알 수 있잖아요. 배려와 사랑이라고 치부하면서 그런 관계를 지속하다 보면 오히려 서로에 대한 만족도 떨어지고 애정도 식게 될 것 같아요.

조금 전에 한 청춘이 원하지 않지만 성관계하는 것도 배려와 사랑의 표현이라고 말한 것을 두고 다른 청춘이 반론을 제기했다. 어떤 청춘의 말에 공감하는가? 상대에게 연민, 사랑, 배려, 책임, 의무와 같은 감정을 느껴서 원하지 않으면서도 성관계에 응하는 것까지도 합리화라고 말하고 싶지는 않다. 다만 상대가 싫다는데도 왜 설득해서 성관계 하는지, 원하지 않으면서도 왜 상대의 성관계 요구에 응하는지 그 본질을 직면해보자는 말이다. 상대의 성관계 요구에

원하지 않으면서도 알았다고 수용하거나 더는 거부하지 않
거나 침묵함으로써 성관계에 응하는 것, 놀랍게도 이러한
성관계를 일컫는 학문적 용어가 있다. 바로 '원하지 않은 동
의를 한 성관계unwanted consensual sex'이다.

원하지 않은 동의를 한 성관세. 지금까지 논의한 내용
을 관용구 하나로 정리해주는 느낌이다. 폭행 또는 협박을
이용해서 성관계하는 것은 아니다. 대부분은 성폭력이라
는 단어를 떠올리지 않는다. 하지만 상호 동의로 보기는 어
렵다. 한 사람의 성적 욕구를 위해서 다른 사람의 성을 희생
하도록 요구하거나 혹은 희생을 자처해서 성관계하는 것,
그래서 원하지 않은 동의로 성관계를 한 사람은 개인의 맥
락에 따라서 성폭력으로 인식할 수 있는 것, 이것이 바로 원
하지 않은 동의를 한 성관계가 지닌 태생적 문제다. 친밀한
관계에서 발생하는 이러한 성관계의 위험성을 서구 사회는
1990년대 중후반부터 논의하기 시작했다. 이들의 연구에
따르면, 원하지 않은 동의를 한 성관계는 여성만이 겪는 문
제가 아니다. 남성 역시 경험한다. 하지만 여성이 남성보다
두 배 가까이 이 문제에 얽매여 있다는 것을 주목해야 한다.
그렇다면 청춘들이 원하지 않은 동의를 한 성관계를 하는
이유는 무엇일까?

• 상대의 성적 욕구를 채워줘야 할 것 같아서

- 상대의 설득을 계속 거절하기 어려워서
- 연인 관계의 의무와 책임을 다해야 할 것 같아서
- 상대의 요구를 거절함으로써 생기는 긴장이나 갈등을 피하고 싶어서
- 성관계에 응하지 않으면 상대의 애정이 식어버릴까 걱정돼서
- 성관계에 응하지 않으면 상대가 헤어지자고 할까 두려워서
- 상대의 성관계 요구를 거절하면 상대가 폭력적으로 나올까 두려워서

원하지 않은 동의를 한 성관계의 민낯이다.[41] 이런 성관계를 배려와 사랑이라고 말할 수 있을까. 이런 성관계를 진정한 상호 동의로 볼 수 있을까.

여기 네 개의 의자가 있다. 하나는 상호 동의한 성관계 의자다. 또 하나는 원하지 않은 동의를 한 성관계를 사랑과 배려로 포장하는 의자다. 다른 하나는 원하지 않은 동의를 한 성관계를 성폭력으로 인식하는 의자다. 나머지 하나는 폭행 또는 협박으로 성폭력 하는 의자다. 당신은 어느 의자에 앉고 싶은가?

너의 '할 권리'만큼
나의 '하지 않을
권리'도 중요해

성적 자기결정권

'모든 국민은 인간으로서의 존엄과 가치를 가지며, 행복을 추구할 권리를 가진다. 국가는 개인이 가지는 불가침의 기본적 인권을 확인하고 이를 보장할 의무를 진다.'

　　대한민국 〈헌법〉 제10조는 인간의 존엄과 가치, 행복추구권, 기본적 인권 보장의 내용을 담고 있다. 인간은 다른 사람의 간섭이나 결정에서 벗어나서 자유롭게 자기 삶의 방향성을 결정하고 그에 따라 살아가는 존재다. 〈헌법〉 제10조를 근거로 한 이 권리를 '자기결정권'이라고 한다. 자기결정권은 '성적 자기결정권'을 포함한다. 누구와 언제 어디서 어떻게 성 행동을 할 것인지 개인이 자유롭게 결정하고 그에 따라 행동할 수 있는 권리가 바로 성적 자기결정권이다.

우리나라에서 성적 자기결정권을 언급하기 시작한 것은 〈형법〉제241조에 명시한 간통죄가 위헌이라는 소송과 관련이 있다. '간통죄는 개인의 성적 자기결정권을 부당하게 간섭한 것이어서 인간으로서의 존엄과 가치 및 행복을 추구할 권리를 침해한 것'이라는 헌법 소원이 1989년에 최초로 제기됐다. 이에 헌법재판소는 '간통 행위를 규제하고 처벌하는 것은 성적 자기결정권의 본질적 내용을 침해하여 인간으로서의 존엄과 가치 및 행복추구권을 부당하게 침해하는 것이 아니다'라며 간통죄 합헌 결정을 내렸다.[42] 간통죄는 이후 세 차례 더 위헌 소송이 진행되었고, 2015년에 헌법재판소에서 '간통죄는 국민의 성적 자기결정권과 사생활 비밀 자유를 침해하는 것으로 〈헌법〉에 위반 된다'라는 위헌 결정을 내림으로써 간통죄는 〈형법〉에서 사라졌다.[43]

이 사례를 군이 언급한 이유는 성적 자기결정권이 두 가지 의미를 담고 있다는 것을 설명하기 위해서다. 하나는 개인이 원하는 성 행동을 국가의 간섭 없이 자유롭게 선택하고 결정할 수 있는 권리다. 이것을 적극적 의미의 권리라고 하며, 간통죄 폐지 결정은 이 권리를 침해한 것으로 해석한 데서 나온것이다. 다른 하나는 개인이 성 행동을 원하지 않았을 때 누구의 간섭도 없이 자유롭게 성 행동을 하지 않을 권리다. 이것을 소극적 의미의 권리라고 하며, 이 권리를 침해하는 것을 넓은 의미에서 성폭력이라고 한다. 이 책 전반에 걸쳐 언급하고 있는 성적 자기결정권은 소극적 의미의 성적 자기결정권을 말한다. 〈형법〉 제32장 '강간과 추행의 죄'의 보호 법익이 소극적 의미의 권리인 '성적 자기결정권'이라고 알려져 있지만, '강간과 추행의 죄가 실제로 성적 자기결정권을 보호하고 있는가?'의 질문에 쉽게 고개를 끄덕일 수는 없다.

　이런 상황을 떠올려보자. 한 사람은 상대와 성관계하고 싶다. 자신의 적극적 의미의 성적 자기결정권을 행사한다. 상대는 그 사람과 성관계하고 싶지 않다. 자신의 소극적 의미의 성적 자기결정권을 행사한다. 두 사람의 성적 자기결정권이 충돌한다. 누구의 성적 자기결정권을 보호해야 하는가? 답은 너무나 명확하다. 바로 성관계를 원하지 않는 사람의 성적 자기결정권을 보호해야 한다. 그렇다면 원하지 않은 성 행동을 하지 않을 권리인 성적 자기결정권을 침해했다는 것을 어떤 기준으로 판단해야 할까? '강간과 추행의 죄'에서 성적 자기결정권의 침해 여부는 '폭행 또는 협박'에 의한 성행위였는지를 기준으로 삼고 있다. 피해자가 자신의 성적 자기결정권을 행사하기 위해서 얼마나 사력을 다해 가해자에게 '저항 또는 반항'했는지, 가해자의 폭행 또는 협박이 피해자의 항거를 현저히 곤란하게 할 정도로 강력했는지로 판단하는 것이다.

가해자가 피해자를 때리거나 위협적인 말로 협박하지는 않았고, 피해자가 몸을 일으켜 그 장소를 탈출하려고 하거나 소리를 질러 구조를 요청하는 등 적극적으로 반항한 흔적을 찾아볼 수 없다.

(고등법원 판결문 중에서)

강간죄가 성립하기 위한 가해자의 폭행·협박이 있었는지 여부는 … 모든 사정을 종합하여 판단하여야 하며, 사후적으로 성교 이전에 범행 현장을 벗어날 수 있었다거나 피해자가 사력을 다하여 반항하지 않았다는 사정만으로 가해자의 폭행 또는 협박이 피해자의 항거를 현저히 곤란하게 할 정도에 이르지 않았다고 섣불리 단정하여서는 안 된다.

(대법원 판결문 중에서)

강간치상으로 공소된 사건을 무죄로 판단한 원심 판결을 파기한 대법원 판례다.[44] 성폭력 사건을 원심 판결처럼 바라보는 사람들은 피해자에게 합리적이고 이성적으로 행동해주기를 바란다. 성 행동을 원하지 않았다면 '싫다고 소리치거나, 주변 사람에게 도움을 요청하거나, 그 상황을 지혜롭게 탈출하거나, 적극적으로 반항해야 한다'는 태도를 취한다. 만약 피해자가 그렇게 행동하지 않았다면 성폭력은 성립하지 않고 그 책임은 오롯이 피해자의 몫이 된다. 대법원 판결은 이런 경직된 사고에 문제를 제기하며 강간죄 성립 여부는 피해자가 당시 처해 있던 구체적인 상황을 살펴서 판단해야 한다는 기준을 제시했다.

우리 사회는 이제 가해자의 '폭행 또는 협박'에 피해자가 얼마나 '저항 또는 반항'했는가를 기준으로 강간죄를 판단하는 사고에서 벗어나 성적 자기결정권 침해에 관한 새로운 접근을 요구하고 있다. 바로 '동의 또는 합의'되지 않는 성관계는 성적 자기결정권을 침해한 범죄로 봐야 한다는 것이다. 우리 모두는 원하지 않는 성 행동을 하지 않을 권리가 있다. 그러나 친밀한 관계 또는 권력 관계에서 상대의 설득, 회유, 강요, 위력으로부터 얼마나 자유롭게 성적 자기결정권을 행사할 수 있을지는 생각해봐야 한다. 또 성폭력은 다른 사람의 성적 자기결정권을 침해한 범죄임에도 왜 그 책임의 일부를 피해자에게 전가하고 있는지도 고민해봐야 한다.

피해자에게 책임 묻기

오래전에 경험한 일이다. 어느 기관의 요청으로 성폭력 예방 교육을 하고 있었다. 넓은 의미에서 '성폭력은 권력의 차이를 이용해서 상대방의 의사에 반해 성적 자기결정권을 침해하는 성행위'로 정의할 수 있다고 말한 뒤 권력 차이와 동의 그리고 성적 자기결정권의 연결 고리를 설명하던 중이었다. 맨 뒷좌석에 앉아 있던 기관장이 손을 들더니 한마디해도 되겠냐고 했다. 그는 격양된 목소리로 말했다.

"성폭력은 성적 자기결정권이 문제가 아니라 (여성들을 손가락질하며) 여직원들이 저렇게 짧은 치마를 입고 다니기 때문에 발생하는 겁니다."

그 자리에 앉아 있던 직원들의 얼굴에 당혹감과 불쾌감이 뒤섞였고 강의실은 술렁거리기 시작했다. 하지만 '기관장'이라는 권력과 위력 앞에서 어떤 직원도 그 발언에 문제를 제기하지 못하고 서로 눈치만 보고 있었다. 예기치 못한 돌발 상황에 나 또한 적잖이 당황했다. 빨리 이 상황을 바로잡아야 한다는 생각으로 심호흡을 하고 최대한 차분한 어투로 그에게 말했다.

"제가 조금 전에 권력의 차이를 설명했는데요. 기관장님께서 하신 발언 때문에 여기 앉아 있는 대다수의 직원들이 불편해하는 것 같습니다. 하지만 기관장과 직원이라는 지위 차이로 인해 기관장님의 발언에 직원들이 쉽사리 문제를 제기하지 못하고 있습니다. 이것이 바로 권력이 지닌 특성입니다."

그런 뒤 이런 제안을 해보았다.

"오늘 제 강의는 여기까지 하는 것이 좋겠습니다. 남은 시간에는 성폭력의 발생 원인이 기관장님께서 언급하신 것처럼 정말 짧은 치마를 입은 여성의 옷차림 때문인지를 토론해보도록 하겠습니다. 단, 직원들은 기관장님과의 권력 차이로 인해 자신의 의견을 이야기하는 것이 어려울 것 같습니다. 직원들은 경청하고 기관장님과 저 이렇게 단 둘이 토론해보는 것은 어떨까요?"

직원들의 시선이 일제히 기관장에게로 쏠렸다. 몇 초간 침묵이 흘렀다.

"나는 더 할 말이 없습니다."

기관장이 벌떡 일어나더니 문을 꽝 닫고 나가버렸다. 물론 그가 내 제안을 선뜻 받아줄 것으로 생각하지는 않았다. 굳이 토론을 제안했던 것은 성폭력의 본질을 보지 못하고 여성의 옷차림에, 그것도 직원들을 손가락질하며 책임을 묻는 그의 태도에 어떤 식으로든 제동을 걸고 싶었기 때문이다. 이런 내 행동 때문에 그는 직원들 앞에서 면박을 당한 것처럼 불쾌했을 것이다. 그가 나간 뒤에 '좀 더 성숙하게 대처할 수 있었을 텐데 내가 치기 어린 행동을 한 것인가?' 성찰할 시간도 없이 어색한 상황을 수습하는 일이 급선무가 됐다. 강의 현장에서 종종 일어나는 일이라며 직원들에게 상황을 설명하고 강의를 이어 나갔지만 무슨 말을 했는지도 기억하지 못할 정도로 진땀 나는 시간이었다. 무엇보다도 내 행동으로 인해 기관장과 직원들의 관계가 불편해질 수 있다고 생각하니 마음이 편치 않았다.

강의를 정리하고 나오면서 복잡한 생각들로 가득했다. '내가 만난 기관장처럼 성폭력의 책임을 피해자에게 전가하는 사고방식이 우리 사회에 얼마나 만연할까? 이런 잘못된 생각을 어떻게 논리적으로 설득해 나가야 할까? 오늘과 같은 상황을 또다시 마주하게 된다면 어떻게 대처할 것인가?' 이 주제를 연구해서 강의 현장에 반영해야겠다고 생각했다. 곧바로 대학에서 일어났던 성폭력 사례를 수집했고 '동아리 대면식'에서 발생한 사건을 각색해서 시나리오를 구성했다.

대학 신입생인 A(여, 20세)는 동아리에 가입해서 활동 중이다. A는 수업이 없는 시간에 동아리 방에 들르고는 하는데 그곳에서 B(남, 23세) 선배와 몇 번 마주쳤다. B 선배는 A에게 동아리 활동에 관해 친절하게 안내해주었다. 동아리 선후배가 한자리에 모여 인사를 나누는 대면식이 학교 근처 식당에서 열렸다. 한 사람씩 돌아가며 자기소개를 한 뒤 저녁식사와 함께 술자리가 마련되었다. B 선배가 '술 한 잔 받으라'며 A에게 다가와 술을 권했다. 동아리 사람들이 술을 마시며 와자지껄 떠들고 있을 때 B 선배가 '잠깐 이야기를 하자'며 A를 밖으로 불러냈다. 식당 근처 공원에서 B 선배는 '너를 처음 본 순간부터 좋아했다'며 A에게 마음을 고백했다. A가 당황하며 '선배를 특별한 상대로 생각해본 적이 없다'고 말하자, 화가 난 B 선배가 A를 밀어붙이며 강제로 키스했다. A가 싫다며 B 선배를 힘껏 밀쳐내며 빠져나오려 했지만, B 선배는 A를 신체적 힘으로 제압해서 강제추행했다.

청춘 남녀에게 위 시나리오를 보여준 뒤 '이 성폭력 사건에 A와 B가 얼마만큼의 책임이 있다고 생각하는지'를 물었다. 이때 0%를 '전혀 책임이 없다'로 100%를 '전적으로 책임이 있다'로 생각하고 성폭력의 책임 정도를 A와 B에게 비율로 배분해보도록 했다. 대다수는 B가 A의 성적 자기결정권을 침해했기 때문에 전적으로 B에게 성폭력 책임이 있다고 평가했다. 다시 말해 A는 성폭력 피해자로 이 사건에 어떤 책임도 없다는 평가였다.

성폭력 피해를 본 여성들이 주변 사람들에게 가장 많이 듣는 질문이 있다고 한다. 그것은 바로 '그때 어떤 옷을 입고 있었어? 얼마나 취해 있었는데?'이다. 사람들은 성폭력 사건이 발생했을 때 성폭력 가해자를 비난하지만 역시 피해자의 옷차림이나 음주량, 평소 행실과 같은 행동 단서를 찾아서 성폭력의 책임 일부를 피해자에게 돌리려 한다. 성폭력 피해자의 옷차림과 음주량이라는 행동 단서에 따라서 성폭력 사건을 바라보는 사람들이 피해자에게 책임을 얼마만큼 전가하는지 확인해보고 싶었다. 그래서 위의 시나리오

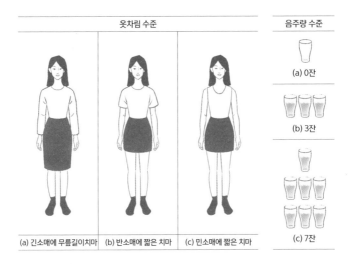

옷차림 수준			음주량 수준
(a) 긴소매에 무릎길이치마	(b) 반소매에 짧은 치마	(c) 민소매에 짧은 치마	(a) 0잔 (b) 3잔 (c) 7잔

에 A의 옷차림과 음주량을 체계적으로 변화한 글과 사진을 추가해봤다.

연구에 사용했던 것은 실제 인물 사진이지만, 이 책에서는 위 그림으로 소개한다.[45] A의 옷차림을 세 가지 수준으로, 음주량 역시 세 가지 수준으로 설정해서 총 아홉 가지 조합의 시나리오를 구성했다. 예로, 어떤 조건의 시나리오에는 'A는 긴소매에 무릎길이 치마를 입고 동아리 대면식에 참석했다. B 선배가 권하는 술을 한 잔도 마시지 않았다.'라는 글을 추가하고 이에 해당하는 옷차림(a)과 음주량(a) 사진을 제시했다. 어떤 조건의 시나리오에는 'A는 민소매에 짧은 치마를 입고 동아리 대면식에 참석했다. B 선배가 권하는 술을 3

잔 마셨다.'라는 글을 추가하고 이에 해당하는 옷차림(c)과
음주량(b) 사진을 제시하는 식이었다.

청춘 남녀에게 아홉 가지 조합의 시나리오 중 하나를
무작위로 제시해서 읽게 한 뒤 성폭력 책임 정도를 A와 B에
게 배분해보도록 했다. 결과는 어땠을까? 앞서 A의 옷차림
과 음주량에 관한 행동 단서가 포함되지 않았던 시나리오
를 읽은 청춘 남녀는 이 성폭력 사건의 책임이 전적으로 B
에게 있다고 평가한 사실을 기억해야 한다. 똑같은 시나리
오 내용에 A의 옷차림과 음주량 단서가 추가된 것뿐인데도
A의 옷차림에 노출이 커질수록 그리고 음주량이 많아질수
록 성폭력의 책임을 A에게 전가하는 비율이 높아졌다. 즉
'A가 민소매에 짧은 치마를 입고 동아리 대면식에 참석해
B 선배가 권하는 술을 7잔 마셨다.'는 시나리오를 본 청춘
남녀는 성폭력의 책임이 B에게 70% 정도 있지만, A에게도
30% 정도는 있다고 평가했다.

공평한 세상의 오류

왜 사람들은 성폭력의 책임 일부를 피해자에게 전가하며 비
난의 화살을 돌리는 것일까? 성폭력 피해자를 탓하고 비난
을 쏟아내는 사람들은 누구일까? 놀랍게도 우리 주변의 평

범한 사람들이 성폭력 피해자에게 2차 가해를 하는 경우가 흔하다. 앞서 소개한 성폭력 연구에 참여한 청춘 남녀 중에서 피해자에게도 상당 부분 책임이 있다고 평가한 이들과 이야기를 나눠봤다. 그 이유는 다양했지만 모두 일맥상통한 면이 있었다. 그것은 '뿌린 대로 거둔다'는 인과응보, 권선징악, 사필귀정과 같은 생각이었다. 세상사 모든 일이 우연한 것이 없듯이 성폭력 피해자도 피해를 입을만한 행동을 했기 때문에 일정 부분 책임이 있다는 말이었다.

옷차림은 자신이 어떤 종류의 사람인지를 비언어적으로 표현하는 수단입니다. 평소 노출이 심한 옷차림을 하고 다녔다면 그 여성은 주변 사람들에게 자신이 성적으로 개방적인 사람이라는 인상을 심어줄 가능성이 큽니다. 그래서 이 여성이 성폭력의 피해를 보았을 때 누군가 성적으로 쉽게 접근하도록 스스로 빌미를 제공했기에 피해자에게도 일정 부분 책임이 있다고 생각합니다.

남성은 여성과 달리 시각적으로 민감해서 노출이 심한 옷차림을 한 여성을 보면 성적으로 쉽게 흥분합니다. 여성이 의도했든, 의도하지 않았든 노출이 심한 옷차림으로 남성을 성적으로 자극했기 때문에 피해자 역시 책임이 있다고 봅니다.

여성의 음주량 역시 같은 맥락으로 해석하는 경우가 많았다. 한 청춘은 술에 취한 여성을 이렇게 평가하기도 했다.

여성이 과도한 음주로 술에 취해 비틀거리면 주변 사람들은 그 여성을 '성적으로 접근하기 쉬운 상대'로 바라볼 가능성이 있습니다. 또 남성이 권하는 술을 거절하지 않고 모두 받아 마시고 술에 취해 비틀거린다면, 남성은 그 여성이 자신에게 성적인 관심이 있다고 생각하고 성적으로 접근할 가능성이 큽니다. 그래서 이 여성이 성폭력의 피해를 본 경우 음주량을 적절하게 통제하지 못하고 '흐트러진' 모습을 보여 성폭력을 자초했기에 여성에게도 어느 정도 책임이 있습니다.

한 실험이 있다. 참여자가 해야 할 것은 어떤 여성이 누구나 어려움을 느끼는 과제를 수행하면서 실수했을 때 실험자로부터 전기 충격을 받는 상황을 지켜보는 일이다. 실수할 때마다 전기 충격이 가해지고, 그 여성은 고통에 몸부림친다.[46] 그 상황을 지켜보는 참여자 역시 고통스러운 것은 매한가지일 것이다. 관찰이 끝난 후 참여자는 실험자로부터 같은 상황을 한 번 더 관찰해야 한다는 이야기를 듣는다. 관찰에 앞서 참여자를 두 집단으로 나눈다. 한 집단은 그 여성이 실수하더라도 전기 충격을 받지 않도록 할 수 있는 선택권을 받는다. 다른 집단은 선택권이 주어지지 않아서 그 여성이 실수할 때마다 전기 충격을 받는 모습을 지켜볼 수밖에 없다. 실험이 끝난 후 참여자는 전기 충격을 받은 그 여성의 성격 특성을 평가해달라는 요청을 받는다. 어느 집단의 사람들이 그 여성의 성격 특성을 더 부정적으로 평가할까? 선택권이 없었던 집단의 사람들이 그 여성의 성격 특성을 훨씬 나쁘게 평가했다.[47] 한마디로 꼼짝없이 전기 충격을 받아야 하는 여성을 폄하하고 비난한 것이다.

이 실험을 진행했던 사회심리학자인 러너M. Lerner와 시먼스C. Simmons는 사람들이 보이는 이러한 태도를 '공평한 세상 가설just world hypothesis'로 설명했다. 사람들은 우리가 사는 세상이 공평해서 선한 사람은 복을 받고 악한 사람은 벌을 받는다고 믿고 싶어 한다. 가난한 사람은 게으르다거나 머리가 나쁜 탓으로 여기는 것이 그 예다. 그래서 열심히 노력하면 언젠가는 그에 상응하는 보상을 얻을 것이라는 희망으로 세상을 살아간다.

무고한 사람이 고통 받는 부당한 상황을 관찰해야 하는 실험으로 되돌아 가보자. 선택권이 있었던 사람들은 여성에게 가해지는 부당한 전기 충격을 즉각 멈추게 해서 불편한 심리 상태에서 벗어났다. 마음의 평화를 얻은 것이다. 하지만 선택권이 없었던 사람들은 고통 받는 여성을 계속 지켜봐야 하는 일이 너무나 괴롭기에 그 부당한 상황을 다른 식으로 재해석해버린다. 무고한 사람에게 전기 충격을 가하는 '부당한 상황이 문제'가 아니라 실수를 저질러서 전기 충격을 계속 받는 '여성이 그럴만했기 때문'이라며 피해자에게 책임을 돌린다. 누구나 실수할 수밖에 없는 어려운 과제인데도 말이다! '세상은 공평하다'는 믿음의 카드를 꺼내서 심리적 불편함에서 탈출한 것이다.

문제는 사람들이 성폭력 피해자에게도 공평한 세상 가설을 적용한다는 점이다. 여성이 '야한 옷을 입었기에, 술에 취해 비틀거렸기에, 조심하지 않았기에' 성폭력의 피해를 본 것으로 여기며 피해자를 비난한다. 대학생인 캠버레리 K. Cambareri[48]는 졸업논문을 준비하던 중에 사람들이 성폭력 피해자를 향해 '그때 어떤 옷을 입었어?' 물으며 성폭력의 책임을 가해자가 아닌 피해자에게 돌리는 행동에 부조리함을 느꼈다. 이에 그는 '그때 이런 옷을 입었다'는 특별한 프로젝트를 기획했다. SNS를 통해 성폭력 피해자와 교류하며 성폭력 피해 당시 입었던 옷들을 사진으로 찍어서 전시하고 싶다는 생각을 전했다. 캠버레리는 이 프로젝트에 동참하겠다는 피해자들로부터 옷가지와 물품을 전달받아서 사진을 찍어 온라인과 오프라인 공간에서 전시회를 열었다.[49]

이 사진은 여성의 야한 옷차림이 성폭력을 유발한다는 사람들의 생각이 얼마나 잘못된 편견인지를 깨닫게 해준다. 캠버레리가 성폭력 피해자에게 전달받은 물품에는 청바지, 티셔츠, 점퍼, 추리닝 등 평범한 캐주얼웨어뿐 아니라 경찰 배지도 있었다. 성폭력은 여성이 어떤 옷을 입었느냐가 원인이 되어 발생하는 범죄가 아니다. 누군가를 지배하고 통제하려고 마음먹은 가해자의 행동이 성폭력의 원인이기 때문에 옷차림에 상관없이 누구나 피해자가 될 수 있다. 설사 어떤 여성이 노출 있는 옷을 입고 성폭력의 피해를 보았다 하더라도 그 옷차림은 자율성 측면에서 개성을 표현한 것이지, 결코 누군가 자신을 쉬운 혹은 개방적인 사람으로 생각하고 강압적으로 성 행동 해주기를 바라는 것이 아니다. 노출 있는 옷을 입은 여성을 성적으로 접근하기 쉬운 상대로 평가했다면 그렇게 해석한 사람의 잘못된 고정관념과 편견을 점검해야 하는 일이다.

음주도 마찬가지다. 사람들은 기분이 좋아서, 울적해서, 화가 나서, 스트레스를 받아서, 상대가 권해서, 분위기가 어색해서 등 다양한 이유로 술을 마신다. 하지만 술에 취한 사람이 어떤 성별이냐에 따라서 사람들은 음주를 다르게 바라보는 경향이 있다. 술에 취한 상태에서 성폭력이 발생했다고 생각해보자. 술에 취해 성폭력을 저지른 남성은 술에 취해 있었다는 이유만으로 성폭력의 책임이 적어진다('그 남자는 술에 만취해서 자기가 무슨 행동을 하고 있었는지조차 몰랐대'). 반면에 술에 취해 성폭력의 피해를 본 여성은 술에 취해 있었다는 이유만으로 성폭력의 책임을 떠안게 된다('그 여자가 술에 만취해서 남자들에게 시시덕댔대').[50] 여성이 술에 취해 '통제력'을 상실했기 때문에 성폭력이 발생한 것으로 해석해버리는 것이다.

　우리는 세상이 공평하다는 믿음과 희망을 품고 살아가지만 세상사 모든 일이 언제나 공평하지만은 않다. 악한 사람이 오히려 떵떵거리는 것을 볼 때도 있고 아무리 죽을힘을 다해도 가난에서 벗어나지 못하는 사람을 볼 때도 있다. 성폭력 피해자에게 당할만한 이유가 있었다고 비난하는 행동은 공평한 세상을 믿는 오류에 빠져 있기 때문이다. 또 우리 사회의 뿌리 깊은 가해자 중심 사고에 물들어 성폭력을 정당화하는 변명에 자신도 모르게 동조하고 있을 수 있다.

폭력과
동의 사이

상대가 동의했는가

어떤 상황이든 어떤 환경이든 '싫다'라고 말하는 것은 '정말' 싫다는 뜻이다. 피해자가 술을 마셨든, 밤에 혼자 돌아다녔든, 가해자와 데이트를 하고 있었든, 어떤 옷을 입었든 그것은 아무런 상관이 없다. 성폭력을 원하는 사람은 아무도 없다. 성폭행 사건에서 중요한 것은 바로 '상대가 동의했는가?' 이것뿐이다. 성폭력은 가해자가 피해자를 지배하고 통제하기 위해서 성을 무기로 사용하는 공격적이고 폭력적인 행위다. 취약한 상황에 있는 피해자를 이용하거나 피해자의 신뢰를 배신해서 성폭력을 저지른 행동에 대한 비난과 책임은 온전히 가해자의 몫이어야 한다.

캐나다 온타리오 법원의 주커M. Zuker 판사가 2시간 동안 읽어 내려간 판결문[51]은 가히 혁명적이자 역사적인 것으로 평가받고 있다. 이 사건의 내용은 이랬다. 두 사람은 2주 정도 가볍게 데이트를 즐기는 같은 대학교 대학원생이었다. 여러 동료와 뒤풀이를 하던 여성이 남성에게 모임에 함께하자고 문자를 보냈다. 여성은 모임에 나온 남성에게 술을 마신 뒤 술집에서 가까웠던 그의 집에서 자고 가겠다고 말한다. 모임은 새벽까지 이어지고 남성은 이 여성을 만나기 전에 잠깐 가볍게 만났던 다른 여성[52]에게 셋이 함께 자신의 집에서 술을 더 마시자고 제안했다. 그 여성은 제안을 거절한 뒤 택시를 타고 귀가하고 두 사람은 걸어서 남성의 집으로 갔다. 여기까지는 남성과 여성의 진술이 거의 일치한다.

먼저, 이후에 벌어진 일에 대한 남성의 주장이다. 집으로 걸어가는 동안 여성과 서로 가볍게 껴안고 소소한 대화를 나눴고 여성이 오늘 성관계가 기대된다고 말했다. 집에 들어온 여성이 침대에서 먼저 키스하며 성적으로 접근했지만, 남성은 여성과 맞지 않은 부분이 많아서 관계를 정리해야겠다고 생각해왔기에 관계를 끝냈으면 좋겠다고 말했다. 우는 여성을 달래주는 과정에서 서로 신체 접촉을 하게 됐고 '우리가 같은 침대에서 자거나 섹스를 하는 것은 이게 마지막이 될 것'이라고 말한 뒤 여성과 합의한 성교를 했으며 여성이 성관계에 적극적으로 참여했다.

반면에 여성의 주장은 첨예하게 달랐다. 집으로 초대하려고 했던 다른 여성이 택시를 타고 떠나자마자 태도가 돌변한 남성이 여성을 향해 '너는 나를 성적으로 만족시켜주기 위해 충분히 노력하고 있지 않다'고 말하며 집으로 걸어가는 동안 '걸레'라고 욕하며 비하하고 모욕하기 시작했다. 그의 집에 도착했을 때 남성의 모욕적인 언행은 더 심해졌고 술에 취해 몸과 마음이 취약한 상태였던 여성은 겁에 질려 그냥 빨리 쓰러져 잠이나 자고 싶다는 생각으로 침대 모서리에 앉아 있었다. 남성은 '나는 너를 좋아하지 않고, 너를 따먹는 것이 이번이 마지막이다. 하지만 너도 좋아할 거다'라고 조롱하며 여성이 동의하지도 않았는데도 거칠게 성행위하기 시작했다. 남성의 계속된 모욕적인 언행에 여성은 정신이 나가 있었고 술에 취해 저항할 힘도 없었으며 잘못하면 신체적 폭력을 당할지도 모른다는 위협감에 멍한 상태로 굳어 있었다. 남성의 일방적인 성교가 끝난 뒤 여성은 크게 흐느끼다가 기절하듯이 잠들어버렸다.

동의한 성관계인지 아닌지에 관해 두 사람이 완전히 다른 주장을 펼치는 상황이었다. 강간죄로 기소된 남성은 여성과 합의한 성관계를 했다며 무죄를 주장했고, 여성의 개인사를 들먹이면서 '문란한 파티광'으로 인격을 깎아내렸지만 이 사건은 유죄 판결이 내려졌다. 주커 판사는 판결문을 통해 '성적 동의'에 관한 질문을 던졌다. 그러면서 사람들이

'완전무결한' 피해자상을 머리에 그려놓고 그에 부합하지 않을 때 '피해자를 비난'하는 잘못된 문화를 지적하기도 했다.

> 누군가 상대의 집에서 자고 가겠다고 했을 때, 그것은 성관계에 암묵적으로 동의한 것인가? 두 사람이 함께 술을 마셨다면, 그것은 상대와 성관계할 의도가 있다는 신호 혹은 성관계에 동의한다는 신호인가? 두 사람이 성적인 주제로 대화를 나누는 것이 성관계에 동의한다는 것을 의미하는가? 성관계에 동의했더라도 어느 순간 성관계를 그만두고 싶어진다면, 이미 동의한 성관계이기에 싫더라도 끝까지 성관계해야 하는 것인가?

'피해자다움'은 없다

성폭력 사건이 발생했을 때, 그 사건을 관찰하는 사람들은 피해자가 '피해자다움'의 조건을 갖추었는지를 따진다. 성경험이 없거나 많지 않고, 노출이 있는 옷을 입지 않았고, 술을 마시지 않았고, 늦은 밤에 귀가하지 않았고, 싫다고 소리치며 죽을힘을 다해 저항했고, 온몸에 저항의 상처가 있고, 주변에 도움을 요청하거나 곧바로 경찰에 신고했고, 성폭력 사건 이후 깊은 절망감에 빠져 얼굴에 웃음기가 싹 사라졌고, 가해자와 다시 마주하기를 피하고, 가해자와 다시 마주하게 되더라도 정신을 잃을 만큼 공포감을 느낀다면 비로소 성폭력 피해자라는 지위를 부여한다. '완전무결한' 피해자를 요구하는 것이다. 이외에도 무수히 많은 조건이 따라붙는다. 마치 엄격한 재판관이 된 것처럼 사람들은 성폭력 피해자가 피해자다움의 조건에서 하나라도 벗어난다면 그것은 성폭력으로 보기 어렵다고 말한다.

'뽀뽀해주면 추천서를 만들어줄게', '남자친구와 왜 사귀냐? 나랑 사귀자', '나랑 손잡고 밥 먹으러 가고 데이트하자', '엄마를 소개시켜달라' 등의 발언을 하고, '수업 시간 중 학생을 뒤로 안는 자세로 지도'하면서 복도에서 마주친 학생의 '허리에 손을 두르고 손으로 엉덩이를 툭툭 치는 행위'를 한 교수가 성희롱으로 해임되었다. 교수는 학교의 해임 결정에 불복해 교원소청심사위원회[53]에 소청 심사를 청구했지만 기각되자, 교원소청심사위원회의 결정을 취소해달라는 소송을 법원에 제기했다.

고등법원은 '피해자가 익명으로 이루어진 강의 평가에서 성희롱에 대한 언급 없이 교수의 교육 방식을 긍정적으로 평가한 점, 교수의 신체적 접촉은 적극적인 교수 방법에서 비롯된 것으로 해석할 수 있다는 점, 피해자가 계속해서 교수의 수업을 수강한 점, 피해자가 짧게는 3개월 길게는 1년 이상의 세월이 흐른 후에 문제가 되는 교수의 행동을 신고하게 된 점' 등을 종합해볼 때 교수를 해임 처분한 것은 위법하다는 판결을 내렸다.

대법원은 "성희롱 관련 소송의 심리를 할 때에는 그 사건이 발생한 맥락에서 성차별 문제를 이해하고 양성평등을 실현할 수 있도록 '성인지 감수성'을 잃지 않아야 한다."며 판결문에 성인지 감수성의 필요성을 최초로 언급했다.[54] 특히 "우리 사회의 가해자 중심적인 문화와 인식, 구조 등으로 인하여 피해자가 성희롱 사실을 알리고 문제를 삼는 과정에서 오히려 부정적 반응이나 여론, 불이익한 처우 또는 그로 인한 정신적 피해 등에 노출되는 이른바 '2차 피해'를 입을 수 있다는 점을 유념하여야 한다."고 판시했다. 또 "피해자는 이러한 2차 피해에 대한 불안감이나 두려움으로 인하여 피해를 당한 후에도 가해자와 종전의 관계를 계속 유지하는 경우도 있고, 피해 사실을 즉시 신고하지 못하다가 다른 피해자 등 제3자가 문제를 제기하거나 신고를 권유한 것을 계기로 비로소 신고를 하는 경우도 있으며, 피해 사실을 신고한 후에도 수사기관이나 법원에서 그에 관한 진술에 소극적인 태도를 보이는 경우도 적지 않다. 이와 같은 성희롱 피해자가 처하여 있는 특별한 사정을 충분히 고려하지 않은 채 피해자 진술의 증명력을 가볍게 배척하는 것은 정의와 형평의 이념에 입각하여 논리와 경험의 법칙에 따른 증거 판단이라고 볼 수 없다."고 판시하기도 했다.

대법원이 언급한 '성인지 감수성'은 권력 관계에서 학생의 진로를 지도하고 학업 성적을 평가하는 위치에 있는 교수에게 학생이 적극적으로 문제를 제기할 수 없는 어려운 상황과 맥락이 있다는 점을 충분히 고려해서 심리해야 한다는 것을 말한다. 또 피해자가 처한 사정을 고려하지 않고 피해자에게 '피해자다움'이나 '이상적인 피해자상'을 요구하는 접근이 잘못됐음을 인식하라는 의미이기도 하다.

〈형법〉과 〈성폭력 범죄의 처벌 등에 관한 특례법〉에서는 '업무, 고용 기타 관계로 인하여 자기의 보호 또는 감독을 받는 사람에 대하여 위계 또는 위력으로써 간음 또는 추행한 자'에 대한 처벌을 명시하고 있다. '업무상 위력 등에 의한 간음 및 추행'에서의 위계僞計는 거짓으로 꾀나 방법을 꾸며 내는 것을, 위력威力은 상대를 압도할 만큼의 강력한 힘을 의미한다. '위력'이라는 추상적 개념을 어떤 기준으로 판단할 것인가와 관련해 온 국민의 관심을 불러일으켰던 사건이 있었다. 이 사건의 쟁점은 도지사와 수행 비서라는 업무 관계에서 도지사가 위력을 행사해서 수행 비서의 의사에 반하는 간음 행위가 이루어졌는지였다.

"합의에 의한 관계였다는 비서실의 입장은 잘못입니다. 모두 다 제 잘못입니다."

"그것은 성폭행이라 표현되는 것을 인정한 것이 아니라 불륜과 간음이 있었다는 사실에 대해 국민들에게 사과하는 것이 우선이라 생각하였고….”

“합의에 의해 호감을 갖고 성관계에 이르렀다고 하는 것은 처음이나 지금이나 똑같은, 제가 가지고 있는 진실입니다….”

도지사는 사건이 처음 언론에 보도되었을 때 자신이 한 사과를 번복하는 진술을 했다. 또 재판 과정에서 수행 비서가 피해 직후에도 평상시와 같이 자신을 수행했던 여러 사례를 들며 성폭력 피해를 본 일반적인 피해자라면 도저히 보일 수 없는 행동을 보인 것이라고 피해자다움을 문제 삼으며 합의에 의한 성관계를 주장했다.[55]

> 간음 행위에 이르게 된 경위, 간음 행위 직후 피고인과 피해자의 태도 등을 종합해보면 피고인은 피해자가 자신의 수행 비서로서 권력적 상하관계에 있어 적극적으로 저항하는 등 성적 자기결정권을 자유롭게 행사하기 어려운 상태에 있음을 인식한 상태에서 이를 이용하여 간음 행위에 나아갔다고 할 것이고, 그 과정에서 실제로 위력으로 평가할 수 있는 수준의 유형력을 행사하였다고도 할 수 있다.

고등법원과 대법원은 도지사가 업무상 위력으로써 수행 비서를 간음한 것이 타당하다는 판결을 내렸다.[56] 또 사건을 심의할 때는 가해자 중심의 문화와 인식에서 벗어나 피해자가 처한 특별한 사정을 충분히 고려해야 한다며 '성인지 감수성'을 다시 언급했다. 특히 대법원은 '업무상 위력 등에 의한 간음 및 추행'에서 '위력'이 무엇인지를 구체적으로 언급했다.

> '위력'이란 피해자의 자유의사를 제압하기에 충분한 세력을 말하고 유형적이든 무형적이든 묻지 않으므로 폭행·협박뿐 아니라 행위자의 사회적·경제적·정치적인 지위나 권세를 이용하는 것도 가능하다. '위력'으로써 간음하였는지 여부는 행사한 유형력의 내용과 정도 내지 이용한 행위자의 지위나 권세의 종류, 피해자의 연령, 행위자와 피해자의 이전부터의 관계, 그 행위에 이르게 된 경위, 구체적인 행위의 태양, 범행 당시의 정황 등 제반 사정을 종합적으로 고려하여 판단하여야 한다.

이 기준에 따르면 위력의 '존재'와 '행사'는 필요조건이 아니다. 도지사의 위치와 같은 사회적·경제적·정치적인 지위나 권세와 같은 무형적인 위력은 그 행사가 없더라도 위력의 존재만으로도 추행 또는 간음의 수단이 될 수 있다고 판단한 것이다.

기업이나 공공기관의 종사자는 건강한 조직 문화와 폭력 예방을 위해서 성희롱·성폭력·성매매·가정폭력 예방 교육을 법정 의무교육[57]으로 매년 들어야 한다. 최근 들어서 폭력 예방 교육 이외에 '직장 내 괴롭힘 예방 교육'을 해달라는 요청을 자주 받는다. 직장 내 괴롭힘은 〈근로기준법〉에 의거 '사용자 또는 근로자가 직장에서의 지위 또는 관계 등의 우위를 이용하여 업무상 적정 범위를 넘어 다른 근로자에게 신체적·정신적 고통을 주거나 근무 환경을 악화시키는 행위'로 규정하고 2019년 7월부터 이를 금지하고 있다.

　직장 내 괴롭힘 예방 교육을 할 때면 이상한 괴리감을 느끼고는 한다. 폭력 예방 교육에서는 자발적이고 적극적인 관심을 보이지 않던 학습자들이 직장 내 괴롭힘 예방 교육에서는 눈을 크게 뜨며 집중하기 때문이다. 물론 폭력 예방 교육은 매년 의무적으로 들어야 하고, 매년 들어서 어느 정도 지식을 축적했기에 관심이 낮아졌다고도 볼 수 있다. 이런 생각을 해본다. 직장 상사와 부하 직원이라는 권력 관계 안에서 상대적으로 지위가 낮은 사람들은 언제든지 자신이 직장 내 괴롭힘의 희생자가 될 수 있다고 여긴다. 그래서 직장 상사에게 괴롭힘을 당한 다음 날 그 상사의 점심식사를 위해서 맛집을 검색해야 하는 상황이 자신에게도 벌어질 수 있다고 공감한다. 업무상 위력 등에 의한 간음 및 추행이나 직장 내 성희롱 역시 동일한 권력 관계 안에서 발생한다. 하지만 대부분의 사람들은 성폭력이 자신과 별개로 특별한 사람에게만 일어난다고 생각하면서 직장 상사에게 성폭력을 당한 다음 날 피해자가 그 상사의 점심식사를 위해서 맛집을 검색하는 일은 있을 수 없는 행동으로 평가하고 공감하지 못한다.

성폭력은 힘Power(특권이나 권력)의 차이를 이용해서 상대의 의사에 반하는 성행위를 하는 것이다. 여기서 힘은 성별, 나이, 인종, 학력, 사회계층, 장애, 지위, 인적 자원, 성 정체성 등 다양하다. 힘의 차이는 절대적인 것이 아니다. 누구와 어떤 관계에 놓여 있느냐에 따라서 강자의 위치에 놓이기도 약자의 위치에 놓이기도 한다. 부모·자녀 관계에서 부모는 자녀를 양육하는 강자의 위치에 있지만, 직장에서는 상사의 부당한 요구를 처리해야 하는 약자의 위치에 있기도 한 것처럼 말이다. 힘의 관계에서 약자의 위치에 있는 사람들은 누구나 성폭력 피해를 볼 수 있는 위험을 안고 있다. 특히 나이, 학력, 지위가 같은 남성과 여성이 있다고 했을 때, 성별 권력 관계 안에서 남성보다도 여성이 성폭력의 피해를 볼 가능성이 더 높다. 하지만 직장에서는 '생존권', 학교에서는 '교육권', 친밀한 연인 관계에서는 '관계성'이 달려 있기 때문에 쉽사리 저항하거나 문제를 제기하지 못한다. 성폭력 피해자에게 '피해자다움'을 요구하는 것은 피해자가 처한 상황을 공감하지 못하기 때문이다.

진정한 동의의 요건

성폭력은 보통의 폭력 행위처럼 항상 물리적 폭력이나 위협을 동반하는 것이 아니다. 동의 없는 성 행동을 하는 것 자체가 누군가에게는 위협이 될 수 있다.

앞서 언급한 주커 판사는 성폭력의 가장 중요한 구성 요소로 '동의의 부재'를 언급하며 동의의 요건으로 적어도 다음 내용을 포함해야 한다고 말했다.

동의는 성행위에 자유롭게 참여하는 것을 말한다. 상대의 힘이나 위협으로부터 언어적으로나 물리적으로 저항하지 못하고 굴복한 것은 동의가 아니다. 개인의 옷차림은 동의의 표현이 아니다. 이전에 동의한 성행위를 했다고 해서 앞으로 계속 동의한 성행위를 하겠다는 것을 의미하지 않는다. 상대와 성행위 하기로 동의했을 때, 그 상대가 다른 사람을 끌어들여서 여러 명이 함께 성행위 하는 것에 동의한 것은 아니다. 동의는 언제든지 철회할 수 있다. 판단 능력을 상실했거나 의식이 없는 상태에서 성행위에 동의한 것은 동의로 볼 수 없다.

성 행동 상황에서 동의가 어떤 의미인지 명확하게 이해

하고 동의를 실천하는 것은 아주 중요한 일이다. 동의는 곧 상대의 성적 자기결정권을 존중하는 것과 같은 말이기 때문이다. 우리는 동의 여부를 판단할 때 '폭행이나 협박이 있었는가, 폭행이나 협박에 상대가 얼마만큼 저항했는가'의 기존 사고방식에서 벗어나서 이제는 '상대가 동의했는가'와 같이 성 행동의 기본 전제는 '동의'나 '합의'라는 것을 인식해야 한다.

주커 판사의 판결문을 청춘들에게 소개하고 어떤 요소들이 '진정한 동의'에 포함되어야 할 것인지 토론해보았다. 토론 끝에 '진정한 동의'의 요건으로 네 가지를 제안했다.

첫 번째는 '의식성'이다. 동의는 의식이 있는 상태에서 이루어져야 한다. 잠이나 술 또는 약에 취한 상태로 자신이 동의했다는 것을 자각하지 못한 것은 동의로 볼 수 없다. 깨어 있으면서 자신이 성 행동에 참여한다는 것을 명확하게 알아차릴 수 있는 상태에서 동의가 이루어져야 한다. 우리나라는 사람의 심신 상실 또는 항거 불능의 상태를 이용하여 간음 또는 추행한 자는 〈형법〉 제299조 '준강간, 준강제추행죄'로 규제하고 있다.

두 번째는 '자발성'이다. 동의는 동등하고 자유로운 관계에서 자발적으로 이루어져야 한다. 상대의 설득이나 회유, 협박, 위협 그리고 힘의 차이로 어쩔 수 없어 동의하는 것은 동의로 볼 수 없다. 동의는 전적으로 개인의 자유로운 선택과 결정으로 이루어져야 한다. 우리나라는 16세 미만의 아동·청소년이 성인과 성 행동하는 것에 자발적으로 동의했다고 하더라도 아동·청소년과 성인은 동등한 힘의 관계가 아니기 때문에 동의한 성 행동으로 보지 않는다.[58]

세 번째는 '명시성'이다. 이 요소는 성 행동을 제안하는 사람이나 응하는 사람 모두에게 해당한다. 성 행동 상황에서 두 사람이 동의에 관한 대화를 나누는 것은 찬물을 끼얹어 분위기를 어색하게 만드는 행동이 아니라 관계의 신뢰와 존중을 보여주는 행동이다. 상대에게 동의를 구할 때는 '너랑 자고 싶어, 우리 할까?' 등 말로 명확하게 표현해야 한다. 그 제안에 상대가 '글쎄' 하며 주저하거나 침묵하는 것은 동의가 아니다. 고개를 끄덕이며 '좋아'라고 의사를 표현하는 것처럼 말과 행동에서 성 행동에 참여하고 싶다는 의지가 분명하고 명확하게 드러났을 때 동의가 이뤄진 것이다.

마지막은 '철회 가능성'이다. 성 행동에 대한 동의가 그것을 철회할 수 없다는 것을 뜻하지 않는다. 성 행동을 하는 것에 죄책감을 갖거나 상대의 어떤 행동에 모욕감을 느껴서 중단하고 싶을 수 있다. 관계나 상황, 맥락에 따라서 동의는 언제든지 철회할 수 있다. 동의는 고정불변이 아니라는 사실을 이해하고 상대의 결정을 존중해야 한다.

청춘들과 '동의'에 관한 이야기를 함께 나누면서 이런 내용을 많은 사람과 공유하고 싶다는 생각이 들었다. 자발적으로 참여해준 몇몇 청춘과 함께 '동의의 온도'라는 영상을 제작했다.[59] 이 영상은 '상대의 설득과 회유로 성관계하는 것을 진정한 동의로 볼 수 있을까?'와 '서로 존중하는 연인 관계를 위해서 어떤 노력이 필요한가?'에 관한 청춘들의 생각과 의견을 담고 있다. 이 영상에 참여했던 청춘들이 서로 존중하는 연인 관계를 위해 이런 노력을 했으면 좋겠다며 의견을 제시한 인터뷰 내용을 소개한다.

내가 설득해서 성관계할 때, 나는 상대가 동의했다고 생각하지만 상대는 온전히 동의하지 않았다는 것을 아는 게 가장 중요한 것 같아요. 싫다고 말할 수 있고 그런 의사를 존중할 수 있는 게 건강한 관계라고 생각합니다.

성관계 제안에 상대가 거절하는 것은 나를 거절한 것이 아니라 지금 이 성관계 제안에 대한 거절임을 아는 게 건강한 의사소통인 것 같아요.

'나를 사랑한다면 내 요구를 들어주겠지' 이런 생각을 버려야 합니다. 연인 관계는 평등해야 한다는 것을 항상 생각하고 상대의 의견을 존중하는 것이 사랑의 기본인 듯합니다.

연인이 된다고 해서 저절로 평등한 관계가 되는 것은 아니에요. 서로 꾸준한 대화와 상대방을 이해하려는 태도가 중요하다고 생각합니다.

연인이 좋아하는 것을 해주는 것보다는 상대가 싫어하는 것을 하지 않는 것이 더 중요하다고 생각해요.

연인마다 각자가 원하는 것과 그 원하는 정도가 다를 수 있기 때문에 평소에 개방적으로 성적 의사소통을 하는 것이 중요하다고 생각합니다.

우리나라는 2018년 '미투Me too 운동'이 사회적 관심을 얻으면서 20대 국회에서 여당과 야당 할 것 없이 '비동의 간음죄'를 도입해야 한다는 '형법 개정안'을 발의했다. 하지만 이 개정안은 흐지부지되어 국회의 문턱을 넘지 못했고, 연이은 지자체장들의 성 비위 사건으로 21대 국회의 문이 열리자마자 '비동의 간음죄' 입법을 추진하는 개정안이 다시 발의되었다.

〈형법〉 제32장 '강간과 추행의 죄'에서 그 구성 요건은 '가해자의 유형력 행사'와 '피해자의 저항'을 전제로 하는 '최협의설(폭행·협박을 최대한 협소하게 해석한다는 의미다.)'을 취하고 있다. 다시 말해, 피해자가 가해자에게 폭행 또는 협박을 당하고, 그 힘의 크기가 피해자가 저항하기 곤란할 정도

여야 하며, 피해자가 적극적으로 저항했다는 증거가 있을 때 강간이나 추행죄로 인정하는 것이다. 이제 우리 사회는 가해자 중심적인 문화와 인식에서 벗어나 '동의 여부'로 강간과 추행을 판단해야 한다는 사회적 요구가 커지고 있다. 바로 〈형법〉에 '비동의 간음죄'를 추가해야 한다는 주장이다. 폭행 또는 협박이 없더라도 상대방이 동의하지 않은 성 행동을 하는 행위를 처벌해야 한다는 취지인 것이다. 서구 사회는 '동의 여부'를 포함해서 성폭력에 관한 형법을 개정하거나 신설하고 있고 아일랜드, 캐나다, 영국, 독일, 스웨덴 그리고 미국의 일부 주 등에서는 '비동의 간음죄'를 처벌하고 있다.

21대 국회에서 '비동의 간음죄'가 입법될 수 있을지는 잘 모르겠다. 하지만 우리 스스로가 한 가지 검토해야 할 것이 있다. '자신의 즐거움'을 '우리의 즐거움'으로 포장하려 하지 않는지, 혹시 자신의 일방적인 만족을 위해서 상대방의 성을 희생하도록 강요하고 있지는 않은지 생각해봐야 한다. 법적 규제를 떠나서 원하지 않은 성 행동을 강요하는 것은 성폭력이 될 수 있다. '진정한 성적 동의는 두 사람이 함께 원할 때'라는 것을 마음에 새겨두자.

4

우리, 사랑했을까?

혹시
임신인가요?

임신 불안을 하소연하는 청춘들

학기 첫 수업 시간. 학생들에게 교과 과정을 안내하면서 학습 주제를 선택할 기회를 주고는 한다.

"반드시 강의계획서 순서대로 강의를 진행하지 않아도 됩니다. 먼저 듣고 싶은 주제가 있으면 이야기해주세요. 그 순서대로 수업을 진행할게요. 어떤 주제부터 할까요?"

매 학기마다 대답은 한결같다.

"피임이요!"

결혼을 전제한 성관계를 규범으로 여겼던 기존 세대의 사고방식에서 벗어나 요즘 청춘들은 혼전 성관계에 허용적인 태도를 보인다. 과거보다 결혼 연령이 늦어졌고 미혼자의 과반수가 '결혼은 해도 좋고 하지 않아도 좋다'는 생각[60]인데, 이들에게 전통적 성 규범을 요구하는 것도 이치에 맞지 않는 현실이다.

"성관계는 몇 살 때 하는 것이 좋을까요?"

학부모 대상 강의에서 이런 질문을 해봤다.

"성인이면 괜찮죠!"

그들의 열린 태도에 감탄하며 질문을 약간 바꿔봤다.

"여러분의 자녀라면 성관계는 몇 살 때 하는 것이 좋을까요?"

침묵의 시간이 길어졌다.

"딸은 스물넷, 아들은 스물여섯 정도요."

열린 태도는 온데간데없고 부모로서의 신중한 태도만이 남았다. 아들에게 오히려 더 보수적인 태도를 보인 점이 궁금했다. 누구나 그런 것은 아니겠지만, 부모가 생각하는 자녀의 성생활 기준은 '딸은 대학 졸업 후 취업해서, 아들은 군대 마치고 대학 졸업한 후 취업해서'부터였다. 자녀가 삶의 목표를 갖고 경제적으로 독립하는 시기를 성관계하기에 적절한 나이로 본 것이다.

부모의 기대와 자녀의 현실은 다르다. '설마, 벌써? 내 아이는 아직 아닐 거야.' 하며 현실을 부정하고 싶은 부모 마음은 십분 이해한다. 부모의 바람과 달리 청춘들의 상당수가 성생활을 하고 있고[61] 그에 따른 임신 두려움이 크다.

이들에게 가장 목마른 것은 피임 지식이며 자신들에게 맞는 피임 방법을 찾는 것이다. 그래서 피임에 관한 수업을 할 때면 청춘들의 눈이 가장 빛난다.

성 관련 궁금증이나 고민이 생겼을 때 청춘들은 그 답을 주로 어디에서 찾고 있을까? 청춘들에게 물었더니, 그들이 자주 찾는 성상담소는 바로 검색 엔진 '지식인'[62]이었다. 성과 관련해서 사람들이 어떤 고민을 질문하는지, 그 고민에 누가 답변하는지, 그 답변은 얼마나 정확한지 알아봐야겠다는 호기심이 발동했다. 한 대형 검색 엔진에 열흘간 올라온 성 관련 질문을 수집해서 분석했다. 자신의 성별을 밝히며 질문을 올린 사례가 1400건이 넘었는데, 그중 여성의 질문이 56.0%로 남성보다 많았다. 연령대별로는 10대와 20대의 질문이 93.4%로 압도적이었다.

성 관련 고민을 범주별로 나누어 빈도 순위를 계산했더니 놀랍게도, 아니 당연하게도 남녀 할 것 없이 1위를 차지한 고민은 전체 질문의 35.7%에 해당한 '혹시 임신인가요?'였다. 가슴이 답답했던 것은 불안과 두려움에 싸여 임신 여부를 묻는 청춘들의 92.2%가 피임하지 않고 성관계하거나 월경주기법 또는 질외 사정(몸 밖으로 사정한다고 해서 '체외 사정'이라고도 한다.)과 같이 안전하지 않은 피임을 했다는 사실이다.[63] 임신 여부를 묻는 글을 하나씩 읽어 내려갈 때마다 내 고통은 배가됐다. 임신했을 때 가족과의 관계, 학교생활,

미래 등 자신의 삶에 대한 청춘들의 죄책감, 불안, 절박함, 두려움, 공포감이 질문에 가득 배어 있었기 때문이었다. 이 조사는 청춘들의 현실을 적나라하게 바라본 고통의 시간으로 끝이 났다.

'괜찮겠지!' 운에 맡기듯 피임하지 않거나 효과성 떨어지는 피임 방법을 이용해서 성관계했다고 생각해보자. 한 번의 즐거움 뒤에 오는 고통은 오래도록 쓰다. 임신은 여성의 몸에서 일어나기에 다음번 월경을 자신의 눈으로 확인하기 전까지 여성은 임신할지 모른다는 두려움과 고통의 날들을 보내게 된다. 월경일이 다가오면 화장실을 들락거리면서 월경을 확인하고 월경 예정일이 지나도록 월경 소식이 없으면 그야말로 지옥을 경험하게 된다. 약국에서 사 온 임신 테스트기로 임신 여부를 확인하는 순간에는 무신론자도 유신론자가 되어 '제발 임신만은 하지 않게 해주세요. 앞으로는 피임 잘하겠습니다.'라며 신께 절절한 기도를 드릴 만큼 절박해진다. 이 말을 들은 한 청춘은 피임하지 않고 성관계한 후 자신이 경험한 것과 똑같다며 심리적 고통을 겪은 뒤로는 철저하게 피임하고 있다고 내게 이메일을 보내오기도 했다.

피임의 사전적 의미는 임신을 피하는 것이다. 임신은 두 사람이 원할 때 이루어져야 한다. 두 사람이 임신을 계획하고 있지 않다면 피임 방법에 관한 정확한 지식과 정보에 귀를 열어두고 원하지 않는 임신을 방지하고 서로에게 상처주지 않는 안전한 피임 방법을 찾아야 한다.

바티칸 룰렛이 된 월경주기법

"배란일 계산 앱에 오늘 '안전한 날'로 나와. 그냥 하자."

　임신은 배란된 난자와 정자가 만나서 수정되고 그 수정란이 자궁에 착상하는 것을 말한다. 원하지 않는 임신을 피하기 위해서는 배란일을 알아야 한다. 여성은 자신의 월경주기를 바탕으로 배란일을 예측하고자 한다. '월경주기'는 이번에 월경을 시작한 첫날부터 다음번 월경 시작일까지 경과 기간을 말한다. 개인마다 편차가 있지만, 여성의 평균적인 월경주기는 28일 정도다. 배란일은 다음번 월경 시작일에서 거꾸로 세어 12~16일, 평균 14일 전으로 추정한다. 월경주기법[64]은 이번 월경 시작일을 기준으로 다음번 월경 시작을 '예측'하고, 월경 시작 예측일로부터 배란일을 '예측'해서 배란 예정일 주변 기간에 성관계를 피하는 방법이다. 바꿔 말하면, 배란 예정일 주변 기간을 제외한 나머지 기간에는 임신 가능성이 없는 안전한 기간이라고 생각하고 피임 방법을 사용하지 않고 자유롭게 성관계하는 것이다. 월경주기법의 문제는 '예측에 예측을 더하는 것'에 있다. 정확히 알고 있는 것은 이번 월경 시작일뿐이다.

지난 1년 동안 28일 간격의 규칙적인 월경주기를 보인 여성이 있다고 하자. 그 여성에게 다음번 월경을 언제쯤 할 것인지 물었을 때 '음, 3월 8일 아침 9시에 월경을 시작했으니까 4월 4일 아침 9시에 하겠네요.'라며 확신에 차서 말하는 사람은 아무도 없을 것이다. 여성의 몸은 인공지능AI이 아니기에 오차가 항상 존재한다. 월경주기를 이용해서 다음번 월경 시작일을 예측한다는 것은 '대략 4월 3일에서 5일 사이에 하겠네요.'와 같이 어느 정도 신뢰할 수 있는 범위에서 예측한다는 의미다. 여기에 배란 예정일을 또 예측해야 한다는 어려움이 뒤따른다.

　　월경주기법은 피임을 금지하는 가톨릭교회에서 유일하게 승인하고 권장했던 피임 방법이다.[65] 여성의 월경주기를 동그란 룰렛 판 모양에 기록해서 배란 예정일을 계산하고 그 주변 기간에 성관계를 피하도록 했다. 하지만 피임 실패율이 얼마나 높았던지 사람들이 신뢰하지 않게 되면서 마치 도박을 하는 것처럼 위험한 피임 방법이라며 '바티칸 룰렛Vatican roulette', 즉 '바티칸 도박'이라는 조롱을 받게 되었다.

　　요즘 청춘들은 달력을 뒤적이며 배란 예정일을 계산하는 대신 임신 가능 기간을 알려주는 애플리케이션을 활용해서 피임하는 경우가 많다. 이 애플리케이션 역시 월경주기법을 적용한 것으로 최근 몇 개월간의 월경주기를 이용해서 배란일을 예측하는 방법이다. 월경주기가 규칙적인 여성이라도 스트레스, 건강 상태, 체중 변화, 약물 복용, 음주 등과 같이 신체 내외부의 변화에 따라서 월경주기가 쉽게 변화할 수 있다. 더군다나 불규칙한 월경주기를 가지고 있는 여성이라면 다음번 월경 시작일을 예측하는 것도 어려운데 배란일을 예측하는 것은 극히 어려운 일이다. 애플리케이션에서 알려주는 임신 가능 기간을 맹신하지 말고 참고용으로 활용해야 한다. 월경주기법을 이용한 피임은 도박처럼 실패율이 높기 때문에 효과성이 높은 다른 피임 방법과 병행하는 것이 좋다. 청춘들에게 월경주기법의 위험성을 알리고 난 뒤 월경주기법을 이용해서 피임하고 있는 친구가 있다고 생각하고 그 친구에게 조언의 편지를 써보게 했다. 한 청춘의 편지를 소개한다.

너의 인생이기에 내가 참견할 권리는 없지만, 진정으로 자신을 아끼고 사랑한다면 내 조언을 꼭 잘 새겨주었으면 좋겠어.

네가 월경주기법을 활용한다는 것은 부작용 걱정에 약을 먹기가 두렵거나 이질감이나 성적 만족이 떨어진다는 이유로 콘돔 사용을 거부하기 때문일 거로 생각해. 너의 월경주기가 매번 기계처럼 정확해서 월경일과 배란일을 오차 없이 예측할 수 있다면 아무 문제가 되지 않겠지만, 우리는 사람이기에 그 예측이 항상 맞지 않아. 그렇기에 실패율이 높은 거야. 혹여나 임신이라도 해서 응급 피임약을 먹거나 낙태를 하게 되면 너의 정신적·신체적 건강에 매우 큰 해를 끼치는 거 알지?

콘돔은 피임법 중 하나지만 성병 예방도 되기 때문에 건강을 위해서라도 콘돔을 사용하는 것을 권장할게. 요즘에는 콘돔도 종류가 매우 많아. 네가 불편하면 애인과 잘 이야기해서 다양한 콘돔을 사용해보고, 서로에게 잘 맞는 것을 찾았으면 좋겠어. 만약 그것도 싫으면 경구피임약(먹는 피임약)을 복용해보는 것은 어때? 꾸준히 복용해야 하는 번거로움이 있지만, 피임 효과는 꽤 높아.

너 자신을 정말 사랑하고 애인을 사랑한다면 월경주기법이 아닌 다른 피임법을 꼭 사용했으면 해. 애인과 진지하게 얘기 나누기를 바랄게.

질외 사정 아닌 지뢰 사정

"저는 분명 피임을 했거든요. 그런데 여자친구가 임신했다고 합니다. 뭐가 잘못된 거죠?"

"어떤 방법으로 피임했는데요?"

"질외 사정이요"

"질외 사정이 아니라 지뢰 사정이겠죠!"

어떤 것도 준비할 필요가 없다. 오직 남성의 의지와 사정 조절 능력만 있으면 된다. 정말 그럴까? 두 사람이 성관계하다가 남성이 사정하기 직전에 질에서 음경을 빼내어 여성의 성기 밖으로 사정하는 것을 질외 사정이라고 한다. '질외 사정'은 언제 터질지 모르는 지뢰 같다며 '지뢰 사정'으로 비웃음당할 정도로 피임 방법 중 실패율이 가장 높다. 하지만 20대 미혼 남녀의 21.9%가 질외 사정으로 피임을 하고 있다.[66]

남성의 사정은 교감신경계 흥분에 따라서 근육 수축이 일어나는 반사 행동이다. 남성 대다수는 성관계 경험을 쌓아가면서 사정 시기, 즉 반사 행동을 자기 뜻대로 조절하고 통제할 수 있는 능력을 갖췄다고 자부한다. 한마디로 말해서 감感을 잡았다는 뜻이다. 그렇지만 그 '감'이 틀릴 때도 많다. 질외 사정은 남성이 사정하기 전에 음경을 질에서 빼내야 하므로 남성의 즐거움을 감소시킨다. 남성은 될 수 있는한 사정 바로 직전까지 음경을 질에 머무르게 하면서 쾌감을 얻고 싶어 한다. 3부터 카운트다운을 시작해서 2와 1을 센 다음 0에서 음경을 질에서 빼내어 사정하는 것과 같다. 이때 사정 시기를 제대로 조절하지 못해서 음경을 질에서 빼내기 이전에, 즉 카운트다운 0을 앞두고 1에서 사정해버릴 수도 있다.

또 사정하기 전에 음경을 질에서 빼낸다고 해도 임신

위험성은 여전히 크다. 남성 요도는 방광에 모인 소변을 배출하는 역할을 하는 동시에 정액을 사정하는 통로 역할을 한다. 남성은 흥분이 고조될 때 요도의 맨 뒤쪽에 위치한 한 쌍의 요도구선Bulbourethral gland[67]에서 끈끈한 무색 투명한 액체를 요도에 분비한다. 이 액체를 사정 전 요도액pre-ejaculatory fluid 또는 쿠퍼액Cowper's fluid이라고 한다. 평소 요도는 소변을 배출하는 역할을 하고 있어서 산성을 띤다. 정자는 산성에 취약한데, 사정 전 요도액은 알카리성으로 요도를 중화하고 정자의 이동을 돕는다.

그렇다면 사정 전 요도액에 정자가 들어 있을까? 만약 있다면 그 정자는 임신이 가능한 만큼의 운동성을 가졌을까? 이런 논란은 계속해서 있었는데, 그 논란을 잠재우는 결과가 발표됐다.[68] 남성 27명을 대상으로 사정 전 요도액에 정자가 있는지를 여러 차례 관찰했는데, 사정 전 요도액 중 41%에서 정자가 있었고 이들 중 37%는 정자의 운동성이 상당했다.

· 월경주기법의 피임 실패율: 20.5%
· 질외 사정의 피임 실패율: 23.6%[69]

"저는 사실 질외 사정을 합니다. 사람마다 다 다르겠지만, 저는 내공을 통해 굉장히 숙달되어서…."

시사교양 프로그램 〈까칠남녀〉(2017)의 "오빠 한 번 믿어봐 '피임 전쟁' 편"에 나온 한 패널이 자신은 질외 사정으로 피임한다고 말했다.

"한 번도 실패 안 하셨어요?"

사회자와 패널들이 놀란 얼굴로 물었다.

"네, 한 번도. 저는 실패한 적 없어요"

성공률 100%를 자부하듯 그가 말했다.

"제가 의학적으로 말씀드리겠는데, 질외 사정을 지금까지 성공하셨다는 말이죠? 그 이유는…."

의과대학 교수가 그의 피임 성공률이 100%인 이유를 설명하려고 하자 사회자와 패널 모두의 시선이 그를 향했다.

"정자가 운동성이 없어서 그래요. 그래서 그냥 하셔도 아마 안 될 거예요!"

"뭐라고요?"

스튜디오는 웃음바다가 됐다.

똑똑하게
사랑하는 법

콘돔을 거부하는 연인들

남성용 콘돔은 성관계할 때 일회적으로 고무나 섬유로 만든 얇은 주머니를 음경에 씌워서 남성의 정액이 여성의 질 내부로 들어가지 못하게 차단하는 방법이다. 남성의 음경과 여성의 질 점막이 직접 닿지 않기 때문에 성병을 예방할 수 있을 뿐 아니라 임신을 방지할 수도 있다. 이런 장점 때문에 우리나라 기혼자가 가장 많이 쓰는 피임 방법[70]이기도 하다. 그런데도 콘돔의 피임 실패율은 13.9%[71]에 이른다. 콘돔 자체에 구멍이 뚫린 제품 불량이 원인인 경우도 있지만, 주로 콘돔을 잘못 사용하면서 피임 실패로 이어지는 사례가 흔하다. 콘돔 사용법만 잘 따르면 피임 성공률은 98%

까지 올라간다.

콘돔은 일회성, 즉시성, 경제성 측면에서 간편하게 사용할 수 있지만 콘돔 사용을 귀찮고 성가신 일로 여기는 사람들이 있다. 어떤 이들은 콘돔을 사용하자는 상대의 요구를 무시하거나 콘돔을 사용하지 말자고 설득하기도 한다. 실제로 콘돔을 사용하자고 제안했을 때 남성 30%와 여성 41%는 상대에게 콘돔 없이 성관계하자는 설득을 받은 경험이 있다.[72]

콘돔 사용을 원하지 않는 사람은 다양한 이유를 대며 상대가 콘돔 사용을 포기하도록 설득한다. 대략 다음의 다섯 가지 범주였다.

- 성감이 좋지 않다는 이유

  성감이 좋지 않단 말이야.

  빽빽해서 아프고, 불편해서 기분이 좋지 않아.
- 임신 되지 않을 것이라는 이유

  사정하기 직전에 빼면 되니까, 임신 안 될 거야.

  배란기 지났어. 아무 일도 없을 거야.
- 성병, 외도 등 자신을 의심한다는 이유

  나 아무 짓도 안 했어. 나 못 믿는 거야?

  걱정하지 마. 나 깨끗한 사람이라고!
- 번거롭고 분위기를 깨는 일이라는 이유

콘돔도 없고, 지금 사러 가기에는 편의점도 너무 멀다고.

그냥 해. 분위기 망치잖아.

• 친밀감과 사랑의 표시라는 이유

우리 사이에 어떤 장벽도 없이 너를 향한 내 사랑을 표현할
수 있으면 좋겠어.

나를 사랑한다면 콘돔은 없어도 돼.

콘돔을 사용하면 성적 만족이 떨어진다는 생각은 콘돔
자체의 영향력이기보다 콘돔 사용이 성감을 낮춘다는 고정
관념 때문일 수 있다. 콘돔에 관한 사람들의 믿음과 성적 만
족도 사이의 연관성을 살펴본 연구가 있다. 이 연구에서는
연인들에게 콘돔 사용에 관한 태도를 물은 뒤 그들을 세 집
단으로 나누었다. 한 집단에게는 콘돔을 주면서 여성과 협
동해서 콘돔을 사용하도록 했고, 콘돔은 성병과 임신을 예
방할 수 있기 때문에 걱정 없이 성관계할 수 있어서 오히려
성적 흥분이 커질 수 있다고 안내했다. 다른 집단에게는 콘
돔을 주었지만, 콘돔 사용에 관해 어떠한 안내도 하지 않았
다. 마지막 집단에게는 콘돔도 주지 않고 어떠한 안내도 하
지 않았다.

콘돔을 받은 연인들은 2주일간 콘돔을 착용하고 성관
계하면서 성적 만족에 변화가 있는지 기록했다. 콘돔을 사
용하면 오히려 성적 흥분이 높아질 수 있다고 안내를 받은

집단의 연인들이 다른 집단의 연인들보다 성적 만족도가 높았고 콘돔에 관한 태도 역시 긍정적이었다.[73] 연인들이 콘돔을 어떻게 이해하는가에 따라서 콘돔 사용은 성적 흥분을 감소하는 불편한 도구가 되기도 하지만, 성적 흥분을 증가하는 훌륭한 도구가 되기도 한다.

또 다른 성폭력 '스텔싱'

콘돔을 사용해서 성관계하기로 합의했는데, 성관계 도중에 남성이 여성 몰래 콘돔을 빼버리거나 콘돔에 구멍을 내어 성관계한다면 이것을 동의한 성관계로 볼 수 있을까. 성관계 도중에 상대의 동의 없이 콘돔을 훼손하거나 제거하는 행위를 '스텔싱stealthing'이라고 한다. 레이더에 잘 포착되지 않게 만든 스텔스 항공기에서 따온 신조어로, 상대에게 은밀하게 성병과 임신 위협을 가하는 행동을 말한다. 스텔싱은 흔히 남성들이 콘돔을 사용하지 않을 때 성감이 더 좋다는 생각으로, 여성을 임신하게 해서 친밀한 관계를 회복하고 싶다는 욕구로, 여성에게 임신 위협을 가해서 괴롭힐 목적으로 행해진다. 스텔싱으로 인해 여성들은 원하지 않은 임신과 성병의 위험에 무방비로 노출된다.

캐나다의 한 남성은 자신에게 소원해진 여자친구를 임

신하게 하면 관계가 회복될지도 모른다는 생각에 콘돔을 사용해서 피임하자는 여자친구의 요구에 일부러 콘돔에 구멍을 낸 뒤 성관계를 했다. 여자친구가 원하지 않은 임신으로 괴로워하자 남성은 자신이 저지른 일을 문자 메시지로 실토한다. 여성은 이 사실을 경찰에 신고하고 낙태를 한다. 이 사건은 7년 가까운 법정 다툼으로 이어졌고, 대법원은 남성에게 성폭행으로 18개월 실형을 선고했다.[74] 여성과 서로 동의하여 성관계했다는 남성의 항소를 기각한 대법원은 '남성이 콘돔을 제거하여 여성에게 임신 위험을 가하거나 실제로 임신하도록 하는 행위는 콘돔 사용을 전제한 여성의 성관계 동의를 손상하는 심각한 박탈 행위'라고 판시했다.

이후 스위스와 독일에서도 유사한 판결이 이어졌다. 스위스에서는 데이트 앱을 통해 만난 두 사람이 콘돔을 사용한 성관계에 합의하고 성관계를 했지만, 여성은 성관계가 끝난 후에야 비로소 남성이 성관계 도중에 콘돔을 제거했다는 사실을 알게 된다. 여성은 임신과 성병을 우려해 남성을 고소했고, 법원은 고의적으로 콘돔을 빼낸 행위로 보고 남성에게 성폭행 유죄 판결로 12개월의 집행유예를 선고했다.[75] 독일에서도 여자친구 몰래 콘돔을 제거한 남성 경찰관에게 성폭행 유죄 판결을 내렸는데, 8개월의 집행유예 선고와 벌금 3000유로(약 400만 원)를 납부하고 피해 여성에게 성병 검사 비용으로 96유로(약 13만 원)를 지급하도록 했다.[76]

신종 스텔싱 범죄에 관한 법원 판결의 공통점은 두 사람이 동의해서 성관계를 했기에 이를 강간죄로 보기는 어렵지만, 남성이 여성 몰래 콘돔을 훼손하거나 제거한 행위는 '피임을 전제한 성관계 동의'라는 여성의 선택권을 침해한 성폭행이라는 관점이다. 다시 말해서, 여성이 콘돔 사용을 전제한 성관계에 동의한 것이지 결코 콘돔 제거와 같은 안전하지 않은 성관계에 동의한 것이 아니라는 뜻이다.

　　최근에는 미국 캘리포니아와 위스콘신 주 등에서도 스텔싱을 성폭력 범죄로 규정하는 법안이 제출된 상태이며 우리나라에서도 스텔싱 관련 법안이 필요하다는 주장이 나오고 있다. 성관계를 상대와 교감을 나누는 과정으로 인식하기보다는 상대를 자신의 즐거움과 만족의 도구로 이용하려고 할 때 스텔싱의 문제가 발생할 수 있다. 스텔싱은 두 사람 사이의 약속과 신뢰를 무너뜨리는 행위이며 동시에 상대의 신체적 자율권, 즉 피임을 선택할 수 있는 권리와 성병을 예방하면서 안전하게 성관계할 수 있는 권리를 침해하는 범죄행위에 해당한다.

함께 피임을 책임지는 연인들

수업이 끝난 뒤 학생들이 분주하게 강의실을 빠져나가고 있을 때 한 청춘이 멋쩍은 얼굴로 내게 다가와 어렵게 입을 뗐다.

"제가 여자친구랑 이중 피임을 하고 있어요. 우리는 학생이고 아직 결혼할 나이는 아니잖아요. 잘못하면 서로에게 상처가 되니까 여자친구가 경구피임약을 먹고 제가 콘돔을 사용하고 있습니다. 그런데요. 우리가 젊다 보니 피임에 들어가는 비용이 만만치 않아요. 굳이 이중 피임을 해야 하나요? 여자친구가 경구피임약을 계속 먹겠다며 콘돔을 하지 말자고 하는데…."

집중해서 이야기를 듣다가 웃음이 터져버렸다. 학생 신분이다 보니 경제적인 고민을 할 수밖에 없지 않은가!

"이중 피임에 이미 익숙해졌을 텐데요. 콘돔 없이 성관계했을 때 불안하지 않겠어요?"

"불안할 것 같아요."

"그럼 지금처럼 이중 피임하는 게 좋겠어요. 임신이 될지 모른다는 불안감에 성관계를 하면 성적 만족도가 떨어질 수 있으니까요. 아 참, 학교 보건소에 가면 '무인 콘돔 바구니'가 있어요. 무료예요. 필요할 때 가져다 쓰세요."

"정말로요?"

발그레한 얼굴에 활짝 웃으며 감사 인사를 건네는 그가 책임감 있고 대견해 보였다.

'현재 성적 친밀감을 나누는 연인이 있다면, 그들은 주로 어떤 피임 방법을 사용하고 있을까?' 청춘들에게 보통의 연인들은 어떤 피임 방법을 사용하고 있을지 추정해보도록 했다.[77] 자신이 현재 실천하고 있는 피임 방법을 투영해서 답할 수도, 주변 친구들이 사용하고 있는 피임 방법을 고려해서 답할 수도 있겠다. 100%에 가까울수록 항상 또는 자주 사용한다는 의미다.

- 콘돔　　　　　　　90%
- 월경주기법　　　　49%
- 질외 사정　　　　 40%
- 경구피임약　　　　35%
- 응급 피임약　　　 23%
- 피임하지 않음　　 9%
- 자궁 내 장치　　　6%
- 정관수술　　　　　5%
- 피하 이식 호르몬　3%

　기타 의견으로 여성이 주사 피임약을 사용하거나 성관계 후 정액을 빼내기 위해서 여성의 질과 자궁 경부를 물로 씻어 낸다는 의견도 있었다.
　'연인 사이에 피임은 누가 하는 것이 좋을까?'의 물음에 청춘들의 65%가 피임은 두 사람이 함께해야 한다는 의견이었다. 원하지 않는 임신으로부터 서로를 보호하는 피임 실

천은 어느 한 사람의 책무가 아닌, 두 사람의 책무라는 생각
이 강했다.

성관계는 혼자가 아닌 둘이 함께하는 상호작용이기에 그
결과에 대한 책임 역시 두 사람에 있다고 생각해요. 원하지
않는 임신을 피하기 위해서는 남자든 여자든 성별과 관계
없이 두 사람이 피임해야 합니다. 피임은 상대를 위한 것이
기도 하지만 자신을 보호하는 방법이기도 하죠.

두 사람 모두 피임을 한다고 해도 100% 피임 성공률을 장
담하기 어렵지 않나요? 한 사람만 피임하는 것은 위험이 따
르고 또 한 사람에게만 피임을 요구하는 것은 배려 없는 행
동이 될 수 있습니다. 피임 방법이 몸에 해를 주지 않는다
면 두 사람 모두 피임하는 것이 옳다고 생각합니다.

성관계는 두 사람이 함께 성적 친밀감과 교감을 나누는
일이기에 피임 역시 남녀가 함께 실천하는 것이 좋은데, 이
것을 '더블 더치Double Dutch'라고 한다. 더블 더치는 두 사람
이 마주 보고 긴 줄 두 개를 양손에 하나씩 잡고 반대 방향
으로 돌리면 같은 팀 사람들이 발에 걸리지 않으면서 뛰어
넘어야 하는 네덜란드식 줄넘기 놀이에서 따온 말이다. 두
사람이 협동해서 조화롭게 놀이를 만들어가듯이 피임 역시

남녀가 공동으로 노력하자는 의미로 현실적인 성교육을 실행하는 네덜란드에서 청소년들에게 강조하는 피임 방법이다. 전 세계 사람들이 가장 선호하는 피임 방법은 남성용 콘돔이지만 부주의하게 사용할 경우 피임 실패로 이어질 확률이 약 14%에 달하기에 여성이 경구피임약을 먹고 남성이 콘돔을 사용하는 이중 방어막으로 피임 성공률을 최대한 끌어올리자는 뜻이다. 더블 더치를 실천하는 네덜란드는 현재 세계에서 가장 낮은 청소년 출산율과 낙태율을 기록하고 있다. 더블 더치는 상대의 몸을 존중하면서 자신의 몸을 보호하는 가장 확실한 방법인 셈이다. 우리나라에서는 '이중 피임'이라는 용어로 청소년 성교육에 활용하고 있다.

청춘들 역시 연인 사이에서 이중 피임을 활용한 피임 방법이 가장 바람직하다고 생각하지만, 이것을 실천하기에는 어려움이 따른다고 토로한다. 바로 여성이 사전에 규칙적으로 먹어야 하는 경구피임약의 불편감과 부작용에 관한 두려움 때문이다. 청춘 남녀의 87%는 연인 사이에 한 사람만 피임해도 괜찮다면 몸에 해롭지 않으면서 간편한 남성용 콘돔을 사용하는 것이 가장 합리적인 방법이라고 입을 모았다.

남성이 사용하는 콘돔은 다른 피임 방법보다 저렴하고 간편합니다. 성관계하기 전에만 준비하면 되니까 편리성이 높죠. 또 특별히 몸에 해를 주지 않고 성병을 예방할 수 있습니다. 그에 반해 경구피임약은 매일 먹어야 해서 불편하잖아요. 여성이 하는 피임 방법은 주로 호르몬을 이용하기 때문에 여성의 몸에 나쁜 영향을 줄 수 있고 장기간 먹었을 때 건강에 어떤 영향을 줄지 모르니까 불안하죠.

두 사람 모두 피임하는 것이 좋겠지만 대학생 신분으로 할 수 있는 피임 방법은 많지 않은 것 같아요. 여성의 자궁 안에 장치를 삽입하거나 팔 안쪽에 호르몬을 이식하는 것은 미혼인 여성에게 부담이 큽니다. 결국 선택지는 콘돔과 경구피임약 두 가지뿐인데, 경구피임약은 호르몬이잖아요. 부작용이 있을 수 있기 때문에 몸에 부담을 주지 않는 콘돔을 잘 사용해서 피임하는 것이 좋다고 생각합니다.

현재 효과가 큰 여성용 피임 방법은 모두 합성 호르몬을 이용한 것으로 여성의 신체에 기구를 삽입하거나 알약을 먹으면서 두뇌를 속이는 방법이 대다수다. 효과성이 높으면서 간편하게 실천할 수 있는 남성용 피임 방법은 콘돔뿐인데, 이마저도 분위기를 깬다거나 성감이 떨어진다는 이유로 거부하는 사람들이 많다. 정자 생성을 억제하면서 피임 효과를 발휘하는 남성용 경구피임약이 시판된다고 생각해보자. 여성용 경구피임약처럼 합성 테스토스테론이 들어 있는 알약을 하루에 하나씩 매달 규칙적으로 먹으라고 한다면 남성들이 이 피임약을 얼마나 선호할까?

실제로 콘돔의 대안으로 남성의 성욕을 유지하면서 정자의 생성을 줄이는 남성용 경구피임약이 개발되어 임상 시험 과정을 통해 안전성을 확보하고 있는 중이다. 이 약을 살수 있는 날도 멀지 않아 보인다.[78] 제약회사에서 남성용 경구피임약을 복용해도 성욕이 절대로 감소하지 않으며 약물 복용을 중단했을 때 곧바로 정자 생성이 복원되고 부작용이 없다는 점을 대대적으로 홍보한다고 생각해보자. 그런 홍보에도 남성들이 경구피임약을 사겠다고 약국 앞에 길게 줄을서는 진풍경이 벌어지는 일은 없을 것 같다. 바로 남성용 경구피임약에 대한 불편감과 부작용의 우려 때문일 것이다.

일부 청춘들은 여성이 남성에게 콘돔 사용을 강요하면서 경구피임약으로 피임하지 않는다고 지적하기도 한다. 피임 방법으로 콘돔을 선택했을 때 남성이 콘돔을 착용하지만, 콘돔 사용의 번거로움은 남성이든 여성이든 매한가지다. 또 남성이 남성용 경구피임약을 불편하게 바라보듯이 여성 역시 여성용 경구피임약을 불편하게 인식하고 있다는 점을 고려해보면 어떨까 싶다.

청춘 남녀가 함께 실천할 수 있는 효과가 큰 이중 피임 방법이 남성용 콘돔과 여성용 경구피임약임에도 일부 청춘들은 월경주기법과 콘돔, 월경주기법과 질외 사정, 경구피임약과 질외 사정, 질외 사정과 응급 피임약 등 다양한 조합들을 이중 피임으로 이해하고 있기도 했다. 또 두 사람이 이중 피임을 하기로 약속해 놓고서는 '네가 피임약 먹으니까 나는 콘돔 안 할래!', '네가 콘돔으로 피임하니까 이제부터 나는 경구피임약 안 먹을게!' 이렇게 상대에게 피임을 전가하는 경우도 있었다. 피임은 누구 한 사람만의 책임이 아니기에 서로의 안전한 삶을 위해 함께 책임감을 가지고 실천해야 한다. 무엇보다도 두 사람이 처한 상황이나 환경을 고려해서 서로에게 가장 알맞고 효과가 큰 피임 방법을 선택하는 것이 중요하다.

임신과 낙태

이론과 실제는 다르다는 말을 실감할 때가 있다. 가장 많은 시간을 투자해서 청춘들에게 효과적인 피임 방법을 제안하고 있지만, 운에 맡기듯이 성관계하고 나서 임신이 됐다며 지푸라기라도 잡는 심정으로 내게 상담을 요청하는 청춘들이 종종 있다. 그들은 항상 똑같은 말을 한다.

"한 번밖에 안 했는데…."

한 번이든 두 번이든 중요하지 않다. 피임하지 않고 성관계하는 것은 도박을 하는 것처럼 언제나 임신 위험성을 안고 있기 때문이다. 미혼인 학생 처지에서 계획에 없던 임신을 하게 되었을 때 어떤 선택을 할지는 불 보듯 뻔하다. 특히 임신과 낙태는 여성의 몸을 통해서 일어나기 때문에 상대 남성이 아무리 공감해준다고 하더라도 여성이 경험하는 몸과 마음의 상처를 십분 이해할 수는 없을 것이다.

낙태를 바라보는 관점은 두 가지다. 낙태를 반대하는 관점을 '프로 라이프pro-life'라고 하는데, 아직 태어나지는 않았지만 태아 역시 생명체이기에 생명권을 옹호해야 한다는 태도를 취한다. 낙태를 찬성하는 관점을 '프로 초이스pro-choice'라고 하는데, 임신은 여성의 몸에서 일어나기에 임신을 유지할 것인지 종결할 것인지를 여성이 자율적으로 선택할 수 있게 그 권리를 옹호해야 한다는 태도를 취한다. 이 두 가지 관점은 생명권과 선택권 중에서 어떤 것을 더 중요하게 볼 것인가에 관한 물음과 같다. 우리나라는 〈모자보건법〉에서 치료적 의미의 인공임신중절수술을 제14조에서 허용하고 있다. 우생학적 또는 유전학적 정신장애, 신체 질환, 본인 또는 배우자 전염성 질환, 강간 또는 준강간에 의한 임신, 혈족 또는 인척 간 임신 등에 한하여 임신 24주 이내에 낙태를 할 수 있다. 그 이외의 이유로 낙태를 하는 것은 〈형법〉 제27장에서 '낙태의 죄'로 규정하고 있다. 태아의 생명권을 옹호하는 프로 라이프 관점을 취한 것이다.

하지만 낙태 행위로 기소된 산부인과 의사가 제기한 낙태죄 위헌 헌법 소원에서 헌법재판소는 〈형법〉 제269조 1

항 '자기 낙태죄' 조항과 제270조 1항 '의사 낙태죄' 조항을 헌법 불일치로 판결 내리며 위 조항들은 2020년 12월 31일을 시한으로 입법자가 개정할 때까지 계속 적용된다는 결정을 선고하였다.[79] 양성평등정책위원회는 〈형법〉의 '낙태의 죄'를 전면 폐지해야 한다는 권고를 전달했지만, 정부는 임신 14주 이내에만 낙태를 허용하고 낙태죄를 유지하는 방향으로 입법을 추진하고 있다. '낙태의 죄'가 어떤 내용으로 개정될지는 조금만 기다리면 알 수 있겠다.

낙태 행위가 범죄인지 아닌지를 떠나서 우리가 곱씹어야 할 내용은 이것이다. 성 행동은 동전의 양면과 같다. 밝음과 어둠이 공존한다는 뜻이다. 서로의 안전을 지키는 책임감 있는 성 행동은 두 사람에게 즐거움을 준다. 하지만 피임하지 않고 운에 맡기듯이 성 행동을 하는 것은 원하지 않은 임신과 낙태로 이어져 서로에게 고통을 준다. 성 행동에는 책임이 따른다. 서로의 안전을 위해서 피임을 실천하는 것이 무엇보다 중요하다.

친밀함이
무기가 될 때

오늘 당신을 불행하게 한 일은 무엇인가

"아까 서명할 때 대학 이름은 왜 썼냐? 나보다 더 좋은 대학교 나왔다고 유세 떠는 거야, 뭐야?"

강아지공장 철폐운동에 동참하기 위해 연인이 함께 서명한다. 서명을 먼저 마친 남성은 여성이 서명하는 모습을 지켜보다가 이내 표정이 일그러진다. 갑자기 집에 가자며 차에 오르는 남성의 태도에 놀란 여성은 자신이 '또' 무엇을 잘못했는지 묻는다. 남성은 여성을 차에서 강제로 끌어내리며 서명할 때 굳이 학교 이름을 쓴 이유가 뭐냐며 따져 묻는다. 남성은 매번 사소한 일에도 열등감을 내비치고 화를 참지 못한다. 약속을 한 시간이나 어기고는 '설마 그 정도

일로 화난 거야?' 하며 오히려 짜증을 부리거나 '무슨 소리를 하는지 모르겠네. 내가 언제 그랬어?'라며 자기가 잘못해 놓고서는 큰소리치며 여성을 거짓말쟁이로 취급한다. 남성의 이기적인 행동 때문에 힘들어 하던 여성은 고민 끝에 남성에게 이별을 고한다. 분노한 남성은 자신을 버리지 말라며 여성을 납치해서 감금한다.

드라마 〈청춘시대〉(2016)의 한 장면이다. 요즘 청춘들이 겪고 있는 갈등을 현실적으로 그려낸 이 드라마는 사랑이라는 이름으로 상대의 행동을 통제하며 신체적 폭력을 행사하는 '데이트 폭력'의 심각성을 보여준다. 그리고 피해자의 삶 곳곳에 폭력의 상처가 어떻게 스며드는지 이야기한다.

'오늘 당신을 행복하게 한 일은 무엇인가?'[80] 머릿속으로 행복을 떠올리는 것만으로도 입꼬리가 올라갈 것이다. 행복에 대한 개인의 가치는 다르겠지만, 행복은 그렇게 멀리 있지 않다. 맛있는 식사를 하는 것, 푹 자고 일어나는 것, 자신의 몸이 건강하다고 느끼는 것처럼 생물학적 욕구를 충족하는 일은 행복의 기본 요소다. 골머리를 썼었던 과제를 해내는 것과 같이 현재 자신이 몰두하고 있는 일에서 성취감을 얻는 것도 행복의 중요한 요소 중 하나다. 무엇보다도 사람들이 행복을 크게 느끼는 것은 바로 친구, 동료와 좋은 관계 그리고 연인, 가족과 좋은 관계를 맺을 때다.

한 한국어학자가 어느 날 이런 생각을 떠올렸다. 우리

나라 사람들은 기분이 좋을 때도, 화가 날 때도, 스트레스를 받을 때도, 슬플 때도 노래 부르는 것을 참 좋아한다. 그래서 사람들이 노래방에서 어떤 노래를 자주 부르고, 그 노래에 가장 빈번하게 등장하는 노랫말이 무엇인지 궁금했다.[81] 우리가 즐겨 부르는 노래에 어떤 노랫말이 가장 많이 등장할까? 청춘들에게 이 질문을 해보면 하나같이 '사랑'이라고 답한다. 이 학자 역시 사랑을 이길 단어는 없을 것으로 생각했다. 그런데 노랫말 빈도 분석을 해보니 놀랍게도 사랑을 압도하는 두 단어가 있었다. 바로 '나'와 '너'였다. 다시 말해, 우리가 즐겨 부르는 노래는 '나'와 '너'의 만남, 사랑, 행복, 이별 등 관계relationship의 언어였다. 우리는 누군가와 좋은 관계를 맺으면서 자신의 존재 가치를 인식하고 행복해한다.

누군가 '오늘 당신을 불행하게 한 일은 무엇인가?'라고 묻는다고 생각해보자. 연인, 가족과 좋은 관계를 맺는 것이 행복의 1순위였듯이 연인, 가족과 좋지 않은 관계에 매여 있는 것이 불행의 1순위가 될 것은 의심할 여지가 없다.

SNS에 올린 친구랑 같이 찍은 사진을 보고 '너한테 1순위는 누구야?' 하며 짜증을 내고 친구랑 자주 만나는 게 싫다고 하네요. 저는 친구도 중요한데 만나지 말라고 하다니요. 이 상황이 힘듭니다.

애인과 이야기하다가 언성을 높이면서 싸움이 일어나게 되었습니다. 제가 욱하는 마음에 소리를 지르니까 입을 막으며 목을 조르더라고요.

저는 애인과 3개월 전부터 동거하고 있는 중이에요. 애인은 평소에는 다정한데 술을 먹고 들어오면 제게 늘 언성을 높이고 물건을 집어던지는 행동을 보입니다. 저에게 직접적으로 폭력을 휘두르지는 않지만 그 사람이 술을 먹고 들어오면 너무 무섭습니다.

애인이 제 동의 없이 성관계하는 영상을 촬영했어요. 호기심에 그랬다고 앞으로 절대 그런 일은 없을 것이라고 사과하더군요. 배신감에 화가 났습니다. 결국 그 사람을 신뢰하기 어려워서 헤어졌어요. 뉴스에 나오는 것처럼 제 영상이 누군가와 공유되고 있지 않을까 걱정이 큽니다.

친밀한 관계에는 빛과 그림자가 공존한다. 연인들의 삶에 따뜻한 햇빛이 되어 행복을 주기도 하지만, 혹한의 불행으로 몰아넣기도 한다. 연애하면서 마냥 행복할 것으로 기대하는 주위 사람들에게 '지금 데이트 폭력을 당하고 있어요.'라며 폭력의 문제를 쉽게 드러낼 수 있는 사람은 많지 않다. 또 용기 내어 주변인에게 도움을 요청해도 '사귀다 보면 그럴 수 있지.' 하며 연인 사이의 흔한 '사랑싸움' 정도로 치부해버리는 문제가 '데이트 폭력'이 아닐까 싶다. 이런 어려움 때문인지 청춘들은 연인과의 갈등이 생겼을 때 내게 조심스럽게 이메일을 보내 도움을 요청한다. 직접 만나 상담을 하기도 하고, 위기 상황일 때는 학교 상담센터로 연계하기도 하고, 법률적 도움이 필요할 때는 지역사회단체와 협력하기도 한다. 하지만 '친밀한 관계'가 무기가 되어 폭력의 쳇바퀴에서 벗어나지 못하고 또다시 폭력에 매몰되는 경우를 볼 때가 많다.

데이트 폭력은 신체적 폭력과 성폭력만을 말하는 것이 아니다. 정서적 폭력, 언어적 폭력과 같이 다양한 형태의 일그러진 얼굴로 표출된다. 데이트 폭력은 크게 네 가지 유형으로 나타난다.[82]

그중 가장 심각하고 빈번하게 일어나는 유형은 상대에게 직접적인 신체적 폭력을 가하는 것이다. 처음에는 상대가 보는 앞에서 물건을 던지거나 부수는 위협 행동을 보이지만, 점차 힘이나 도구를 사용해 상대에게 상해를 입히게 된다. 심지어는 살인으로 이어지기도 한다.

상대를 감시하고 간섭하면서 정신적인 스트레스를 주는 유형도 있다. 일과를 보고하도록 강요하거나, 누구와 통화하고 연락하는지 휴대전화와 이메일을 검사하거나, 옷차림을 간섭하고 다른 사람을 만나지 못하게 하는 등 상대를 통제하는 것이다. 이러한 정서적 폭력은 '사랑'과 '애정'이라는 가면을 쓰고 행해지기 때문에 신체적 폭력과 달리 폭력으로 인식하지 못하는 경우가 많지만, 피해자의 고통은 상당하다.

언어적 폭력을 가하는 유형은 상대에게 욕설을 퍼붓고 조롱하는 말을 한다. 상대가 위협을 느낄 정도로 큰소리로 호통을 치거나, 굴욕감과 모욕감을 주는 욕설을 하거나, 무시하거나 비난하는 말을 내뱉는 경우가 여기에 해당한다. 언어폭력을 가한 후에 신체적 폭력으로 나아갈 수 있기 때문에 이 유형 역시 심각하다.

마지막은 상대가 원하지 않는 신체 접촉과 성관계를 강요하는 유형이다. 상대가 동의하지 않은 성행위는 성폭력이지만, 연인 관계에서 일어나는 일이기 때문에 이것을 성범죄라고 인식하지 못하는 경우가 많다.

데이트 폭력의 유형에 따라 피해자가 느끼는 고통은 개인마다 다르다. 그렇기 때문에 신체적 폭력과 성폭력만이 심각하다는 인식에서 벗어나야 한다. 또 일방적인 관계 집착과 강요는 사랑이 아니라 폭력이라는 것을 깨달아야 한다.

상대에게 폭력을 행사하면서 '너를 너무 사랑해서'라는 말로, 또 피해를 보면서도 '나를 너무 사랑해서'라는 말로 쉽게 무마되고 정당화되는 행동이 데이트 폭력이다. 이것은 상대를 자신의 손아귀에 넣고 마음대로 쥐락펴락하고 싶은 통제와 지배 욕구의 표출이다. 진정한 사랑에는 폭력이 끼어들 자리가 없다. 진실은 '너를 너무 사랑해서'가 아니라 '나를 너무 사랑해서' 자신의 욕심을 채우려는 것뿐이다. 데이트 폭력은 친밀한 연인 관계에서 평등과 존중을 실천하지 않을 때 누구나 겪을 수 있는 일이며 상대를 불행하게 하는 일이기도 하다. '너를 너무 사랑해서'라며 행하고 있는 언행들이 연인을 불행하게 만들고 있지는 않은지 점검해볼 필요가 있다. [83]

- 상대에게 큰소리로 호통을 친다.
- 온종일 전화와 문자로 상대의 일과를 확인한다.
- 통화 내역이나 문자 등 상대의 휴대전화를 점검한다.
- 상대의 옷차림이나 머리 모양을 내가 좋아하는 유형으로 꾸미도록 요구한다.
- 상대가 나 이외에 다른 사람을 만나는 것이 싫어서 될 수 있는 한 만나지 못하게 한다.
- 상대의 집에 불쑥 찾아가거나 상대가 다음에 만나자고 하는데도 올 때까지 기다린다고 말한다.
- 상대가 싫다는데도 신체 접촉이나 성관계를 강요한다.
- 상대의 과거를 끈질기게 캐묻는다.
- 헤어지면 죽어버리겠다거나 상대를 죽여버리겠다고 말한다.
- 싸우다가 상대를 외진 곳에 버려두고 간 적이 있다.

- 상대가 소중하게 여기는 물건을 일부러 부수거나 반려동물을 괴롭힌 적이 있다.
- 문을 발로 차거나 상대에게 물건을 던진다.
- 화가 나서 상대를 강제로 차에 태워 빠른 속도로 달린 적이 있다.
- 헤어진 상대가 그만하라고 하는데도 계속해서 문자를 보내거나 전화한 적이 있다.

'안전 이별'이 필요한 사회

2000명. 이 숫자가 가리키는 불편한 진실은 무엇일까? 2009년부터 2018년까지 지난 10년간 언론에서 보도한 살인 사건을 분석한 결과, 배우자나 애인 등 친밀한 남성에 의해 살해되거나 살해될 위험에 처했던 여성 피해자와 피해자 주변인은 최소 2000명, 한 해 평균 200명에 이른다.[84] 친밀한 관계에서 남성이 여성에 가하는 폭력은 상대 여성뿐만 아니라 여성의 부모, 자녀, 친구 등 주변인까지도 폭력의 대상이 된다는 점에서 그 피해가 매우 심각하다. 남성 역시 친밀한 관계에 있는 여성에게 폭력의 피해를 본다. 이 통계치는 남성 피해 사례를 포함하지 않았기에 친밀한 관계 안에서 남녀가 경험하는 폭력의 심각성을 직접 비교해보긴 어렵다. 하지만 '2000'이라는 숫자에서 일상생활뿐만 아니라 연인 관계에서 여성이 느끼는 위협감과 불안의 크기가 어느 정도인지는 쉽게 가늠해볼 수 있다.

통계청 자료에 따르면 2016년부터 2018년까지 지난 3년간 데이트 폭력으로 연인에게 살해된 사람은 51명, 살해될 위험에 처했던 사람까지 포함하면 161명이다. 연인 관계 안에서 살인, 살인미수, 폭행, 성적 괴롭힘과 같은 강력 범죄와 감금, 협박, 주거 침입, 스토킹 등 폭력 범죄로 신고가 되어 형사 입건된 수는 총 2만 8915건이다. 이중에 여성 피해가 73.9%, 남성 피해가 8.0% 그리고 쌍방 피해가 18.1%에 달한다. 하지만 신고 건수의 약 4.4%인 1259건만이 구속되었다.[85] 데이트 폭력은 매년 증가하고 있고 남성도 폭력의 피해를 보고 있지만 피해자는 여성이 대다수다. 또한 데이트 폭력은 단순 폭행에서 성폭행이나 상해, 살인 등 중대 범죄로 진화하고 있다.

자신이 신뢰하고 사랑했던 연인으로부터 데이트 폭력을 당한다는 점에서 피해자는 심각한 심리적 외상을 경험한다. 또 데이트 폭력이 친밀한 관계라는 그림자에 숨어서 은밀하고 만성적으로 일어나기 때문에 무력감과 우울감에 빠지기도 한다. 문제는 어렵게 관계를 끊어낸 뒤에도 보복이라는 이름으로 피해자에게 또 다른 이별 범죄를 가한다는 점이다. 지금까지 우리 사회에서 데이트 폭력을 바라보는 시각은 친밀한 연인 관계에서 발생하는 문제이기 때문에 두 사람이 개인적으로 해결해야 할 문제로 취급해버리는 경우가 많았다. 데이트 폭력의 위험성을 고려했을 때 그것은 개인적인 문제가 아니라 성별 권력 관계에서 발생하는 사회적 문제다. 우리 사회가 적극적으로 개입해야 하는 범죄라는 인식이 필요하다.

정복 차림의 경찰관 두 명이 정자세로 서 있고 CCTV가 작동하는 공간에 긴장한 얼굴의 남녀 한 쌍이 책상을 사이에 두고 마주 앉아 있다. 창문 너머 경찰 여러 명이 건물 주변을 경계하고 있는 모습이 보인다.

문을 가볍게 두드리는 소리가 들리더니 자신을 '안전 이별 전문가'라고 소개하는 이가 들어와 의자에 앉는다. 그가 안전 이별 신청인을 확인하더니 상대에게 이별을 공식적으로 선언하라고 말한다.

"나, 너랑 끝내고 싶어. 우리 헤어지자."

이별 신청인이 머뭇거리며 어렵게 입을 뗀다.

"이별 이유를 상대에게 정중하게 예의를 갖추어 구체적으로 설명해주십시오."

안전 이별 전문가의 지시에 따라 신청인이 빽빽이 적힌 종이를 꺼내서 헤어져야 하는 이유를 하나씩 읽어나간다. 이유를 듣던 상대가 벌떡 일어나 울부짖으며 화를 낸다. 경찰관이 이별을 통보받는 이를 진정시킨다.

"신청인의 이별 이유를 전부 듣고 난 뒤 하고 싶은 말씀이 있으면 그때 이야기해주시기 바랍니다."

안전 이별 전문가가 이별을 통보받는 이를 향해 말한다. 그는 이별 선언이 끝나자 기다렸다는 듯이 자신의 처지를 토로하기 시작한다. 긴 시간이 지나고 어느 순간 침묵이 흐른다.

"상대의 이야기를 듣고도 이별 결심에는 변함이 없나요?"

침묵을 깨며 안전 이별 전문가가 이별 신청인에게 묻는다.

"네!"

확고한 대답이 들린다.

"그렇다면 지금부터 안전 이별을 시행하겠습니다."

안전 이별 전문가가 의사봉을 세 번 두드린다.

이곳은 누구나 안전하게 이별할 수 있는 공간 '안전 이별 존 safety farewell zone'이다. 안전 이별 전문가의 선언과 함께 경찰관이 집 주소, 현관 비밀번호, 전화번호, 이메일, 사진첩, SNS 등 지금까지 두 사람이 공유했던 개인 정보를 삭제한다.

"이제부터 안전 이별 조항을 말씀드리겠습니다. 앞으로 두 사람은 어떤 방식으로든 서로에게 연락하면 안 됩니다. 주변인에게 상대를 험담하거나 악의적인 소문을 내도 안 됩니다. 어떤 형태의 위협이나 협박을 해서도 안 됩니다."

수십 가지 안전 이별 조항의 안내가 이어진 후 안전 이별 전문가의 지시에 따라 두 사람은 서로를 향해 정중하게 작별 인사를 하고 각자 다른 차를 타고 비공개 장소로 이동

한다. 이별을 통보받은 사람이나 이별을 고한 사람 모두 연인을 향한 감정을 정리하고 일상에 잘 적응할 수 있도록 4주간 '이별 적응 집단 상담 프로그램'에 참여한다. 이별을 통보받은 이가 집단 상담 프로그램에 참여한 후에도 이별을 받아들이지 못할 때는 '이별 멘토와 함께하는 자조自助 모임'에 참여하도록 독려한다. 이러한 과정 동안 두 사람이 안전 이별 조항을 잘 지키는지 안전 이별 요원들이 관찰한다. 이제 두 사람은 헤어지는 과정에서 경험할 수 있는 상대의 비난, 험담, 스토킹, 협박, 감금, 폭력 등으로부터 자신을 보호하면서 안전한 일상을 시작할 수 있게 된다.

'안전 이별 존'은 나의 상상 속 이야기다. 너무 지나친 상상일까? 연인 사이의 이별은 두 사람이 겪는 일이지만 같은 마음으로 같은 시간에 이별하는 것이 아니기에 이별 과정에서 심각한 데이트 폭력이 뒤따르기도 한다.

'이별 통보에 기숙사 찾아가 애인 살해'
(〈연합뉴스〉, 2018. 04. 03.)
'이별 통보한 애인 폭행, 경찰서 나와 찾아가 협박'
(〈서울경제〉, 2019. 06. 17.)
'이별 통보한 애인 트렁크 넣어 납치'
(〈여성신문〉, 2019. 08. 17.)

"'이별 통보에…' 16층 아파트 외벽 기어올라 여친 집 침입 20대 실형"

(〈한겨레〉, 2020. 09. 06.)

공포 영화의 한 장면이 결코 아니다. 연인에게 이별을 요구할 때 이제는 자신과 주변인의 안위를 걱정해야 하는 사회에 살고 있다. 어느 누구에게나 이별 범죄가 일어날 수 있다는 두려움이 커지면서 안전 이별의 중요성이 높아지고 있다. 사람들은 '이별'을 떠올릴 때 어떤 단어들을 함께 생각할까? 몇 년 전만 해도 이별을 준비하는 사람들은 아픔, 슬픔, 미련과 같은 정서적인 고통을 가장 먼저 생각했다. 이제는 아픔, 슬픔, 미련보다도 안전, 고민, 폭행과 같은 이별 범죄의 두려움을 가장 먼저 떠올린다.[86] 이별에 아파하기보다도 이별 범죄를 걱정해야 하는 것이 현실이다. '안전 이별 존'은 가상의 공간이지만 이별을 준비하는 사람들에게는 절실히 필요한, 어쩌면 현실에 존재했으면 하는 공간이 아닐까 싶다.

이별,
참 힘들다

이별을 고하다

여자: 사랑이 뭐죠? 연애는 해봤는데 사랑은 못 해봤거든
　　요. 사랑 같은 것은 없어요. 환상이죠.

남자: 당신이 틀렸어요.

여자: 뭐가 틀렸다는 거죠?

남자: 사랑을 느끼게 되면 알게 될 거예요.

영화 〈500일의 썸머Days of summer〉(2009)의 한 장면이
다. 사랑을 믿는, 드디어 운명의 반쪽을 만났다고 생각하는
남자. 진정한 사랑을 믿지 않는, 상처받을까 봐 사랑을 두려
워하는 여자. 서로 다른 사랑의 견해를 가지고 있는 두 사람

이 사랑에 빠진다. 구속받기 싫어하는 여자를 자신의 옆에 묶어두려는 남자. 무엇을 좋아하며 어떤 상처가 있는지 상대가 자신의 마음을 읽어주기를 바라는 여자. 각자가 살아온 삶의 방식은 두 사람의 만남에 흠집을 낸다. 결국 여자는 남자에게 이별을 고한다. 이별 후 자신의 마음을 보듬어주는 새로운 상대를 만나 운명적 사랑을 믿게 된 여자. 운명이라고 믿었던 사랑을 잃은 후 사랑은 우연을 필연으로 만들 수 있다는 것을 깨닫고 새로운 상대에게 다가가는 남자. 그렇게 두 사람이 사랑을 바라보는 관점은 성숙한다.

'사람이 온다는 건 사실은 어마어마한 일이다. 그는 그의 과거와 현재와 그리고 그의 미래와 함께 오기 때문이다. 한 사람의 일생이 오기 때문이다.'

정현종 시인의 시 〈방문객〉 중 일부다. 두 사람의 만남과 사랑은 서로 다른 삶을 살아온 역사의 합주곡과 같다. 자기에게 익숙한 삶의 방식을 상대에게 강요할 때 서로에게 영원한 기쁨이 되자는 사랑의 약속은 어긋나고 삐걱대며 불협화음을 내기 시작한다. 그리고 사랑은 차츰 빛을 바래간다. 누군가는 이별을 준비하고 누군가는 이별을 맞이해야 한다.

연인마다 연애의 종착지는 다르지만 저마다의 이유로 이별을 준비하고 맞이하기도 한다. 누구보다 뜨거운 사랑을 나누고, 누구보다 행복한 추억을 만들었던 연인의 이별은 시리고 아픈 과정을 거친다. 자신의 상처가 상대의 상처보다 더 크다고 느끼기 때문일까? 차갑고 모진 말로 서로에게 생채기를 내면서 마지막을 맞이하는 경우가 많다. 연인과의 행복했던 추억은 한순간에 힘들고 아팠던 기억으로 변색한다.

만약 누군가 이별을 준비하고 있다면 그 이별이 아픈 사랑으로 남지 않도록, 성숙한 이별이 될 수 있도록 어떤 조언을 할 수 있을까? 서로에게 예의를 지키면서 이별한다면 이별 과정에서 겪는 갈등을 어느 정도 최소화할 수 있지 않을까? 이런 바람에서 청춘들과 함께 이별에 관한 이야기를 나눠봤다. 깊은 친밀감을 나눈 연인에게 이별을 고하는 사람이 되었을 때, 반대로 이별을 통보받는 사람이 되었을 때 그들은 어떤 이별 방식이 서로의 상처를 최소화할 수 있다고 생각하고 있을까?

먼저, 청춘들이 연인과 헤어질 결심을 한 가장 큰 이유는 성격과 가치관의 차이였다. 또 상대에게 다른 사람이 생겼다거나 상대와 연락이 잘 되지 않는다거나 상대가 정서적으로 불안한 요소가 있다거나 등 이별의 이유 대다수는 상대에게 책임 소재가 있는 경우였다.

1위 나와 성격과 가치관이 맞지 않았다.

2위 상대에게 다른 사람이 생겼다.

3위 상대와 연락이 잘 되지 않았다.

4위 상대가 정서적으로 불안한 모습을 자주 보였다.

5위 상대가 폭음을 자주 하고 술버릇이 좋지 않았다.

6위 상대와 내 주변인 사이에 마찰이 자주 있었다.

7위 상대와 사회경제적 차이가 컸다.

8위 나에게 다른 사람이 생겼다.

9위 상대와 지적 능력의 차이가 컸다.

청춘들이 상대에게 이별을 고한 후 걱정하고 불안해하는 요소는 무엇일까? 이별 후 상대의 안부를 걱정하기도 하지만 무엇보다도 자신의 안전에 관한 불안이 상당했다. 상대가 이별의 고통과 상처가 너무 커서 이별을 받아들이지 못하고 자신을 괴롭히거나 악의적으로 소문을 내서 일상생활을 힘들게 할지 모른다는 두려움 때문이었다. 이러한 두려움은 여성이 남성보다 두 배 가까이 강하게 느끼고 있었다.

- 상대의 이별 거부와 집착 행동　　　　23.8%
- 내 정서적인 고통과 일상생활 적응　　21.4%
- 상대의 험담과 악의적인 소문내기　　18.3%
- 상대의 정서적인 고통과 일생생활 적응　17.6%
- 상대의 위협·협박·보복 행동　　　　17.1%
- 상대의 빠른 이별 극복　　　　　　　1.8%

대다수의 청춘들은 이별을 통보할 때 상대를 직접 만나서 헤어지자고 말하는 방법을 선택하겠다고 했다. 직접 만나 이별을 이야기하는 것이 서로에 대한 기본적인 예의이며 상대방에 대한 존중이라고 보았다. 소수의 청춘은 전화나 문자, 주변인을 통해 이별을 전하겠다고 했다. 그 이유는 얼굴을 보면 마음이 흔들릴지 몰라서, 얼굴을 대하는 게 부담스럽고 대화가 통하지 않을 것 같아서 등이었다.

- 직접 만나서 헤어지자고 이야기한다.   85.1%
- 상대에게 문자로 헤어지자는 메시지를 전한다. 7.5%
- 상대에게 전화를 걸어 이별을 고한다.   6.8%
- 주변인에게 부탁하여 대신 이별을 전한다.   0.6%

이별을 고하는 사람은 이별을 준비하면서 상대를 향한 감정을 어느 정도 정리한 다음 '헤어지자'는 말로 관계를 끝내려는 경우가 많다. 그런데 상대가 이별을 전혀 예상하지 않았거나 헤어질 마음의 준비가 되지 않았다면 이별 통보는 반송될 가능성이 높다. 상대가 이별을 받아들이지 못하고 이별 통지서를 반송하는 순간, 이별을 거부한 사람의 사랑은 집착으로 환승한다. '내 희망이 적을수록 내 사랑은 더 뜨겁다'[87]는 말이 있다. 한 사람은 차갑게 식어버린 사랑에서 벗어나려 하지만 다른 사람은 더욱 뜨겁게 타오르는 열정을 분출해서 두 사람 사이에 갈등의 줄다리기가 심화된다. 이별을 고한 사람의 입장에서는 상대의 계속된 이별 거부가 사랑이라는 가면을 쓴 집착으로 느껴질 수밖에 없다. 그래서 이별을 고했는데도 상대가 계속 만나달라고 매달리면서 연락하거나 집에 찾아오면 어떻게 해야 하는지에 관한 불안과 두려움이 컸다.

이별 통보를 받나

이별 통보를 받은 이는 예상하지 못한 상황에 당황한다. 어이가 없어서 허탈한 웃음을 흘리고 억울한 마음에 가슴이 답답해오고 자존심에 상처를 입어 분노가 치솟는 복잡한 감정 상태에 놓인다. 청춘들과 '이별을 예상하지 않은 상태에서 이별을 통보받았을 때 느끼는 감정'의 크기를 순서대로 나열해보았다.

    1위   슬픔
    2위   당황
    3위   서운함
    4위   어이없음
    5위   억울함

6위   자존심 상함

7위   분노

상대가 갑작스레 이별을 고했을 때 청춘들은 어떤 태도를 취할까? 상대가 어떻게 행동해주기를 원할까? 상당수 청춘은 남은 감정은 자신의 몫이므로 스스로 해결해야 한다며 성숙한 태도를 보였다.

- 남은 감정은 내 몫이므로 스스로 해결하기   37.5%
- 내가 충분히 이해할 때까지 이유를 설명해주기   32.5%
- 이별 이후로 연락하지 않기   18.7%
- SNS에 본인의 근황을 올리지 않기   6.3%
- 내가 감정을 정리할 때까지 몇 차례 더 만나주기 5.0%

이별을 통보받은 사람은 이별의 고통에서 벗어나기 위해 어떤 노력을 할까? 청춘들은 저마다의 방법으로 마음속 공허함을 채워나간다고 이야기했다.

- 취미 활동을 한다.   33.8%
- 친구를 만나 시간을 보낸다.   32.7%
- 학업과 일에 몰두한다.   13.4%
- 이별을 통보한 연인을 잊기 위해 술을 마신다.   8.8%

- 새로운 연인을 찾는다.   7.8%
- 이별을 통보한 상대를 비난한다.   0.5%
- 기타   3.0%

　감사하게도 인간의 마음이란 의외로 회복이 빠르다. 마치 롤러코스터를 타는 것처럼 하루에도 수십 번씩 오르락내리락하던 감정의 기복은 하루하루 시간이 지나면서 평지를 달리는 것처럼 견딜 만해진다. 이제는 시간을 되돌려 상대와 다시 예전의 뜨거웠던 관계로 돌아갈 수 없다는, 추억의 사진첩으로 남겨놓을 수밖에 없다는 것을 받아들인다. 상대와 행복했던 추억을 떠올리며 핑크빛의 날들을 그리워하지만, 상대를 향한 분노와 집착 그리고 자기 연민에서 벗어나려 한다. 이별의 무게에 짓눌려 아무것도 보지 않으려고 떨구었던 고개를 들어 주위를 둘러본다. 추억에 묶여 소홀했던 현재의 삶을 추스르고 더 나은 미래를 계획한다. '비온 뒤에 땅이 굳는다'는 말처럼 이별의 아픔을 경험한 뒤 한 뼘 성숙한 모습으로 삶을 바라보게 된다.

서로에게 필요한 이별 매너

청춘들과 함께 '상대에게 이별을 고하는 사람' 또는 '이별을 통보받는 사람'의 처지가 되어서 상대에게 '이런 이별을 원한다'는 편지를 써보자는 제안을 했다. 그 결과물 중에서 '이별을 앞두고 있는 연인이 지켜주기를 바라는 행동'을 잘 표현한 편지를 소개한다.

이별을 고한 나

'나 바빠, 귀찮게 하지 마.' 네가 나에게 한 달 전에 한 말이야. 항상 나만 매달렸던 것 같아서 이제는 너무 지쳐. 그래서 너랑 헤어지려고 해. 내 나름의 이별 신호로 연락을 뜸하게 했는데 너에게 잘 전해졌니?

이제 나한테 매달리면서 전화하거나 찾아오지 말아줘. 내 삶에 네가 깊게 관여한 만큼 위협적으로 느껴져. 친구들한테 나를 험담할까 봐, 주변 사람들에게 좋지 않은 소문을 낼까 봐 솔직히 걱정되기도 해.

앞으로 혹시라도 길에서 마주치면 서로 모른 척하자. 그동안 고마웠어.

이별을 통보받은 나

이별을 미리 준비할 수 있게 티를 좀 더 내주지 그랬니? 우리가 처음 만났던 곳에서 얼굴 보고 이야기하자. 전화나 문자로 이별 통보받기는 싫어.

왜 우리가 헤어져야 하는지, 왜 내가 싫어졌는지 구체적으로 말해줘. 내 자존심을 짓밟는 잔인한 말로 끝내지는 말아줘.

이별을 결심했으면 내 연락처는 곧바로 차단해줘. 다시 연락해서 내 마음 흔들지 마. 혹시 마주치더라도 모르는 척해줘. 잘 지내.

'이별하자.'

'그래.'

이별은 단순하게 끝나지 않는다. 인간이 경험하는 가장 강한 스트레스 요인은 '사랑하는 이와의 이별'이다.[88] 오랜 시간 친밀한 감정을 공유한 상대와 헤어지는 것은 '이별을 고한 사람'에게나 '이별을 통보받은 사람'에게나 매한가지 힘든 일이다. 이 과정에서 어떤 이는 이별을 수용하지 못하고 어떻게든 관계를 회복하기 위해서 상대를 붙잡으려 한다. 전화하고 매달리고 집 앞에서 기다린다. 행복을 다시 찾으려는 갈망이 집착 행동으로 이어진다. 또 어떤 이는 자신이 선택하지 않은 이별을 받아들여야 한다는 생각에 상대를 향한 미움과 증오의 감정을 폭발하기도 한다. 이런 경우 이별을 통보한 상대를 향한 이별 범죄로 이어지게 될 가능성이 높다.

'이별 참, 힘들다.'

청춘들과 이별 범죄의 심각성을 토론하면서 성숙한 이

별 방법을 모색했지만, 우리가 내린 결론은 이 말뿐이었다. 수업을 하면서 다양한 주제로 토론을 했지만, 지금까지 이렇게 어렵게 느껴진 주제는 없었던 것 같다. 그 이유는 이별을 통보받은 상대가 어떤 행동을 할지 '예측 불가능'하다는 점이었다.

연인 관계에서 한 사람이 이별을 고하지만, 상대는 아직도 열애 중이라고 생각해보자. 아무리 예의를 갖춰서 이별을 고한다고 해도 상대가 이를 받아들이지 않는다면 이 상황이 어떤 방향으로 흘러갈지 예측이 불가능해진다. 고민 끝에 우리는 성숙한 이별을 위해서 이런 제안을 해보았다.

첫째, 두 사람의 사랑이 영원할 수 있지만 그렇지 않을 수도 있다는 것을 받아들인다.

둘째, 이별을 대비해서 서로가 어떤 이별을 원하는지, 이별을 고하는 사람은 어떤 방법으로 이별을 이야기할 것인지, 이별을 통보받은 사람은 어떻게 이별을 수용할 것인지, 이별 후에 서로를 위해 지켜야 할 행동은 무엇인지 등을 사귀는 동안 진솔하게 이야기 나눠본다.

셋째, 이별을 수용하지 못하고 상대에게 집착하는 행동은 사랑이 아니라 폭력이라는 것을 마음에 새긴다.

편견과 차별에서
존중과 평등으로

두 사람이 만들어내는 창조

사람들이 성관계하는 이유는 무엇일까? 진부하기 그지없는 이 질문을 진지하게 학문적으로 분석해 '사람들이 성관계하는 이유 50가지'를 발표한 논문이 있다.[89] '상대에게 끌려서'라는 이유가 남녀 모두에게서 1위를 차지한 가운데, 50위 내용을 하나씩 들여다보면 두 가지 공통 요소를 발견할 수 있다. 사람들이 성관계하는 이유 중 큰 비중을 차지하면서 팽팽하게 힘겨루기를 하는 요소는 바로 '정서적 교감'과 '육체적 즐거움'이다. 사람들은 성관계하면서 상대를 향한 사랑과 애정을 표현하고 정서적으로 가까워지기를 원했다. 또 성욕을 표출하면서 육체적 즐거움을 느끼고 싶어 했다.

그외에 상대의 얼굴이나 몸매, 몸짓과 같은 외적 매력에 끌려서 성관계를 한다는 이유가 무시할 수 없는 비중을 차지하고 '상대와 싸우고 화해하고 싶어서'처럼 갈등 해소 목적이나 '술에 취해서', '기회가 생겨서'와 같은 무미건조한 이유도 있었다.

인간의 성관계 기능은 크게 종족 보존과 쾌락 추구로 이분할 수 있다. 사람들은 성관계를 통해 다음 세대로 유전자를 전달하며, 정서적 교감이나 육체적 즐거움을 나누며 삶의 에너지를 재충전한다. 인간의 성관계는 이 두 가지 목적을 동시에 달성하고 있지만 사회적 가치에 따라서 그중 하나에 더 큰 비중을 두기도 한다. 현대인들의 성관계는 종족 보존보다도 정서적 교감과 육체적 즐거움에 초점이 맞춰져 있다는 것을 누구나 다 알고 있다. 이런 쾌락 추구의 성행동은 인간만이 누릴 수 있는 특권일까?

인간과 가장 가까운 유인원은 침팬지와 침팬지보다 몸집이 작아서 피그미침팬지라 불리는 '보노보bonobo'다. 인간과 침팬지, 보노보는 공통 조상에서 분화한 만큼 유전자 차이가 약 1%를 조금 넘는다. 이들 동물 종의 교미 행동은 인간의 성 행동과 어떤 차이가 있을까?

수컷 중심의 무리 생활을 하는 침팬지는 무리 앞에 음식이 놓이면 우두머리 수컷이 먼저 음식을 먹고 난 후 서열에 따라 남은 음식을 나눠 먹는다. 위계질서가 엄격한 사회라서 교미 행동 역시 같은 양상을 보인다. 암컷은 발정기에 에스트로겐의 영향으로 생식기가 부풀어 오른다. 이 신호에 이끌려 우두머리 수컷이 암컷을 찾아가 교미한다. 교미가 끝난 후 이상한 일이 벌어진다. 암컷은 우두머리 수컷의 눈치를 살살 살피다가 자기 주위를 어슬렁거리는 다음 서열의 수컷과 교미한다. 교미가 끝난 암컷은 같은 방식으로 그다음 서열의 수컷과 교미한다. 결국 암컷은 무리의 거의 모든 수컷과 교미한다.

친팬지 사회가 암컷이 여러 수컷과 교미하는 일처다부제인 이유는 '종족 보존'을 위한 암컷의 교미 전략 때문이다. 암컷이 발정기에 여러 수컷과 교미하다 보니 새끼가 태어났을 때 어느 수컷의 새끼인지 알 수가 없다. 새끼를 키우는 것은 전적으로 암컷의 몫인데, 수컷 침팬지는 공격성이 강해서 자기 새끼가 아니라고 생각하는 새끼를 공격해서 죽이는 경우가 있다. 암컷은 자기 새끼를 공격하는 수컷에게 조용히 다가가 '이 새끼가 너의 새끼일 수 있어'라는 신호를 보냄으로써 무리의 모든 수컷으로부터 자신의 새끼를 보호할 수 있다.

현대에 존재하는 동물들 중 인간과 가장 가까운 동물 중 하나인 보노보는 다부다처제로, 이들의 교미 행동은 꽤 자유분방하다. 암컷 중심의 무리 생활을 하는 보노보 앞에 음식을 두면 이들은 망설임 없이 집단 교미 행동을 한다. 바로 옆 상대가 이성이든 동성이든, 나이가 어리든 많든 간에 상대를 가리지 않고 교미를 하거나 성기를 맞대고 비빈다. 교미가 끝난 후 평화로운 분위기에서 그 무리의 가장 연장 자인 암컷이 음식을 공평하게 나누어 함께 먹는다.

인간 세상에서 내 아이가 다른 아이에게 얻어맞고 올 때, 어떤 부모는 때린 아이에게 득달같이 달려가 불같이 화를 내 면서 아이 싸움을 어른 싸움으로 확대한다. 보노보 무리에 같은 일이 생긴다면 그들은 상대 부모에게 한걸음에 달려가 교미 행동을 할 것이다. 보노보는 종족 보존을 위해서만 교 미를 하지 않는다. 어떤 경쟁과 대립 상황이 발생했을 때 갈 등을 해소하고 평화로운 관계를 유지해나가기 위해서 교미 행동을 한다. 인간들이 상대방과 싸울 생각이 없을 때 손에 무기를 쥐고 있지 않다는 것을 보여주려고 손을 내밀어 상대 에게 악수를 청했듯이 보노보의 교미 행동은 평화로운 관계 를 위해서 서로가 손을 맞잡고 흔드는 것과 같다.

보노보가 '갈등 해소'라는 인간과 유사한 이유로 교미 행동을 한다고 하더라도 '보노보가 교미하는 이유 50가지' 라는 연구가 나올 수는 없다. 즉, 다양한 마음의 작용으로 성관계하는 존재는 오직 인간뿐이다. 성관계의 기능인 종 족 보존procreation과 쾌락 추구recreation의 공통점은 무엇일까. 성관계는 새로운 생명을 창조하고 삶의 에너지를 창조하기 에 이것의 공통점은 '두 사람이 만들어내는 창조creation'라고 말할 수 있다. 우리는 부부 또는 연인 사이에 성관계를 앞두고 이런 질문을 해볼 필요가 있다.

'우리는 서로의 창조를 위해서 성관계하려 하는가? 한 사람의 창조를 위해 상대방의 성을 희생하도록 강요하고 있지 않은가?'

성의 품격

청춘들은 내게 남성과 여성의 신체 중에서 어느 부위를 자극해야 성적 흥분이 높아지는지를 묻고는 한다. 신체를 좀 더 효과적으로 자극해서 상대에게 강한 성적 쾌감을 주고 싶은 마음에서 비롯한 궁금증일 것이다. 흔히 외부 자극, 주로 촉각 자극을 통해 성적 쾌감을 느끼는 신체 부위를 '성감대'라고 한다. 성감대는 일차 성감대와 이차 성감대로 나뉜다. 일차 성감대는 성기 부위에 집중되어 있는데 여성은 대음순·소음순·음핵과 질 등이고, 남성은 고환과 음경 등이 여기에 해당한다. 이차 성감대는 머리카락, 입, 귀, 목덜미, 어깨, 겨드랑이, 등, 엉덩이, 허벅지, 발바닥 등 신체 전반에 걸쳐 있으며 사람마다 성적으로 민감하게 반응하는 부위가 다르다.

우리는 클릭 한 번만으로도 넘쳐나는 성감대 정보를 얻

을 수 있고, 이 정보를 활용해서 상대방의 신체를 자극하려 애쓴다. 상대방의 성감대를 아는 것도 중요하지만 한 가지 놓치고 있는 것이 있다. '성감대를 자극했을 때 그 자극을 쾌감 또는 불쾌감으로 지각'하는 부위다. 성적 쾌감은 마음에서 비롯된다. 마음은 곧 두뇌. 마음과 몸이 서로를 원하는 상황에서 성감대를 자극했을 때 두뇌는 그 자극을 쾌감으로 지각한다. 하지만 상대를 향한 믿음과 신뢰가 부족하거나 상대와 갈등을 겪고 있거나 상대의 강요로 원하지 않은 성 행동을 하게 되는 상황에서 성감대를 자극한다면 두뇌는 그 자극을 불쾌감으로 지각할 가능성이 크다.

촉각 자극을 지각하고 평가하는 일은 두뇌에서 행하기 때문에 결국 우리의 신체 중에서 가장 훌륭한 성감대는 '두뇌'다. 진정한 성감대가 두뇌라는 것을 이해하지 못하면 두 사람의 성적 상호작용에서 쾌감과 만족을 얻기 어렵다. 성감대를 자극하는 데 급급하지 말고 두 사람이 서로의 성적 쾌감을 위해 충분히 정서적으로 교감하고 있는지를 살펴봐야 한다.

성이란 단어를 들었을 때 머릿속에 자동으로 스쳐 지나가는 생각이나 심상이 있다. 가정이나 학교 교육을 통해서, 또래나 대중매체를 통해서, 개인적인 경험을 통해서 형성한 내용이 중심을 이루고 있을 것이다. 성의 의미는 개인의 존재만큼이나 다양하겠지만, 성이란 단어를 들었을 때 많은 사람이 가장 먼저 떠올리는 것은 섹스sex다. 〈성심리학〉을 강의하다 보면 웃지 못할 당황스러운 일을 종종 경험하고 는 한다. 청춘들에게 '나의 섹슈얼리티sexuality에 관해' 글을 써보도록 제안한 적이 있다. '자신이 성적인 존재로서 어떤 가치를 지니고 있는지, 그 가치는 어떤 과정을 통해 형성한 것인지'를 생각해보라는 취지였다. 청춘들이 제출한 과제를 하나씩 검토해가다가 한 청춘이 작성한 과제를 읽는 순간 손이 바르르 떨리기 시작했다.

ㄱ 청춘은 사귄 지 얼마 되지 않은 연인과 함께 내 수업 을 듣고 있었다. 섹슈얼리티에 관해 딱히 쓸 내용이 없어서 고민하던 청춘은 이전 학기에 내 수업을 들었던 선배를 찾 아가 어떤 내용의 글을 쓰면 좋을지 조언을 구했다고 한다.

"지금까지 너의 성 경험을 생생하게 구체적으로 작성하 면 좋은 점수를 받을 수 있지 않을까?"

연인과 손잡고 키스해본 경험이 전부였던 청춘은 누구 나 해봄직한 키스 경험을 과제로 제출하는 것이 다른 청춘 들의 과제와 차별화될 수 없다고 판단, 연인과 성관계하기 로 마음먹는다. 단지 좋은 과제 점수를 얻기 위한 열정으로! 정말 과제를 위해서였는지 아니면 과제를 핑계로 연인과 더 깊은 성적 친밀감을 나누기를 원했는지는 모르겠지만, 어 쨌든 두 사람은 사적인 공간으로 향한다.

'설마, 성관계 경험을 써보라는 과제일까?'

다행히 이성적 판단을 한 연인의 만류로 두 사람의 섹슈얼리티 모험은 큰 탈 없이 끝이 났다. 청춘이 작성한 이 과제를 읽으면서 소스라치게 놀랐던 경험을 아직도 기억한다. '섹슈얼리티'를 '성 경험'으로 잘못 이해한 탓이다.

섹슈얼리티는 성적인 존재로서 자신의 존재 의미와 정체성, 사회문화적으로 구성된 성에 대한 태도·신념·가치관 그리고 성욕의 표현 등을 아우르는 용어다. 그런 의미에서 섹슈얼리티는 한자어 성性을 총체적으로 반영한다고 말할 수 있다. 무엇으로 태어나서(生, sex), 어떻게 살아갈 것인가(心, gender)를 의미하기 때문이다. 생물학적 성별은 우리가 선택할 수 없지만, 성적인 존재로서 어떤 가치를 지니고 살아갈 것인가는 우리의 마음과 의지로 선택할 수 있다. 다시 말해 섹슈얼리티는 성적인 존재로서 스스로 만들어가는 성의 품격sexual personality인 셈이다. 사람으로서의 품격을 인격이라고 한다. 성性에도 품격이 있다. '성의 품격'을 갖춘 사람은 상대방을 평등한 존재로 바라보고 존중하는 방식으로 성욕을 표현할 힘을 가지고 있다. 성의 품격은 개인의 노력만으로 구축하기는 힘들다. 우리 사회가 불평등한 성별 권력 관계에서 성욕을 어떤 식으로 바라보고 소비하고 있는지도 고민해야 한다.

우리 모두는 마음속에 성의 품격이라는 나무를 한 그루씩 키워간다. 이 나무에 햇빛을 쬐어주고 물을 주다 보면 어느새 성적인 존재, 성적 성숙, 성적 호기심, 성적 욕망, 성 충동이라는 열매가 차례대로 열릴 것이다. 이런 열매는 성의 품격이 성장해가는 과정에서 자연스럽게 맺히는 결과물들이다. 이제 나뭇가지에 친밀감, 교감, 배려, 책임감이라는 싹이 트도록 영양분을 골고루 주면 사랑, 행복, 즐거움이라는 수확물을 얻을 수 있다. 그러나 성적 호기심, 성적 욕망, 성 충동의 열매를 크게 키우고 싶어서 그 열매에만 집중해서 영양분을 주게 되면 친밀감, 교감, 배려, 책임감의 싹은 트지 않는다. 결국 성의 품격의 나무에는 자신과 타인, 더 나아가 사회 전체를 멍들게 하는 성차별, 성폭력, 불법 촬영 영상물, 성매매와 같은 열매로 가득하게 될 것이다. 성의 품격의 나무에 어떤 열매를 키워나갈 것인가는 전적으로 자신의 선택에 달려 있다.

성인지 감수성

최근 일이다. 수업을 듣던 청춘들이 나를 찾아왔다. 학교에서 주최한 성평등 공모전에 나와 함께 참여하고 싶다고 했다.

"어떤 내용을 이야기해볼까요?"

내 물음에 묵묵부답, 그냥 나와 같이 무언가 하고 싶다는 생각만 했을 뿐 구체적인 계획은 없는 상황이었다. 청춘들의 제안을 받고 어떤 이야기를 영상에 담는 것이 좋을지 며칠 고민을 했다. 매 학기마다 첫 시간에 학생들에게 하는 말이 생각났다.

"우리는 가르치는 사람과 배우는 사람을 떠나서 인간이라는 이유만으로 평등한 존재입니다. 여러분을 존중하기 위해서 최선을 다하겠습니다. 그런데 지금까지 살아온 사회문화적인 역사가 내 몸에 배어 있다 보니 나도 모르게 여러분에게 성별 고정관념을 조장하거나 편견에 가득한 말을 할 수도 있습니다. 그런 일이 절대 일어나지 않도록 노력하겠지만, 만에 하나 그런 일이 일어났을 때는 곧바로 내게 익명으로라도 쪽지나 이메일을 보내주세요. 그래서 여러분을 불편하게 했던 그 언행을 수정하고 사과할 기회를 주면 좋겠습니다."

청춘들은 성장 과정에서 어떤 성별 고정관념의 말들을 들어왔을까? 특히 학교라는 교육 공간에서 존중과 평등의 모범을 보여야 할 교육자에게서 들었던 편견과 차별의 언어는 무엇일까? 청춘들에게 그동안 학교에서 들었던 고정관념, 편견과 차별의 언어를 써보도록 했다. 봇물 터지듯이 쏟아져 나왔다. 청춘들과 함께 이러한 편견과 차별의 언어를 존중과 평등의 언어로 바꾸는 작업을 수업 프로젝트로 진행했다. 마음 아팠던 것은 청춘들이 이 작업을 어려워했다는 점이다. 편견과 차별의 언어는 익숙하지만 존중과 평등의 언어는 자주 들어보지 않아서 어떻게 바꿔야 할지 모르겠다고 난감해했다. 청춘들을 지도하면서 '강의실 안 보통의 경험, 존중 언어'[90] 영상을 제작하는 과정은 우리 모두에게 존중과 평등의 가치를 되새기는 의미 있는 경험이었다. 이 경험이 녹아 있는 〈존중 언어〉는 나비효과가 되어서 선한 영향력으로 퍼져가고 있다.

외부 활동을 할 때면 이 영상을 학습자들에게 보여준다. 학습자들의 반응은 다양한데, 박수를 치기도 하고 깊은 한숨을 토해내기도 하고 눈물을 보이기도 한다. 누구 할 것 없이 모두가 성장 과정에서 들어왔던, 지금도 듣고 있는, 또 누군가를 향해 쏟아내고 있는 편견과 차별의 말이기 때문이다. 또한 우리가 정말 듣고 싶었던 존중과 평등의 말이 나오기 때문이다. 어느 지자체에서는 내게 자문을 구해 구성원들을 대상으로 대규모 설문 조사를 해서 직장생활에서 일상적으로 사용하는 편견과 차별의 언어를 존중과 평등의 언어로 바꾸는 영상을 제작하기도 했다. 그 지자체 건물의 승강기 안에는 '존중 언어' 영상이 상영되고 있다.

우리 사회는 언젠가부터 '성인지 감수성의 필요성'에 관해 이야기하기 시작했지만,[91] 이것을 쉽게 정의할 수 있는 사람은 많지 않다. 성인지 감수성은 '우리가 일상에서 당연하게 하고 있는 말과 행동에 성별 고정관념이나 편견이 녹아 있는지, 차별과 폭력 요소가 담겨 있는지를 민감하게 알아차리고 개선해나갈 수 있는 능력'이다. 청춘들과 함께 편견과 차별의 언어를 존중과 평등의 언어로 바꿨던 작업이 바로 성인지 감수성이다. 차별과 폭력은 성별 고정관념과 편견에서 비롯한다.

우리가 성장하면서 한 번도 체계적으로 배워보지 못했던, 철저하게 사적인 영역으로 봉인되었던 성적 의사소통 안에도 성별 고정관념과 편견이 웅크리고 있다. 그것들을 끄집어내어 존중과 평등의 소통으로 바꿔나가야 한다. 연애를 준비하는 사람, 이제 막 연애를 시작한 사람, 친밀한 연인 관계에 있는 사람, 부부 관계에 있는 사람 또 자녀와 성에 관한 대화를 나누고 싶은 사람. 누구 할 것 없이 그동안 굳게 닫혀 있던 성적 의사소통의 봉인을 풀고 존중과 평등의 성적 의사소통을 향해 나아가기를 바란다.

후기

CBS 교양 프로그램 〈세상을 바꾸는 시간 15분〉에 출연해 '성적 욕구를 표현하는 서로 좋은 방법'을 강연하고 난 뒤 여러 출판사에서 전화가 오기 시작했다. 〈성심리학〉 수업을 함께했던 청춘들과의 경험을 책으로 써보고 싶다는 생각을 예전부터 하고 있었지만 항상 그렇듯이 생각일 뿐 실천에 옮기지 못하고 있었다. 이번 기회에 책을 써야겠다고 생각하고 몇 곳의 출판사와 만났다.

어느 곳과 계약을 해야 할지 고민하고 있던 차에 헤이북스 출판사에서 연락이 왔다. 편집장은 당장 나를 만나고 싶다며 먼 길을 마다하지 않고 한걸음에 달려와 기획서를 내밀었다. 기획서 목차를 보자마자 기분이 상해버렸고, 단호한 목소리로 '이런 책은 쓸 수 없다'며 다른 저자를 찾아보라고 했다. 내 강의 영상을 보고 연락했다면서 어쩌면 그렇게 성별 고정관념과 편견이 가득한 내용으로 기획서를 꽉 채워왔는지, 지금 생각해도 웃음이 나온다. 나의 단호한 말투에 민망했을 만도 한데 그는 차분한 목소리로 이렇게 말했다.

"이 기획서가 우리 사회 보통 사람들의 사고방식이라고 생각하고, 성별 고정관념과 편견을 깰 수 있는 책을 써보는 것은 어떤가요?"

나는 이런 제안에 약하다. 갑자기 사명감이 생겼다. 결국 헤이북스와 출판 계약을 하고 원고를 쓰기 시작했다. 탈고까지 딱 2년이 걸렸다. 이 책을 쓰면서 글을 쓰는 모든 사람을 존경하게 됐다. 그만큼 힘든 과정이었다. 일과 쉼의 경계가 허물어지고 지식의 밑바닥을 봤을 때 격한 감정이 휘몰아치면서 책을 쓰지 않는 것이 좋겠다는 생각을 하기도 했다. 하지만 우리 사회에 먼지처럼 쌓여 있는 성적 의사소통의 문제를 꺼내어 이야기해야 한다는 책임감이 꾸역꾸역 나를 여기까지 이끌었다.

얼마 전에 한 청춘으로부터 연락이 왔다. 앞서 소개한 〈존중 언어〉 영상 제작에 함께 참여했던 청춘이었다. 나와 함께했던 수업이 자신의 대학 생활에서 가장 의미 있는 순간이었고 그런 경험을 할 수 있는 기회를 주어서 고맙다는 인사였다. 외부 활동을 하다 보면 대학생이었던 청춘들이 어느새

의젓한 직장인이 되어 자신의 영역에서 전문성을 발휘하고 있는 모습을 볼 때가 많다. 〈성심리학〉은 전공 수업도 아니고 교양 수업인데도, 또 시간이 훌쩍 지났는데도 나를 기억하고 찾아와 인사를 건넨다. 자신의 삶에서 〈성심리학〉이 의미 있는 수업이었고 그 과목을 수강한 자신을 칭찬한다고 말하기도 한다. 그럴 때면 감동을 받아 울컥하기도 하고 더 좋은 수업을 해야겠다고 스스로 다짐하기도 한다.

먼지는 우리 주변에 항상 존재하지만 눈에 잘 띄지 않는다. 그때그때 지우시 않으면 먼지는 쌓이고, 쌓인 먼지를 치우려면 훨씬 더 많은 시간과 노력이 필요하다. 우리 주변에는 눈에 잘 띄지 않은 편견과 차별이 먼지처럼 쌓여 있다. 이 책에서 성적 의사소통에 수북이 쌓여 있는 먼지를 할 수 있는 한 털어내려고 했다. 잘 해냈는지는 모르겠다. 편견과 차별의 먼지는 혼자 힘으로 털어내기 어렵다. 우리 모두 힘을 합해서 성적 의사소통에 쌓여 있는 편견과 차별을 털어내기를 간절히 소망한다.

2020년 11월
양동옥

1장 연애보다는 썸이 좋아

1 '낮에는 져주고 밤에는 이긴다'의 뜻의 속어로, 낮에는 자상하게 대해주는데, 밤에는 요 부나 상남자로 바뀐다'는 성적 의미가 담겨 있다.

2 양동옥·김경례, "대학생들의 '썸 문화'에서 나타나는 전략적 선택과 양가적 행위성", 《젠더와 문화》10, 83-120쪽, 2017.

3 14세기 영국의 신학자이자 정치가 겸 교육자인 위컴(W. Wykeham)이 한 말로, 영화 <킹 스맨(King's Man)>(2015)의 주인공이 이 명언을 사용하면서 유명해졌다.

4 '투(two)'와 '데이(day)'의 합성어로, 사귄 지 22일째 되는 커플의 기념일을 말한다.

5 미국 영화감독 폭스(J. Fox)가 한 말이다. 그는 2011년 아카데미 시상식에서 <가스랜드 (gasland)>로 장편 다큐멘터리 부분 영화상을 받았다.

6 통계청, <2016 양성평등 실태조사: 데이트나 혼인 시 비용 부담에 대한 견해>, 2016.

7 통계청(2016), 전게서.

8 면담 당시 2년 1개월 동안 사귄 사이로, 자신들을 Y와 E로 불러달라고 했다.

2장 우리 이제 19금으로 갈까?

9 'sexual fantasy'를 성적 상상·공상·환상으로 다양하게 해석하지만, 이 글에서는 성적 환상이라고 칭한다.

10 미국 정신의학회에서 발간하는 《정신 질환의 진단 및 통계 편람》(2013)에 따르면, 성 적 환상이 부족한 사람은 성 기능장애 중 하나인 남성의 성욕 감퇴 장애, 여성의 성적 관 심/흥분 장애에 해당할 수 있다.

11 산스크리트어로 쓰인 고대 인도의 성애(性愛)에 관한 경전이자 교과서로, 그 내용 중에 는 성관계 기교와 체위가 소개되어 있다.

12 Yang, D., & Youn, G., "Effect of exposure to pornography on male aggression behavioral tendencies", 《The Open Psychology Journal》5, 1-10, 2012.
이 실험은 EBS 다큐 프로그램 <아이의 사생활 II>의 '제1부 사춘기 편'(2009. 07. 13.) 에 소개되었다.

13   어떤 방법으로 상대에게 성관계를 제안하는지, 상대의 성관계 제안에 동의나 거절을 어떻게 표현하는지에 관해 토론했고, 이 장에 소개한 사례는 토론 과정에서 나온 내용들이다.

14   권승호의 노래 <말하지 않아도 알아요 (情)> 가사 중 일부다.

15   미국 심리학자이며, 비언어적 의사소통에 관한 연구가 주를 이룬다. 언어와 비언어가 불일치할 때 비언어적 단서가 중요하다고 언급한 그의 '7%-38%-55% 법칙'을 사람들이 잘못 인용하면서 해명을 하기도 했다.

16   머레이비언이 BBC radio 4에서 한 말이다. (2010. 08. 17)

17   영화와 TV 프로그램과 같은 영상 콘텐츠를 볼 수 있는 온라인 동영상 재생 서비스다.

18   밈은 도킨스(R. Dawkins)가 1976년 《이기적 유전자》에서 문화 전달의 단위 또는 모방의 단위를 나타내는 개념으로 설명했다.

19   '오랜 연인'이란 표현에는 친숙하고 마음이 통하는 안정적인 관계라는 긍정적 인식도 있지만, 자칫 편하다 보니 식상하고 지루한 관계라는 부정적 인식도 있다. 학생들과 함께 '오랜 연인'을 대체할 표현을 찾는 시간을 가졌다. 그때 최고의 표현으로 뽑힌 단어가 '늘품 연인'이었다. '늘품'은 '앞으로 좋게 발전할 가능성'을 의미한다. 연인은 오랜 시간을 항상 함께하고 의지하며 때로는 위기를 이겨내면서 자신들의 미래를 개척하여 발전해나가는 관계다. 그래서 '늘품 연인'인 것이다.

20   Muehlenhard, C. L., "Examining stereotypes about token resistance to sex", 《Psychology of Women Quarterly》 35, 676-683, 2011.

21   양동옥, "성 행동 상황에서 여성의 거절 이유 평가의 성차", 《한국심리학회지》: 여성, 20, 205-224쪽, 2015.

22   Knox, D., & Wilson, K., "Dating behaviors of university students", 《Family Relations》 30, 255-258, 1981.

23   Muehlenhard, C. L., & Rogers, C. S., 《Token resistance to sex: New perspectives on an old stereotype. Psychology of Women Quarterly》 22, 443-463, 1998.

24   2017년에 CBS 교양 프로그램 <세상을 바꾸는 시간 15분>에 출연해 '성적 욕구를 표현하는 서로 좋은 방법'으로 강연하면서 남성의 성관계 제안에 여성이 거절하는 이유를 설명했다. 이 영상을 본 시청자 중 일부도 영상 댓글에 같은 불만을 토로했다.

25   Hwang, I., Yang, D., & Park, K., "Self-reported prevalence of and attitudes toward premature ejaculation in a community-based study of married couples", 《The World Journal of Men's Health》 31, 70-75, 2013.

26 《정신 질환의 진단 및 통계 편람(DSM)》에서는 2분 이내에 사정하는 것을 조루증으로 진단했으나 2013년부터 조루증의 기준을 1분 아내로 변경했다.

27 국가기술표준원, "한국인 인체치수 조사" 제7차 인체치수 조사, 2015.

28 Lever, J., Frederick, D. A., & Peplau, L. A., "Does size matter? Men's and women's views on penis size across the lifespan", 《Psychology of Men & Masculinity》 7, 129-143, 2006.

29 2015년 2월 교육부에서 아동청소년을 대상으로 한 '성교육 표준안'을 발표했을 때 '남녀의 정서 반응 및 표현의 차이'로 이 말을 언급해 비판이 일었다.

30 Cooper, E., Fenigstein, A., & Fauber, R. L., "The faking orgasm scale for women: Psychometric properties", 《Archives of Sexual Behavior》 43, 423-435, 2013.

31 2020년 4월 교육부가 공식 SNS 페이지에 '남자의 뇌를 가진 아빠, 공감이 뭐길래 꼭 배워야 하나요?'라는 카드뉴스를 올렸다가 성인지 감수성이 부족하다는 비판을 받고 삭제했다.

32 양동옥·최이슬, "성관계 제안을 거절당한 사람의 행동 양상과 설득에 의한 성관계 동의 수준 평가의 성차: 연인 관계를 중심으로", 《한국심리학회지》 여성, 24, 149-174쪽, 2019.

3장 사랑에도 동의가 필요해

33 Mischel, W., Shoda, Y., & Peake, P. K., "The nature of adolescent competencies predicted by preschool delay of gratification", 《Journal of Personality and Social Psychology》 54, 687-696, 1988.

34 Kidd, C., Palmeri, H., & Aslin, R. N., "Rational snacking: Young children's decision-making on the marshmallow task is moderated by beliefs about environmental reliability", 《Cognition》 126, 109-114, 2013.

35 성관계 제안에 상대가 거절한다면 어떤 기분이 드는지에 관한 물음에 '정신적 트라우마'를 경험한다고 대답한 청춘도 있었다.

36 양동옥, "성 행동 상황에서 여성의 거절 평가에 주변 단서가 미치는 영향: 이성 교제를 중심으로", 《청소년학연구》 23, 335-358쪽, 2016.

37 Van Wie, V, E., & Gross, A, M., "The role of woman's explanations for refusal on men's ability to discriminate unwanted sexual behavior in a date rape scenario", 《Journal of Family Violence》 16, 331-334, 2011.

38 데이비드 버스, 전중환 역, 《욕망의 진화(evolution of desire)》, 사이언스북스, 2007.

39 양동옥·최이슬(2019), 전게서 149-174쪽.

40 양동옥·최이슬(2019), 전게서 149-174쪽.

41 Impet, E. A., & Peplau, L. A., "Why some women consent to unwanted sex with a dating partner: Insights from attachment theory", 《Psychology of Women Quarterly》 26, 360-370, 2002.

42 헌법재판소, 1990. 9. 10, 89헌마82 결정.

43 <형법>에서 간통죄가 폐지되었다고 해서 간통 행위가 합법화, 정당화되는 것은 아니고 비범죄화된 것뿐이다. 민사적인 방법으로 간통을 한 배우자와 상간자에게 위자료를 청구할 수 있다.

44 대법원, 2005. 7. 28, 2005도3071 판결.

45 양동옥·국혜윤·백현경·윤가현, "참가자의 성별, 피해 여성의 옷차림 종류와 음주량 수준에 따른 성폭력 책임 귀인의 사이", 《한국심리학회지》 여성 17, 323-345쪽, 2012.

46 전기 충격은 거짓으로 가해지고 여성이 고통스러운 연기를 하고 있지만, 그것을 관찰하는 사람은 전기 충격이 실제로 가해진다고 믿는 상황이다.

47 Lerner, M., & Simmons, C. H., "Observer's reaction to the 'Innocent Victim': Compassion or rejection?", 《Journal of Personality and Social Psychology》 4, 203-210, 1966.

48 2016년 당시 미국 펜실베이니아 주의 아카디아 대학교(Arcadia University) 학생이자 사진작가였다.

49 전시된 사진은 인터넷에서 다음 키워드(South Coast Art Exhibit on Clothing Explores Social Issues를 검색하면 볼 수 있다.

50 Carroll, J. L., 《Sexuality now: Embracing diversity》, Canada: Cengage Learning, 2009.

51 캐나다 온타리오 법원, 2016. 07. 21, 2016ONCJ448 판결. 이곳(https://www.canlii.org/en/on/oncj/doc/2016/2016oncj448/2016oncj448.html?resultIndex=1)에서 판결문 전문을 볼 수 있다.

52 이 세 명은 같은 대학교 대학원생으로 서로 알고 지내는 사이다.

53 교원의 징계 처분에 대한 재심 및 교육공무원의 고충 심사 청구 사건을 심사하거나 결정하는 교육부 산하 기관이다.

54 대법원, 2018. 4. 12, 2017두74702 판결.

55 한국성폭력상담소, <2심판결 쟁점 분석 변호인단 간담회 자료집>, 2019. 2. 12.

56 대법원, 2019. 9. 9, 2019도2562 판결.

57 공공기관은 성폭력·성희롱·성매매·가정폭력 예방 교육을, 기업은 성희롱 예방 교육을 법정 의무교육으로 실시하고 있고 직장 내 괴롭힘 예방 교육은 권고 사항으로 법정 의무교육은 아니다.

58 <형법> 제305조(미성년자에 대한 간음, 추행)에 2020년 5월 개정된 내용 중 일부다.

59 '동의의 온도'는 2019년 한국양성평등교육진흥원이 주관한 성평등콘텐츠대상 강의 부문에서 최우수상을 받았다.
    이곳(https://youtu.be/3Gh1Cb63ElhQ)에서 동영상을 볼 수 있다.

4장 우리, 사랑했을까?

60 통계청의 <평균 초혼 연령 통계>에 따르면, 1990년 평균 초혼 연령은 남성 27.79세와 여성 24.78세였는데, 2019년에는 남성 33.15세와 여성 30.40세로 남성은 5.36세, 여성은 5.62세 높아졌다. 또한 "2018년 사회조사: 결혼에 대한 견해"를 보면, 미혼 남성 54.8%와 미혼 여성 67.2%가 결혼은 해도 좋고 하지 않아도 좋다고 답했다.

61 김정애·이정열, "국내 대학생들의 성 경험 실태 및 성 경험 예측 요인 분석". 《대한보건연구》 40, 71–80쪽, 2014.
    이 연구에 참여한 대학생 562명 중 남학생 71.5%, 여학생 60.2%가 성 경험을 했다. 또 통계청(2019) <청소년 건강 행태 조사: 성 행태>에 의하면 고등학교 남학생 1만 4440명 중 11.6%가, 여학생 1만 3479명 중에 5.3%가 성 경험을 했다.

62 포털 사이트에서 다양한 분야의 Q&A를 운영하고 있다. 누리꾼의 질문에 분야별 전문가뿐만 아니라 전문가라고 자칭하는 누리꾼들도 댓글로 답변할 수 있다.

63 "포털의 性 관련 질문 분석해봤더니…여성의 절반 '이거 임신인가요?'", 《조선닷컴》, 2011. 08. 23.

64 월경주기를 이용한 피임법을 월경주기법, 자연주기법, 날짜피임법, 월경주기조절법 등 같은 뜻의 다양한 표현으로 부르고 있으나 편의상 월경주기법이란 용어를 사용하겠다.

65 1932년 교황 비오 11세는 월경주기상의 배란기를 피하는 자연 피임 방법만을 용인하고 다른 피임 방법이나 낙태를 금지했다. 1968년 7월 교황 바오로 6세도 교서(敎書) '인간 생명(Humanae Vitae)'에서 일체의 피임약이나 도구를 사용하지 않고 '자연 피임 방법'을 유일한 피임 방법으로 선포했다.

66 "20대 미혼 남녀 77% '성 경험 있다', 23% '피임조치 않는다'", 《UPI뉴스》, 2020. 01. 29.

67 영국 해부학자인 쿠퍼(W. Cowper)가 요도구선을 발견했기에 그의 이름을 붙여 쿠퍼

선(Cowper's gland)이라도 한다.

68 Killick, S., Leary, C., Trussell, J., & Guthrie, K., "Sperm content of pre-ejaculatory fluid", 《Human Fertility》 14, 48-52, 2011.

69 보건복지부·대한의학회, "피임 방법에 따른 첫 1년간의 실패율(%)", 2011.

70 통계청(2018)의 "유배우 부인의 피임 실천율"을 보면 콘돔 사용이 25.1%로 1위다. 놀랍게도 피임 효과가 낮은 월경주기법과 질외 사정이 각 23.9%, 22.3%로 2위와 3위에 해당했다.

71 보건복지부·대한의학회(2011), 전게서.

72 Oncale, R., & King, B., "Comparison of men's and women's attempts to dissuade sexual partners form the couple using condoms", 《Archives of Sexual Behavior》 30, 379-391, 2001.

73 Tanner, W. M., "The effect of condom use and erotic instructions on attitudes toward condoms", 《The Journal of Sex Research》 25, 537-541, 1988.

74 "Condom piercer loses supreme court appeal", 《CBC》, 2014. 03. 07.

75 "Swiss court upholds sentence in 'stealthing' condom case", 《Roters》, 2017. 5. 10.

76 "Police officer found guilty of condom 'stealthing' in landmark trial", 《CNN》, 2018. 12. 20.

77 <성심리학> 수업을 듣는 학생 100여 명에게 피임 방법을 나열해서 보여주고 연인 관계에서 각 피임 방법을 어느 정도 사용할 것인지를 0%(전혀 사용하지 않는다)~100%(항상 사용한다) 사이에서 추정해보도록 했다.

78 "美 연구팀, 새로운 남성용 경구피임약 개발", 《연합뉴스》, 2019. 03. 26.

79 헌법재판소, 2019. 4. 11, 2017 헌바 127 결정.

80 Kanner, A. D., Coyne, J. C., Schaefer, C., & Lazarus, R. S., "Comparison of two modes of stress measurement: Daily hassles and uplifts versus major life", 《Journal of Behavioral Medicine》 4, 1-39, 1981.

81 한성우, 《노래의 언어》, 어크로스, 2018.

82 World Health Organization, 《Preventing intimate partner and sexual violence against women: Taking action and generating evidence》, Geneva: WHO Press, 2010.

83 서울특별시·한국여성의전화가 2018년에 발행한 《F언니의 두 번째 상담실: 데이트 폭력

대응을 위한 안내서》중 '이럴 땐 의심해보세요'의 문항을 수정·보완하였다.

84 한국여성의전화가 2019년에 '분노의 게이지 10주년 포럼'에서 발표한 《친밀한 파트너에 의한 여성 살해》자료집에서 소개한 내용이다. 자료는 이곳(http://hotline.or.kr/board_statistics/58285)에서 볼 수 있다.

85 통계청, "최근 3년간 데이트 폭력 현황", 2019.

86 "몰카범죄 이후… '이별' 연관검색어 1위 바꾸었다", 《노컷뉴스》, 2018. 09. 18.

87 고대 로마시대의 희극작가 테렌티우스(P. Terentius)의 격언이다.

88 Holmes, T. H., & Rahe, R. H., "The social readjustment rating scale", 《Journal of Psychosomatic Research》11, 203-218, 1967.

89 Meston, C. M., & Buss, D. M., "Why humans have sex", 《Archives of Sexual Behavior》36, 477-507, 2007.

90 이 영상은 2019년 인권 보장과 폭력 예방 홍보영상 공모전에서 총장상을 받았다. 상금은 청춘들과 상의해서 성평등을 실천하는 사회단체에 기부했다.

91 성인지 감수성은 1995년 중국 베이징에서 열린 제4차 유엔여성대회에서 사용된 후 국제적으로 통용되기 시작했다. 성인지 감수성은 성별 간의 차이로 인해 일상생활 속에서 발생하는 차별과 권력 불균형 등을 인지하는 것을 의미하는데, 우리나라는 <양성평등기본법>, <성별영향평가법> 등에서 사용하고 있는 개념이다.

사랑에도 동의가 필요해

ⓒ 양동옥, 2020

펴낸날	1판 1쇄 2020년 11월 25일
	1판 2쇄 2021년 11월 25일

지은이	양동옥
펴낸이	윤미경

펴낸곳	헤이북스
출판등록	제2014-000031호
주소	경기도 성남시 분당구 황새울로 234, 607호
전화	031-603-6166
팩스	031-624-4284
이메일	heybooksblog@naver.com

책임편집	김영회
디자인	류지혜 instagram.com/chirchirbb
찍은곳	한영문화사

ISBN   979-11-88366-26-2 03810

이 도서는 2020 경기도 우수출판물 제작지원 선정작입니다.